JN043396

集英社オレンジ文庫

仮面後宮

女東宮《おんなとうぐう》の誕生

松田志乃ぶ

目次

イラスト／皐月 恵

仮面《かめん》後宮《こうきゅう》
女《おんな》東《どう》宮《ぐう》の誕生

序

死ぬには悪くない季節だった。

晩春。

大納言邸《だいなごんてい》の東の対《たい》では庭の桜がさかりを迎えていた。

華やぐ宴《うたげ》の時季である。が、この年、歌舞音曲《かぶおんぎょく》の代わりに聞こえてくるのは、おどろおどろしい祈禱《きとう》、読経《どきょう》、調伏《ちょうぶく》、慟哭《どうこく》の声ばかり。貴人は歌を忘れ、爛漫《らんまん》の春を愛《め》でる者はなく、花びらは観客をもたぬ舞人のようにむなしく舞い散り、地に落ちる。

嘆《なげ》きの春、と人々はいう。

この数年、京の都は死と病《やまい》とに覆《おお》われている。

「――女御《にょうご》さま」

老医師は何度目かの言葉をくり返した。

「加持《かじ》の僧も、読経の者も、みな退出いたしました。まことにおいたわしきことながら、もはや、その時にございます。どうぞ、東宮《とうぐう》さまをこちらへ。東宮さまの玉《たま》の緒《お》はすでに絶えられましてございます」

「その通りになさいませ――女御さま」

涙にむせびながら、女房たちが懇願《こんがん》する。

「東宮さまをみ仏の腕《かいな》にお委《ゆだ》ねあそばしませ。お亡骸《なきがら》に長くおとりつきあそばされては、ご供養《くよう》の障《さわ》りとなりましょう」

床の上で、車輪のついた木彫りの馬をコロコロと転がしていた女御の手がとまった。

顔をあげ、うつろなまなざしを老医師にむける。

泣きはらした瞼《まぶた》はむくみ、頬は削《そ》げ、そのおもては真冬の月のように白かった。

「――我が宮のお声を、そなたも聞いたであろう……医師どの？」

死んだ我が子を片腕に抱き、誰の声も届かぬかのように女御はつぶやいた。

「女御さま」

「ぼくの玩具《おもちゃ》のお馬はどこ、とおっしゃる宮のあのお声を？　おかあさま、ぼくの兎丸《うさぎまる》はどこ、とおっしゃる可愛らしいあのお声を。現実《うつつ》のことども思えませぬ。悪い夢としか思えませぬ。ああ、宮――いとしい吾子《あこ》！　なぜこのような恐ろしいことに。笑顔の愛らしい、美しいお子であられたのに。まだ、たったの六つであられたのに……！」

堰《せき》を切ったように女御は泣き崩れ、女房たちも主人にとりすがって号泣した。

かなしみに錯乱する母女御が女房たちによって別室に連れ出されると、典医筆頭《てんいひっとう》である老医師は息をついた。

――女御のいう通り、六歳の東宮、豊人親王《とよひとしんのう》は美しい少年だった。美貌と評判の母女御によく似た愛らしい顔立ちで、性質明るく、人なつこく、無邪気でやんちゃなそのふるまいは、周囲の大人たちの誰の顔をもほころばせた。

だが、今、目の前に横たわる少年に、かつての面影《おもかげ》を見ることはできない。

つぶつぶとよく肥えて、色白く、精巧に彫りあげられた男雛《おびな》のようであった東宮はいまや、見る影もなくやせ衰えていた。肉の落ちたその身体《からだ》とは反対に、顔は生前の二倍にもふくれあがり、おもては紅殻《べにがら》を塗りつけたようにまだらに染まり、可憐《かれん》な目鼻立ちは皮膚をおおった小房状の発疹《ほっしん》の下にむざんに埋もれていた。血色《ちいろ》の発疹に覆われた瞼は蛙《かえる》のそれのようにぷっくりと腫《は》れ、その下には一本の睫毛《まつげ》も残っていない。

このような死に顔を母親が記憶にとどめる必要はない、と遺体の顔を絹布《けんぷ》で覆いながら、老医師は思った。五日以上続いた高熱は命のともしびとともに、幼い皇子《みこ》の上から美しいものをことごとく奪い去ったのだ。

母女御が憑《つ》かれたように弄《もてあそ》んでいた木彫りの馬を拾いあげ、遺体の胸にのせる。

――と、いまだ生前の熱を残したその身体から、甘く強烈な匂《にお》いがむっと立ちのぼった。

それは、虫たちを誘いこむ夏の花の匂いに似ていた。爛熟《らんじゅく》した果実のような。過度に醸《かも》された酒のような。あるいは、腐りかけのいのちの匂いといってもよかった。衰微の匂い。

退廃の匂い。病の匂い。死の匂い。

訃報《ふほう》を聞きつけた弔問客《ちょうもんきゃく》が早くも駆けつけ、涙に崩れた白粉顔《おしろいがお》を直す間もなく女房たちがあわただしく立ち働き、寝殿《しんでん》は新たな喧騒を見せ始める。

弟子たちを連れて部屋を出、廊下に立った老医師は、疲れ切った目を庭へむけた。

庭の梢《こずえ》を鳴らす風。盛大に舞い散る花びらは、仏に捧げる散華《さんげ》とも見えた。

――六歳の東宮がこの世の最後に見たのも、この美しい風景だったのだろうか？

だとしたら、そう、死ぬにはさほど悪くはない季節だ――

「我らは死穢《しえ》の忌《い》み籠《ごも》りで、しばし、この邸《やしき》に留まることになろう」

老医師はいった。

「まずは部屋に戻り、うがい手水《ちょうず》に身を清めねばならぬ。香を焚《た》いて、沐浴《もくよく》し、着替えも――何をするにも、この匂いをまとうたままでは、どうにも忌々《いまいま》しく、落ち着かぬゆえ」

「――貴腐《きふ》の匂い、でございますね」

年若の弟子がぽつりとつぶやいた。

が、老医師のむける鋭い視線にすぐに気づき、あわてて袖《そで》で口を覆った。

「下賤《げせん》な呼び名をうかつに口にするものではない。不敬であろう」

「も、申し訳ございません」

「東宮さまのお命を奪ったのは、あくまで葡萄病《えびや》みだ。貴腐などではない」

「とはいえ、師よ、こたびの御訃報を聞いた民《たみ》どもが、その言葉をさかんに口にするのをとめることはできぬでしょう」

もうひとりの弟子が、ひかえめに口を出した。

「一昨々年《さきおととし》にお隠れあそばされた敦人親王《あつひとしんのう》に続き、後を継がれた弟宮の清人親王《きよひとしんのう》も一年を数えずに御薨御《ごこうぎょ》、それに続いて、こたびの豊人親王のご不幸……日嗣の皇子であらせられる東宮さまがわずか三年ほどのあいだに三代続けて急逝あそばされるとは本朝はじまって以来のこと。いったい、このただならぬ凶事はいつまで続くのでしょうか？」

「この老いぼれに、未来《さき》のことなどわかろうはずもない」

老医師はいった。

「まして、目に見えぬ疾病《しっぺい》の終息を、凡百《ぼんぴゃく》の身がどのように予見できる？　弟子よ、この凶事がいつまで続くのか、その答えを知る者は、神仏の他にはないであろうよ」

しかし、医師のその考えは間違っていた。

※

貴腐。

奇妙なその名が人々の口にのぼるようになって、まださほどの年月を要してはいない。

それより以前、同じ病は、花疫《はなえみ》、花疱瘡《もがさ》、葡萄病《えびや》み等の名で呼ばれていた。花疫、花疱瘡の名は、春の初旬《はじめ》、桜の花が咲く時季にこの病がたびたび流行したことに由来した。葡萄病みのほうは、葡萄、つまり山ブドウの実に似た小粒状の発疹が全身にあらわれることから、しぜん、名づけられたようである。

やがて、病が季節を問わずに流行するようになると、花疫のたぐいよりも葡萄病みの呼び名のほうが一般的になったが、桜や葡萄の風雅《ふうが》な名を冠されたこの病は、怨霊《おんりよう》・鬼神《きじん》のたぐいよりも深く人々から恐れられるようになった。

その感染率と死亡率の高さゆえである。

文喜《ぶんき》三年。

初春。

京の都を葡萄病みの猛威《もうい》が襲った。

およそ十五年から二十年の周期で大きな流行をくり返すといわれていた病の、四十年という長い沈黙の後の凄《すさ》まじい流行だった。

病は猖獗《しようけつ》をきわめ、京を中心に多数の人々の命を容赦《ようしや》なく奪ったが、このたびの葡萄病みの脅威は、かつてない規模で上流階級を直撃した。

貴族階級の最初の不幸は、懐妊中の帝《みかど》の年若い女御《にようご》が疫病に倒れ、臨月《りんげつ》間近にして母子ともに死亡したことにはじまる。

若き寵姫《ちょうき》と待望の御子《みこ》の死。

帝にとって初めての皇子誕生の期待とよろこびは、一転、拭《ぬぐ》いがたい悲劇に変わった。

人々はこの不幸に惜しみなく涙をこぼしたが、その涙が乾くひまもなく、今度は女御の父である右大臣《うだいじん》が娘の後を追うように逝去《せいきょ》した。同日、参議《さんぎ》のひとりもまた病を発症。十日後、彼の死が明らかにされたときには、すでに貴族の子弟、子女の訃報が続々と朝廷にもたらされていた。

同年夏、疫神《えきじん》の冷たい手が、とうとう十五歳の東宮、敦人親王をとらえたと報じられたときの人々の衝撃は大きかった。看病のため、病床に駆けつけた母の中宮《ちゅうぐう》が、変貌した我が子の姿を見るなり悲鳴をあげて失神した、という話に、人々は深い同情を寄せた。

誰もがこの病にあらわれる残酷な症状を知っていたからである。

葡萄病みの初期症状は、激しい悪寒《おかん》、頭痛、嘔吐《おうと》、下痢《げり》をともなう高熱にはじまる。数日にわたって続く高熱で脱水症状に陥《おちい》り、臓器をやられ、この段階で命を落とす者も少なくない。

最初の症状を乗り越えると、熱はいったんさがるが、それと並行して、山ブドウ状の発疹が全身にあらわれはじめる。

赤紫色に隆起《りゅうき》した小房様の発疹は数日をかけて頭部、顔面を中心に広がっていき、体毛を離毛させ、患者の容貌をむざんに激変させる。

それを過ぎると、再び患者は高熱に苦しみはじめる。

これが葡萄病みの最終段階で、化膿《かのう》した発疹が破れて膿《うみ》を流し、腐り始めの果実にも似た独特の甘い病臭《びょうしゅう》を放つと同時、激しい痛みと痒《かゆ》みとで患者を昼夜苛《ちゅうやさいな》むのだ。

高熱と呼吸不全に陥り、多くの患者がここで命を断たれるが、右の症状を乗り越えた者たちには、ここからようやく回復の兆《きざ》しがあらわれる。

熱が下がり、発疹も徐々にひいていき、破れた発疹をかさぶたが覆いはじめる。

「葡萄《えび》が枯れる」と称されるこの時期を経《へ》て、症状が完全におさまり、食欲と体力が回復しつつあることを実感して、患者たちはようやく死神の手から逃れられたことを知るのだった。しかし、回復後も、彼らの多くは顔面に残るあばたという形で、この病の記憶と恐怖を深く心身に刻みこまれるのである。

葡萄病み発症より十日後。

篤《あつ》い手当ての甲斐なく、十五歳の東宮、敦人親王は死亡した。

絶命直後、蘇生祈願《そせいきがん》の祈禱をはじめようとしていた僧侶たちを、

「このような姿を生き返らせて誰がよろこぶというのか」

と母の中宮が泣いてやめさせたほどのむざんな死に顔であった。

その半年後、同母の弟宮、清人親王が皇太子の地位を継ぐが、それからわずか七カ月で同じく疫神のえじきになり、九年という短い生涯をあっけなく閉じる。

連日のように伝えられる貴人たちの死に、市井《しせい》の人々は恐怖し、また涙した。

同時に、このころから、人々は奇妙な事実に気づきはじめていた。

葡萄病みによる死亡率が庶民たちよりも貴族階級の人々のほうがはるかに高い、という現象である。

病そのものに身分の上下はない。庶民たちも等しく葡萄病みに襲われ、高熱と発疹に苦しんだ。が、病に痛めつけられ、眉毛や睫毛をうしない、顔じゅうにあばたを残しながらも、市井では男も女もしぶとく生き延びた。命を落とした庶民の多くは、老人であり、幼児であり、妊婦であり、栄養の不足や疾患《しっかん》を抱えた病身の人間であって、健康な壮年の男女は、罹患《りかん》しても、しばらく後《のち》に快復する例が大半だった。

それが貴人たちの場合、まるで様相が異なったのである。

心身頑健な若者であろうが、栄養満ち足りてふくふくと肥えた令嬢であろうが、老若男《ろうにゃくなん》女《にょ》を問わず、いったん葡萄病みに襲われたが最後、貴人たちの多くは、これに抗《あらが》う暇《いとま》もなく、風にあおられた花のごとく、次々にはかなく命を散らしていくのだった。

文喜五年。

十カ月の空白期間を置いて、先帝の四の宮、豊人親王が東宮位につく。

このたびの疫病は帝への天の怒りではないか――？

これは貴人たちを呪う貴腐の病なのでは――？

巷間《こうかん》のそうした声をかき消すためにも、当時五歳の東宮の末長い健康が切に望まれた。が、それらの願いもむなしく、ここにふたたび、豊人親王の訃報が帝のもとにもたらされることになったのである。

身重の女御の死に続く、三人の甥宮の連続死。

いまだひとりの皇子ももたない帝は打ちのめされた。

この悲劇はどこまで続くのか？

死の連鎖をとめる術《すべ》はないのか？

そして、深い懊悩《おうのう》の末に、帝は一つの決断をくだす。

※

東宮薨御《こうぎょ》より一月《ひとつき》半。

七七日《なななぬか》（四十九日）の法要を前に、帝の御前に集められた公卿《くぎょう》たちは思いがけない発表を耳にすることとなった。

「――このたび、主上《うえ》におかれましては、ご深慮《しんりよ》の末、次の東宮の選任を、兄君、八雲《やくも》の院《いん》にご一任されることをご決断あそばされました」

御帳台《みちょうだい》の内に姿を隠したままの帝に代わり、彼らにことを告げたのは、帝の年若い伯父《おじ》である法親王《ほうしんのう》、蜻蛉《あきつ》の宮《みや》である。

その法名《ほうみよう》を玄妙《げんみよう》という。

――ほのかに紫がちたる墨染《すみぞ》めの衣《ころも》。

白磁の肌。

形の良い耳を飾るのは、鈍色《にびいろ》の曲がり真珠を長く連ねた耳璫宝珠《じとうほうじゅ》（耳飾り）。

禿頭《とくとう》の美貌は、氷れる彫像のごとく冴《さ》え冴《ざ》えとして、いっそ不吉なほどである。

――次の東宮の選任？

蜻蛉の宮の言葉に、男たちはたがいに戸惑い顔を見交わした。

東宮の選任を上皇《じょうこう》に一任する、という話そのものに驚いた者はない。

この三年半のあいだに逝去した東宮三人は、いずれも先の帝であり、帝の同母兄である上皇、八雲の院の皇子たちだからである。

帝は宝年《ほうねん》二十四。

いまだ御子誕生の声を聞かぬこの弟帝に対して、多くの子女を有する兄、八雲の院には、年長の皇子三人を喪《うしな》ってなお、中宮、女御所生《しょせい》の皇子が三人、更衣《こうい》、典侍《すけ》などを含めれば、五人の皇子が残っている。

八雲の院が弟親王に帝位を譲り、実質上の院政《いんせい》を敷いて八年余り。

本来であれば、父母、祖父母にのみ許されるべき院政をこの兄上皇が可能にしているのは、前の太皇太后《たいこうたいごう》、母である前皇太后《ぜんこうたいごう》を自らの院御所、春秋院《しゅんじゅういん》に擁《よう》し、今三院《いまさんいん》――女院《にょいん》ふたりと八雲の院――の意見とを一つのものとしているからであった。

「ここ数年来続くただならぬご不幸に、主上《うえ》はいたくおん胸をお痛めあそばされ、かかる次第は神仏の力に依《よ》るより他はないと思《おぼ》し召《め》し……ゆえに、主上におかれましては、このたび、斎院《さいいん》のご神託《しんたく》をお容《い》れになることをお決めあそばされたよしにございます」

蜻蛉の宮の言葉に、一同はますます困惑した。

斎院といえば、賀茂《かも》の社《やしろ》に仕《つか》える斎《いつ》き巫女《みこ》姫《ひめ》である。

帝の即位にあわせて独身の内親王、女王《にょおう》（親王・内親王の娘）の中から選ばれたひとりが賀茂の社におもむき、神事にあたる習わしだ。

本来、御世《みよ》替わりに合わせ、斎院も交替する習いだが、現斎院は特例として五代の御世に渡ってその役目を務めており、世に「大斎院《だいさいいん》」の名で呼ばれていた。

「大斎院よりのご神託があったこと、いま、初めて耳にいたしますが……」

納言のひとりが困惑ぎみに尋《たず》ねる。

「して、蜻蛉の宮さま、その神託とやらの内容は、いかなるものでございましたか」

「ご神託は、帝と上皇にのみお伝え申しあげる秘事ゆえ、そのすべてをつまびらかにすることはできぬそうですが」

蜻蛉の宮は静かにいった。

「それゆえ、託宣を容れて決定された事項のみ明らかにせよ、とのお言葉でございます」

「と、申しますと」

「いわく、このたび都で猖獗《しょうけつ》をきわめている疫病は、当代《とうだい》（帝）にもの申すところありとする神のご勘気《かんき》である。皇族、上級貴族の男子に疫病の被害が集中しているのがその証《あかし》であり、これをなだめるためには賀茂の社のみならず、大神宮《だいじんぐう》（伊勢神宮《いせじんぐう》）、春日大社《かすがたいしゃ》、宇佐神宮《うさじんぐう》にも奉幣使《ほうへいし》を立て、奉納を篤《あつ》くせねばならぬ。また、次の東宮は皇子《みこ》ではなく、皇女《ひめみこ》の中から選ぶべし。いっとき、この皇女を東宮に立て、中継ぎの宮とするべし。さすれば、うち続く皇族男子の死は必ずや止《や》むであろう。──と」

なめらかな口調でそれだけをいうと、蜻蛉の宮は周囲を見渡した。

沈黙が落ちた。

「──蜻蛉の宮さま」

はじめに言葉を発したのは、年若い参議《さんぎ》だった。

「はい」

「今のお言葉に、しかと間違いはございませんか？　次の東宮は皇子ではなく……皇女の中から選ぶべきというのが、斎院の神託と？」

「左様《さよう》」

「それでは、つまり、主上は──次の東宮に女東宮《おんなとうぐう》を立てるとおっしゃるのですか？」

「そのように解されます」

男たちは言葉をうしなった。

――女東宮を立てる！

上皇、八雲の院の大胆不敵な性格は誰もが知るところである。

それにしても、今回の奇策《きさく》には、さすがに人々も度肝《どぎも》を抜かれた。

「女東宮をお立てになるとは……恐れながら、主上、それはあまりに突飛なお考えのように思われますが」

ようやく我に返ったらしい中納言《ちゅうなごん》がうろたえつつ、帝の御座《ござ》する御帳台にむかう。

「東宮にふさわしいご身分の皇子が他にひとりも見当たらぬというのならまだしも、八雲の院には、まだ三人の皇子をおもちであらせられます。また、この先、主上におかれましても、必ずや皇子誕生の声を聞く日がございましょう。強《し》いて、いま、女東宮をお立てになる必要はなかろうかと」

「たしかに皇子はまだいらっしゃいますが、東宮に立てればその皇子がたも、また、先の三人の兄宮がたと同じ運命を辿《たど》ることになるのです」

帝に代わり、答えを返すのは蜻蛉の宮である。

「この先、主上に皇子が誕生あそばされても同じこと。いっとき、女人を東宮に立てぬ限り、八百万《やおよろず》の神々の怒りを回避することはできないのです。……斎院の神託、予言の疑うことなきは、これまでの先例より、みなさまもご存じでしょう。それゆえに、三十数年の長きに渡って斎院の座を守り、大斎院の名をいただいているかたなのですから」

「しかし、女東宮とは！」

「さほど驚くには当たらぬと思いますが。まずは伝説の女王《じょおう》、卑弥呼《ひみこ》の名前を思い出せばよろしいのでは？　推古《すいこ》、皇極《こうぎょく》、持統《じとう》、元明《げんめい》、元正《げんしょう》……天照大御神《あまてらすおおみかみ》の名を出すまでもなく、わが国は女帝の例にはこと欠きませぬゆえ」

「それははるか昔、飛鳥《あすか》や奈良《なら》の都の御代《みよ》の話にございましょう。最後の女帝、称徳帝《しょうとくてい》が帝位を踏まれて、すでに三百年以上が過ぎているのですぞ。この平安の都、葛野《かどの》の地に宮廷が置かれてのち、女帝も女東宮も立てられた例はございませぬ！」

　相手は思わずのように声を荒らげる。

「ならば、こたびがそのためしの始めになるということですね。すべて、ものごとには始めというものがございます」

「しかし、これはあまりに早急なご決断ではありますまいか？」

「いかにも。女東宮を立てるとは、やはり異例なこと！」

「いま少し、議論の場を設け、結論まではじゅうぶんな時間をかけるべきでしょう」

にわかに活気立ち、口々に異論を申し立てはじめる男たちを前に、

「いま少し……？　じゅうぶんな時間……？」

蜻蛉《あきつ》の宮は朱唇《しゅしん》に微笑を浮かべた。

「あといくつ、みなの前に幼き東宮の亡骸《なきがら》を重ねれば、じゅうぶんに時間をかけたと申せるのでしょうや？」

「蜻蛉の宮さま……！」

一同は顔色を変えた。

「なんということをおっしゃるのです！」

「主上《うえ》の伯父君とはいえ、あまりにご不遜《ふそん》なお言葉でございますぞ！」

撤回《てっかい》を、と気色《けしき》ばんで迫る男たちを前に、蜻蛉の宮は微動だにしなかった。

玻璃《はり》を刻んだ聖人像《ムニ》のごとく、ただ冷ややかに超然として、瞑目沈黙《めいもくちんもく》、端座《たんざ》している。

「──よい」

ふいに御帳台の中から発せられた声に、男たちははっとした。

「主上……！」

「蜻蛉の宮を責める必要はない。先ほどの宮の発言は、八雲の院のお言葉をそのままくり返したにすぎぬのだから」

帝は穏やかにいった。

「院の……？」

「この一件に関して、当初、我《われ》もみなと同じ懸念《けねん》を抱き、同じ意見を口にした。女東宮を立てるにはいま少し時機をまつべきではないかと申しあげたのだ。それへ、院はお答えになられた。『あといくつ幼き皇子たちの亡骸を重ねれば、主上《うえ》には女東宮の一件をご承知あそばしますか？　女東宮を立てぬ限り国《くに》つ神《かみ》の怒りをなだめることはできず、皇子たちは疫神のえじきとなり続ける。そして、私は血を分けたわが子をこれ以上ひとりとて、悪《あく》神《じん》の贄《にえ》に捧げるつもりはございません』……と」

一同は顔を見合わせた。

いまの言葉からも、女東宮の一件が八雲の院の主導で決定されたことは明らかだった。

「みなの懸念は我も承知している」

帝は静かに言葉を続けた。

「が、わずか三年半のあいだに、東宮三人が次々命を落とすというかつてない事態であれば、それに応じて異例の手段を講じる必要があるかとも思う。これまで幾度となく政《まつりごと》の助けとなってきた大斎院の神託もおろそかにはできぬ。たしかにつねならぬことではあるが、こたびはあくまで中継ぎの役目が主《しゅ》であり、けっして次代に女帝の登極《とうきょく》を見ることはないのだ。女東宮を置くのは、疫病のいったんの終結を見るまでのこと。そのあいだに院の皇子たちも成長し、東宮位を継ぐにふさわしい年齢になろう。あるいは、我に皇子誕生のめでたき知らせを聞くこともあろうかと思う」

淡々と語る帝の言葉を聞くうちに、血気にはやっていた男たちも蜻蛉の宮にあおられた興奮を徐々におさめはじめた。

女東宮はあくまで中継ぎで、次代に女帝を戴《いただ》くわけではない、という説明のもたらした安堵《あんど》は大きかったといえる。

「それでは……仮に女東宮をお立てになるとして、八雲の院には、どなたをそのお役目にご指名あそばされるおつもりなのですか？」

中納言が尋ねる。

「やはり、ご長女の女一《おんないち》の宮《みや》さまを女東宮にとおのぞみに？」

「否《いな》」

と帝のいらえが返る。

「女一の宮はすでに内々で結婚の話がもちあがっており、院はそれを進めるつもりでいらっしゃる。独身を通すべき女東宮の役目を女一の宮に託すことはできぬ」

「それでは、妹君の女二の宮さまを？」

「大斎院の神託には『女東宮には十四歳以上の未婚の処女《おとめ》を据えるべき』とあった。女二の宮は十一歳——神託の条件に当てはまらぬ。当然、他の妹宮たちも不適格であるから、院の皇女《ひめみこ》たちを女東宮の候補に据えることもない」

男たちのあいだに再び動揺が走った。

帝に御子はなく、兄の上皇の皇女たちも、神託の条件とやらを満たさない。

それでは、いったい、誰を東宮位につけるというのか。

「我々兄弟の血筋でなくとも、皇女はいる」

帝はいった。

「さいわい、というべきか。先の神託の条件に適《かな》う皇女は数多く存在しよう」

「それは……」

人々は二の句を失った。

たしかに、皇女は少なくない。

同時に、皇子もまた多くある。

捨《す》て宮《みや》、落《お》ち宮《みや》と呼ばれ、おざなりの親王宣下《しんのうせんげ》、内親王宣下《ないしんのう》を賜《たまわ》ったままに打ち捨てられ、時流から外れ、顧《かえり》みられぬ境遇に置かれた皇家の子女たちが――

かつて、この国には、季節ごと仏の閼伽棚《あかだな》に捧げる花を替えるように、帝と東宮がめまぐるしく立てられ、また廃された時期があったのだった。

先例がないといえば、その時代の朝廷の混乱こそが、まさしく先例のない、前代未聞の事態であったといえる。

あるいは、現在、雲上人《うんじょうびと》たちを戦慄させている貴腐の兆《きざ》しは、すでにその時代から芽吹いていたのではないだろうか――？

困惑と不安と過去の政変への曖昧《あいまい》な理解から、男たちは黙りこんだ。

本来、こうした場面で意見を総括《そうかつ》すべき左右内大臣は、病を恐れて長い物忌《ものい》みに籠《こも》り、大納言のひとりは孫の東宮の死に打ちひしがれ、他の納言の大半も高齢を理由に途切れがちな出仕、いきおい、帝の御前にはべるのは、比較的年若の上達部《かんだちめ》ばかりである。

経験不足、知識不足の彼らを「治天《ちてん》の君《きみ》の強き意向」をもって御《ぎょ》するのは、そう難しいことではなかった。

長い沈黙を諾《だく》ととらえたらしい。蜻蛉の宮は懐《ふところ》から巻子《かんす》をとり出すと、優雅な所作《しょさ》で、音もなく紐を解いた。

白い耳を噛んだ耳璫宝珠《じとうほうじゅ》が動きにあわせてかすかに揺れる。

「それでは、これより、女東宮の候補にあげる皇女がたの名を申しあげます」

薄闇の中、水晶の軸《じく》が獣の骨のようにちかりと光った。

一章　火の宮

一　宇治《うじ》の三姉弟妹《きょうだい》

青空に浮かぶ雲が山盛りの白飯に見える。

かと思えば、餅《もち》にも見えるし、団子《だんご》にも見える。揚《あ》げ菓子にも見えるし、瓜《うり》やら梨やら柿やらにも見える。風に吹かれて形を変えた雲は魚のようでもあった。

（魚。魚が食べたい）

火《ひ》の宮《みや》は思った。

宇治川《うじがわ》で釣った鮎《あゆ》が食べたい。

ずぶりと串を刺し、焚火《たきび》にかざし、ぷすぷす、じゅうじゅうと脂《あぶら》のあふれるあの苦くも甘い滋味《じみ》にかぶりつきたい。

「つまり、わたし、お腹が空《す》いているんだわ」

つぶやいたとたん、くうぅー、と蛙《かわず》が鳴くような音がした。

自分の腹に住む食いしん坊な生きものをなだめるように、火の宮は着ている水干《すいかん》の上から、胃の腑《ふ》のあたりをすりすりなでた。

「五百重《いおえ》。五百重」

目の前の粗末な板屋にむかって、侍女《じじょ》を呼んでみる。

「まだ終わらない？　もう、お日さまがあんなに高いところまでのぼっている。火の宮はお腹がぺこぺこなんだけどな」

思わずそういってから、（いけない）とあわてて口を手で覆《おお》った。

お忍びで来ているというのに、うっかり、名前をいってしまった。

内親王《ないしんのう》である自分の正体をこんな所で明かしてはならないのだ。

「五百重〜。わたしはお腹が空いてしまったよ〜」

いい直してみたが、中からの返事はなかった。

ここは仲買いの女商人《おんなあきうど》の家。侍女の五百重は、邸《やしき》で採《と》れた蜂蜜《はちみつ》を売りにきたところだ。

板戸にぴったり耳をつけ、火の宮は家の中のようすをうかがった。

威勢のいい女の声と、それに言葉を返す、低く落ち着いた侍女の声が聞こえてくる。

「は⁉　ちょいと、姉さん、寝言は寝床でいっとくれ。そんな高値でこいつを引きとれるはずがないだろう！　この蜂蜜は前回よりだいぶ量が少ないし、味も薄くて、質も下がるというのにさ！　それとも、何かい。あたしのこの舌は味噌もクソもわからないバカ舌だとでも思っているのかい？　あんまり人を舐《な》めてもらっちゃ困るね、ええ⁉」

「この春は、雨が多く、花が少なく、蜂の働きが悪かった」

噛みつくような勢いの相手に、五百重が淡々と言葉を返す。

「天候にせよ、蜂の働きにせよ、自然相手であれば、思うままにならないのは仕方のないことだよ。それに、この蜂蜜はいうほど悪い品ではないはずだ。あんたが市《いち》で売っているように、こっそり水で嵩《かさ》増ししたり、壺を底上げして量をごまかしたりしていないしね」

「だからといって、三割も値を上げろなんざ、法外な要求すぎるよ！」

「それなら、他へもっていくだけのことだ。質のいい蜂蜜が、葡萄病《えびや》み防止の薬になるらしい――という噂《うわさ》で、都の金持ちどもがこぞって蜂蜜を求めている、と聞いている。その値は日に日に上がるいっぽうだとも。これだけのまとまった量なら、どこへもちこんでも高値で引きとってくれるだろう。実際、今日、わたしがもってきただけの量を用意できた他の蜜採りがいるかい？　おまえさんでなくとも、他に買い手はいくらでも探せる」

「足元を見やがって！　その面《ツラ》の厚さで鼓《つづみ》が打てるよ。この岩鼻女《いわばなおんな》、腐れ女陰《ほと》めッ！」

（――どうやら、値段の折り合いがつくには、もう少し時間がかかりそう）

火の宮は家を離れた。

木につながれ、のんびり草を食《は》んでいる飼い馬の横を過ぎると、その足元にうずくまり、じっとしている彼の背を、固い被毛《ひもう》をかき回すように、力をこめてなでる。

「ひなたぼっこ、きもちいい？　普賢《ふげん》」

犬にしては規格外に大きく、ふさふさした銀色の毛皮と琅玕《ろうかん》（翡翠《ひすい》）色の目も珍しい。

火の宮の愛犬の普賢は、狼と野犬《のいぬ》の血を半々にひく雄犬《おすいぬ》である。

豊かな月色の被毛はさざ波だつ海のごとく背に流れ、油を落としたように照る翠緑色《すいりょく》の目は、深い神秘と思慮《しりょ》とをたたえている。

慈悲の菩薩《ぼさつ》とされる「普賢」の名にふさわしく、穏やかな性質《たち》で、人に吠えかかることもめったにない、若さの角《かど》がとれた成犬だった。

「馬はいいわよね、普賢。お腹が空いたって、そこいらの草を食べとけばいいんだもの。そこにいくと、わたしやおまえは空腹を覚えるたび、肉やら魚やら米やらを調達しなくちゃいけないのだから面倒だわ。いちいちお金もかかるしね」

むしゃむしゃと草を食んでいる馬をながめ、火の宮はつぶやいた。

「ねえ、普賢は今、何が食べたい？　あ、わかった、骨付きのお肉でしょ？　鹿狩りについていって、その場でおこぼれをもらえる、あの特別なやつね。わたしはね、魚！　さっと茹《ゆ》でてお酢と醬《ひしお》であえた氷魚《ひお》もいいけど、身のふっくらした鮎もいいな〜。塩をふってね、五百重が河原に熾《おこ》した火で焼いてくれたのを、舌を火傷《やけど》する勢いでかぶりついて……って、こんな話をしていたら、ますますお腹が空いてきちゃうみたい」

火の宮は固い被毛のちくちくする普賢の首に抱きつき、ため息をついた。

「あーあ、はらぺこだよ。わたしも何か食べたいなー……そこらへんを通りがかった奇特な金持ちが『今日は誰かに食事を奢《おご》らないではたまらん気分であるから、どこかに腹を空かせた若者などいないかなあ』って、山海の珍味をたらふくごちそうしてくれないかな?」

なんとも都合のいい願望をつぶやく火の宮を、普賢は面白そうにみつめている。

さみしい山里には珍しく、あたりには人の通りがちらほらあった。

今日はすぐ近くの寺院の門前で市が立っている。

まだ日の高いうちであれば、村人たちは、買い物やら、漁やら、農作業やら、それぞれの仕事に忙しい。そんな中、板屋のそばでぶらぶらしている火の宮の姿は目立つようで、通りがかった村人たちがひとり残らず目をむけてくる。

「——あれ、まあ、なんと。あのように可愛らしい稚児《ちご》どのもあるものか」

大きな籠《かご》を背負った年寄りの農婦が立ちどまり、目を洗われたように、ぱちぱちとまばたきをして火の宮をみつめた。

こざっぱりした紫苑《しおん》色の水干《すいかん》に、紫裾濃《むらさきすそご》の括《くく》り袴《ばかま》。

長い黒髪は元結《もとゆい》で括り、後ろで高く結いあげている。

峰《みね》の雪のように白い肌。桜色の頰《ほお》。長くて強《こわ》い睫毛《まつげ》。きらきらと輝く杏仁《アーモンド》型の目。瑞々しい赤い唇からは真珠のような歯がのぞき、動く端から愛嬌《あいきょう》がこぼれるよう。

着ているものは質素だが、鄙《ひな》には稀《まれ》なる美童《びどう》——となれば、近くの寺院に住まう稚児にちがいない、と老女が考えたのも道理だった。さまざまな事情から、身分ある貴族の子弟が、稚児として寺院に預けられる例はままあることである。

農婦と目があい、火の宮はにっこりした。

とたん、相手の皺《しわぶか》深い顔がほたほたと笑み崩れる。

「ごきげんよろしゅうございまする。よいお日和《ひより》でございますな、お稚児さま」

「うん、本当にいいお天気だね。わたしは稚児ではないけれど」

「おお、それは、ものもわからぬ婆《ばば》が、失礼をばつかまつりました」

「そんなこと、ちっとも気にしなくていいんだよ」

「恐れながら、お尋《たず》ね申しあげます。若君はいずこのお方にございましょうや」

「人はわたしを映《はゆる》の宮《みや》と呼ぶよ」

火の宮は可愛い笑顔でしれっと嘘をついた。

映の宮は火の宮の弟である。

弟であるが、年の差はない。どちらも同じ十六歳。

つまり、双子であった。

そっくりな双子の弟をもつことの利点はいくつかあるが、立場をすり替えて行動できる、というのが、やはり一番だった。髪を結い、身軽な男衣装をまとい、弟の「映の宮」になれば、堂々と外にも出られて、馬にも乗れる。

ふだんのように、屋根の下、御簾《みす》の内に閉じこめられることもなく、こんなふうにきもちのいい風に吹かれながら、見知らぬ人間とも自由気ままにおしゃべりができる。

女の「火の宮」であれば許されないことが、男の「映《はゆる》の宮」なら当たり前に許されるのだ。同じ日に、同じお腹から、同じ顔をして生まれたふたりであるのに。

「映の宮さまであらしゃいましたか。お名前は、この婆も耳にしておりますよ。西山《にしやま》の、蜂飼《はちか》いのお邸の若宮さまにございましょうね？」

火の宮はうなずいた。邸の敷地内で養蜂《ようほう》を行っていることから、火の宮の家は「蜂飼い邸」などと里の者たちから呼ばれているらしかった。

なぜ親王家の邸で蜂など飼っているのか、といえば理由は単純で、貧乏だからである。

故院《こいん》と呼ばれる火の宮たちの父宮が死んで、約三年。

台所事情の厳しさは以前からの問題だったが、家長の死をきっかけに事態はいっそう悪化の一途を辿《たど》り、所領からの地子《じし》（小作料）や納め物なども年々減っていくばかりだった。

逼迫《ひっぱく》した家計を助けるため、有能な侍女の五百重が以前から試みていた養蜂が、このところようやく軌道に乗り始めたこと、都で猛威を振るう葡萄《えび》病《や》みの防止に、栄養価の高い蜂蜜が有効である、という噂が立ったことはもっけのさいわいだった。

女御《にょうご》であった母は十数年前に没しており、頼れる後見《こうけん》の親族もない。十六の映の宮を家長に戴《いただ》く一家は、蜂蜜の生産と、生前、故院と親交のあったさる筋からの援助によって、綱渡りのような日々を送りながらも、なんとか今日まで生計を維持してきたのである。

「して、若宮さまには、こんなところで何をなさっておいでで？」

この家に蜂蜜を売りにきたこと、商談が長引いてお腹を空かせていることを話すと、老女の顔にありありと同情の色が浮かんだ。

まだ元服《げんぷく》前とはいえ、親王というやんごとない身分の少年が——本当は少女だが——供と一緒に商人を訪ね、自ら蜂蜜を売りにくるというのは、たしかに尋常《じんじょう》なことではない。

「尊《とうと》いおん身が、ほんにお気の毒な。つまらぬものではありますが、どうぞ、お受けとりくださいまし」

老女は柏《かしわ》の葉にくるんだ食べ物をくれた。見れば、素朴《そぼく》な蓬《よもぎ》の香《か》の匂《にお》う平餅《ひらもち》である。

「美味《おい》しそう。どうもありがとう！」

腹が鳴るほどの空腹なので、礼の言葉もお愛想ではなく、心からのものになる。

火の宮の笑顔に、農婦はいっそう笑い皺を深め、もう一つ餅をくれた。にっこり笑うと、もう一つ追加される。これ以上笑うと、年寄りから全部の餅を巻きあげてしまいかねないので、火の宮は唇をきりり、とひき結んでしかつめらしい顔を作った。

農婦は火の宮にむかって手を合わせ、何度もおじぎをし、ようやく去っていった。

商談を終えた家から五百重が出てくるまで、そんなことが、三、四回、くり返された。通りがかった村人たちは、腹へり顔の火の宮を見つけては話しかけ、事情を聞いては気の毒がり、手持ちの握り飯やら、焼き米の小袋やらをくれるのである。

もらうばかりでは悪いので、ではお礼にひとさし……と今様《いまよう》の一節を適当に歌い舞ったところ、なんだ、なんだと子どもたちが大勢寄ってきて、見物料代わりに胡桃《くるみ》やら桑《くわ》の実やらを置いていき、火の宮はまるで田楽《でんがく》か傀儡《くぐつ》の芸人のようになってしまった。

「目立つまねをなさって。おとなにおまちになっていてくださいと申しあげましたのに」

水干の懐《ふところ》いっぱいに食べ物をつめこんでいる主人を見て、五百重《いおえ》は苦笑した。

「宮は、どこにいらしても、その愛嬌と人なつこさで生きていけることでしょうね」

「わたしもわりとそう思う」

火の宮はもらった餅をきっちり半分に割ると、ハイ、と五百重にさし出した。

「お腹が空いておいでなのでしょう。宮が全部お召しあがりなさいませ」

「だめ、だめ。主従は苦楽を分けあうものよ」

普賢は火の宮の足元で、青菜入りの握り飯にせっせとかぶりついている。

「──ウン、美味しい。それで、蜂蜜の値段交渉はうまくいったの、五百重？」

「はい。何もかも、こちらの希望通りに片づきました」

「それはよかったわね」

「ハッ！　何がいいもんかね！　おかげでこっちは大損をかぶっちまったよッ！　ちょこざいな野面皮《のめんぴ》の欲深の悪稲女《あくねめ》が！　とっとと帰って米の代わりに砂でも嚙みなッ！」

ふたりの会話を聞いていたらしい女商人が、家の中から悪態をついた。

火の宮と五百重は顔を見あわせて笑った。

「とりあえず、市へまいりましょう、宮。邸に不足の品をもって帰らねばなりません」

女商人に売った蜂蜜は、銭ではなく、塩や米などとの物々交換になる。

渡された割符《わりふ》に交換できる品と数量が書いてあるので、それをあらかじめ契約してある市の店へもっていき、必要な品を受けとる仕組みになっているのだった。

「市をのぞくのは久しぶり。楽しみだな。お天気もよいし、今日はいい日になりそうね」

火の宮が身軽に鞍《くら》へと飛び乗ると、普賢が素早く腰をあげ、馬の後ろにぴたりとつく。

さわやかな風に吹かれ、馬上からの景色を楽しむ火の宮の唇から、しぜん、歌い慣れた今様の一節がこぼれ出た。

宇治川の　底の深きに　鮎の子の
鵜《う》といふ鳥に　背中食はれて　きりきりめく
や　や　いとほしや　……

※

京より初めて宇治を訪れた人は、その川の流れの激しさに驚くという。

ごうごうととどろく瀬音《せおと》。小島に砕け散る波しぶき。網代《あじろ》をかける漁師たちのふしぎな拍子の掛け声。氷魚《ひお》。朝霧。柴舟《しばぶね》。板橋《いたばし》。水車《みずぐるま》。

ここで生い立った火の宮にとっては、どれも目に親しんだ、ごくありふれた風景だが、だからといって、見飽きることもない。

遠く琵琶《びわ》の湖《うみ》に水流を発し、山々をめぐり、宇治を流れ、淀《よど》から瀬戸《せと》へとそそぐ川の滔々《とうとう》たるさま、つねに動いて定まらぬ奔放《ほんぽう》な水の力に、火の宮はいつも目を奪われてしまう。

宇治川に背をむけ、山あいの道へむかうと、すぐに寺院の門が見えてきた。

(わあ。すごいにぎわい)

ふだんは静かな山里だが、市の立つ今日はあちこちから人が集まっている。

威勢のいい掛け声で客を呼びこんでいる野菜売りもいれば、どぶろくの店をひやかす直《ひた》垂《たれ》姿の侍もいる。反物《たんもの》を手に思案する、市女笠《いちめがさ》をかぶった若い女たちの姿も見えるし、昼酒をかっくらって、道ゆく女にちょっかいを出しては嫌がられている男などもいる。

「宮、不埒《ふらち》な輩《やから》も多くいますので、ゆめゆめ、わたしのそばを離れてはなりませんよ」

ワイワイとした人込みの中、馬をおりた火の宮に五百重《いおえ》がいった。

蜂蜜を売りにいくなら自分もいきたい、にぎやかな市も見てみたい、たまには邸から出てみたい！　とめいっぱいのワガママをいい、こっそり連れ出してきてもらっているので、五百重のいうことには逆らわない火の宮である。

そもそも、いかに零落《れいらく》した身とはいえ、内親王というやんごとない身分の少女が、男になりすまし、顔をさらして歩き回ることからして普通ではないのである。何も知らず、現在、邸にいる女房たちが、火の宮のしていることを知ったら腰を抜かすだろう。

そんな非常識をなぜ侍女の五百重が許すのか？　といえば、第一に五百重じしんがその手の規範——時代や状況で揺らぐ曖昧《あいまい》なもの——をさほど重んじない実際的な人間だからであり、第二に、五百重は火の宮に甘いからである。

襁褓《おむつ》のとれるか、とれないか、というころから世話をし、我が子のごとく慈《いつく》しんでいる主人なので、火の宮がその人なつこい、可愛らしい笑顔とともにねだる数々のワガママを、五百重は、たいていの場合、許してしまうのだった。

山から吹く風に水干の袖《そで》を軽やかにひるがえらせ、火の宮は好奇心いっぱいの目であたりを見回しながら、市の人込みの中を進んでいった。

「——おう、なんだ、なんだ、あのでっかい犬は？」

商《あきな》いをしていた男のひとりが、目をむいて火の宮たちをみつめた。

「わしゃ、てっきり、腹を空かせた狼が山からおりてきたのかと思って、ぎょっとしたわ！　ははあ、また、ずいぶんと目立つ一行が入ってきたの。ありゃ、誰だい」

「ありゃあ、蜂飼いのお邸の若宮さまと、宮さまが飼いなさっているお犬よ。なんでも狼の血が入っているらしい。ほいで、若宮さまの隣にいるのは、侍女のナントカいう……」

「侍女？　あれが親王家の侍女だって？　女相撲《おんなすまい》でもできそうなでっかい図体をして！　下男《げなん》の間違いなんじゃゃ？」

「ハハ、いや、いや、たしかに侍女だよ。山育ちで、相当、腕が立つらしいから、うかつなことをしたら、痛い目に遭《あ》うよ」

「それにしても、若宮さまの、ほっそりと貴《あて》やかにお美しいこと」

「花のようなるお姿じゃなあ。しかし、あのお年でまだ初冠《ういこうぶり》（元服）もすまされず、童形《どうぎょう》でいらっしゃるのは、ずいぶん、お珍しいようだがの……」

市の人込みの中でも、飛び抜けて目立つ一行ではあった。

ことに、六尺近い五百重の長身は、男たちの中にあっても図抜けて見えた。日に焼けた太い首。厚みのある肩。あごの線は鋭く、唇はやや厚く、無造作に括った腰までの髪は、ぱさぱさと赤茶けて藁《わら》のよう。眉も落とさず、白粉《おしろい》も塗らず、鉄漿《かね》もささない、およそ、壮年の女らしい華やぎとはほど遠いその姿には、何度も水を潜《くぐ》らせた青色の直垂《ひたたれ》と継ぎの当たった括り袴の男衣装が、誰の目にもしっくりと似合った。

翡翠色の目の銀犬と、男装の大女の迫力におされ、人々が臆《おく》したように道をあけていく。

塩を買い、油を買い、と店を変えてきぱき用事をすませていく五百重の傍《かたわ》らで、火の宮はきれいな布やら、化粧道具やら、玩具《おもちゃ》やらをひやかして楽しんでいた。

（——そうだ。貴《あて》の宮にお土産《みやげ》を買っていってあげよう）

火の宮の脳裏に、邸で帰りをまつ、妹の笑顔が浮かんだ。

貴の宮は火の宮の三つ下の妹で、大の仲よしの親友でもある。

性格は姉妹でだいぶ異なり、楽天的でやや無鉄砲な火の宮と、思慮《しりょ》深く、しとやかな貴の宮は、時に、どちらが姉で妹かわからない、といわれるほどだった。何かと火の宮に甘い五百重に代わり、姉の奔放な言動をいさめたり、叱《しか》ったりするのは貴の宮の役目だったが、反面、この妹は、姉の自由さを深く愛してもおり、今日の外出にしても、

「姉さま、兄さまのお衣装を勝手に借りて、本人のフリをしてお出かけするつもりなのですって？　兄さまにバレたら、たんと怒られてよ。本当にいけない姉さまねえ」

などといいつつも面白がり、外出のあいだ、火の宮の不在が女房たちにバレないよう、ひそかに協力してくれたのだった。

小間物《こまもの》の並んだ露台の前でさんざん悩んだ末に、火の宮はきれいな飾り紐と、彩色されたハマグリの貝殻《かいがら》をいくつか、木彫りのお面などを土産に買った。

店の妻女《さいじょ》が手すさびに作った物らしく、どれも目に楽しいばかりの玩具である。

「日射しが強くなってまいりましたね。宮、少し、休憩なさいますか」

火の宮の額《ひたい》にうっすら浮かぶ汗に気づき、五百重がいった。

市の中心を離れ、人気《ひとけ》のない木陰へと移動する。五百重が馬の荷から水の入った瓢《ひさご》をとり出し、渡してくれた。が、二口ほどで瓢の中身はすぐになくなってしまった。

「どこかで水をもらえないかな、五百重？　普賢にも飲ませてあげなくちゃ」

「その先に井戸があるので、もってまいりましょう。宮には、そのあいだ、馬を見ておいていただきたいのですが……」

いいながら、五百重はためらい顔である。

いっときでも、主人のそばを離れることに不安があるのだ。

「井戸は近いんでしょう？　いって戻ってくるあいだくらい、ひとりでも大丈夫よ」

「しかし」

「平気、平気。普賢がいるんだもの。何かあったら大声を出すから、心配しないで！」

火の宮は五百重の背をポンポンと叩き、送り出した。

再び木陰に戻り、広場で人を集めている傀儡《くぐつ》の見世物《みせもの》を遠目にながめた。普賢はしばらくあたりをウロウロしていたが、風の通る涼しい場所を見つけると、うずくまった。

「――宮さま。宮さまでございましょう？」

火の宮はふり返った。

萌黄《もえぎ》色の袿《うちぎ》を着た若い娘がこちらへ駆けてくるところだった。

「ああ、やはり、宮さまでいらした。どうしてここにいらっしゃいますの？　嬉しい偶然ですけれど、危のうございますわ。どうぞ、お早く、お立ち去りなさいませ……！」

ぴたりと身を寄せてきた相手を被衣《かずき》の下に近々と見れば、年齢は自分と同じくらい、えくぼの可愛らしい丸顔の娘である。身なりからして下流貴族か、地元の豪士の娘だろうと察せられるが、火の宮にはまるで見覚えのない顔だった。

（えーと？）

「あちらに父がきておりますのよ」

娘は早口にいった。

「お天気がいいので、わたしども、市の見物にまいりましたの。もしも父に見つかったら、たいへんですわ、宮さま。乱暴な手下どもに命じて、宮さまを痛い目に遭わせるはずですもの！　なにせ、先日の件で、父はいまだ、宮さまに激怒しているのですから……」

「先日の件？」

「はい。ただでさえ、娘に近づく男には、日ごろから目を光らせてきた父でございましょう。それが、自分の留守中、娘をたぶらかして邸にあがりこみ、酒や米を好きに喰らい、図々しくふるまっていた不届きな稚児《ちご》、と宮さまを思いこんでいるのですもの。父は短気ですの。先日も、激高のあまり、宮さまにむかって刀をふり回しましたでしょう？」

「刀を……」

「父はこのあたりの顔役ですの。見つかったら、どんな乱暴をするか、わかりませんわ。わたしどもも、何かあったとき、親王さまの不名誉になってはいけないと思い、宮さまのご正体は隠しておりますし。そういうわけですから、さ、早く、お逃げになって！」

ははあ、とようやく、火の宮もピンときた。

(この子、わたしを映《はゆる》の宮と間違えているのね)

というより、火の宮が映の宮の衣装を借り、同じ髪型をして、積極的に弟になりすましているのだから、相手がそう思うのもむりはない。

双子の弟の映の宮が、どこそこの人妻だの、評判の美人姉妹だの、近在の女たちからやたらとちやほやされ、秋波《しゅうは》を送られているらしい話は、火の宮も知っていた。

火の宮は自惚《うぬぼ》れ屋ではなかったが、自分たち双子《きょうだい》の容姿が人よりもずいぶんまさったものであるらしいことは承知しているし、まして、映の宮のように親王という身分であれば——自ら蜂を飼い、採取した蜜を売って回るほど逼迫した内情はともかく——ただそれだけで珍しく、女たちにもてはやされるのも、まあ、理解のできるところではあった。

(もっとも、あの子が、その手のちやほやを嬉しがるとも思えないけれど)

単純でおおらかな性格の火の宮とちがい、弟の映の宮はどちらかといえば気難しい、複雑な性格の少年で、もちあげられ、褒《ほ》めそやされればされるほど、相手の言葉の軽さに人間的な底の浅さを見透かして冷ややかになる、というあまのじゃくなところがあった。

元服前という気楽な立場をいいことに、ずいぶんあやしげな場所にも出入りしているらしいが、その放埓《ほうらつ》さは、もっぱら女遊びなどより、公《おおやけ》に禁じられている鷹狩《たかがり》や、賭け相撲《すまい》、骰子《さいころ》等の賭博《とばく》行為、喧嘩など、ぶっそうな方面に発揮されているようである。

花のような、などと形容されるのは見かけだけで、中身は刀剣のように尖《とが》ったところのある少年なのだ。

もっとも、そうした女へのつれなさ、少年らしい潔癖さ、近寄りがたさが、ツンとしてなつかぬ美しい猫のようで、いっそう女たちの気をひいてやまないらしいが……。

どういう縁で知り合ったかは不明だが、この娘もずいぶん映の宮に夢中のようである。

突然「きゃっ」と悲鳴をあげて、娘が火の宮に抱きついてきた。

「宮さま、どうしましょう、狼ですわ、怖い、怖い……！」

娘のおしゃべりに興味を覚えたのか、木陰から、のっそりと普賢が姿を現した。

「ああ、大丈夫だよ、怖がらなくて。その子は狼ではなくて、わた……ぼくの犬だから」

「宮さまの……？」

「うん。普賢というんだ。とても賢くて優しい子だよ。普賢はぼくを守ってくれる、忠実な警護役なんだ」

「警護役？　まあ……そうでしたの」

娘は胸をなでおろした。

「驚きましたわ。宮さまの警護役、というと、わたし、那智《なち》どののしか知りませんでしたから。そういえば、那智どのの姿が見えませんのね。今日はご一緒ではありませんの？」

那智——藤原《ふじわらの》那智は、近くに住む中流貴族の青年である。

火の宮たちより七つほど年上で、この宇治の地に山荘をもつ紀伊《き》の守《かみ》という受領《ずりょう》の異母弟だ。

故院《こいん》が生前、紀伊の守と親交をもっていた縁から、異母弟の那智も火の宮たちの邸にしばしば顔を見せていたのだが、それがいつからか、映の宮のそばにいるようになり、今ではおそばば去らずの警護役として、頻繁《ひんぱん》に彼と行動をともにしている。

「今日は他の者に供を命じたんだ。その者は水を汲《く》みにいっているところなんだけど」

「そうでしたの。今日はとても暑いですものね。まあ、普賢はずっとお利口にお座りをしていますわ。本当に大人しい犬ですのね。なんて美しい緑の目。この月色の毛のみごとなこと！　きれいで、威厳に満ちて、高貴な宮さまにぴったりのお犬ですわ」

「うん、普賢は自慢の犬だよ。都にだって、こんなすてきな犬はいないと思う。それに彼は人間の善《よ》し悪《あ》しがわかるんだ。ホラ、きみの手を舐《な》めているでしょう？　普賢もきみがやさしいお嬢さんだってわかっているんだよ。実際、息を切らせて走ってきてまで、父君のことを報《しら》せてくれたんだものね。ありがとう、可愛い人。助かったよ」

火の宮がにっこりすると、娘の頰がぽっ、と染まった。

「宮さま……どうなさいましたの？」

「え？　何が？」

「そんな嬉しいことをおっしゃって。どきどきしてしまいますわ。なんだか今日は、いつもの宮さまとちがっていらっしゃる……お顔は同じの、別の方のように思えますわ」

火の宮はぎくりとした。

「そ、そうかな?」

「いつもの宮さまなら、そんなふうに微笑まれることもめったにないですし……」

「いつものぼくって」

「だいたい、むっつりと黙りこんでいらっしゃるのがつねでございましょう。何を尋ねても、そっけなく『ああ』『そうか』『なるほど』『わかった』などとおっしゃるばかり。またすぐお会いしたいですわ、とお願いしても、それきり、一月《ひとつき》以上お顔を見せてくださらないことはざらですし、百の恋文《こいぶみ》を送っても返事は一つもきませんし、贈り物をすれば突き返されますし、それはもう、警戒心の強い山猫を手なずけるよりも難しく……」

（なんでそんなメンドクサイ男を好きになっちゃったの?）

自分こそがその男になりすましていることを忘れ、思わず聞きたくなる火の宮であった。

「宮さまには、きっと、まだまだわたしの知らない一面があるのでしょうね。宮さまが新しいお顔を見せてくださるたびに、わたし、ますます夢中になってしまいますわ……」

娘はうっとりといった。

「宮さまは、わたしの運命の方ですもの。一目でわたしの初恋を奪ってしまわれた憎らしい方……ね、わたしたちが初めて出会ったあの日のことを覚えていらっしゃいます?」

「え？　あの日？」

もちろん覚えているはずがない。なぜなら自分は別人だから——などと正直に答えるわけにもいかない。

「うん。もちろんだよ。覚えている、覚えている。もうばっちり覚えている」

「うふふ、忘れがたい季節ですわ。まるで物語のような出会いでしたわね。思い出すと、今もわたしの心には満開の桜が咲き乱れ、激しい風が吹き渡るよう……」

「そうそう、桜ね。満開のね。あれは春のことだったよねえ」

「冬でしたわ」

「冬だった」

と火の宮は素早く訂正した。

「春かな？　とカン違いしそうなほど暖かい日だったけれど、実際の季節は冬だった」

「あの日は凍《こご》えるような大雪でしたけれど……」

「大雪だった。桜吹雪《さくらふぶき》のような雪が春みたいに思えたけれど、実際はすごく寒かった」

「あの日のわたしの着物がどんなだったか、覚えていらっしゃいまして？」

「え？　うん、あれは、とても好ましい、印象的な、きみによく似合う、全般的にいい感じの着物だった。色？　色は、そう、青のような、赤のような、紫のような、それでいて黄のようにも、緑のようにも見える、ふわっとした感じで……」

相手の表情をうかがいつつ、手探りで適当な答えを口にしながら、火の宮の背には、先ほどまでとはちがう種類の汗が流れ始めていた。

（もう。そういう出会いがあったのなら、少しは話しておいてよ。映の宮め！）

自分が勝手に弟になりすましていることは棚《たな》に上げ、八つ当たりをする火の宮である。

ボロが出ないよう、火の宮が四苦八苦しながら娘との会話を続けていると、普賢が何かを告げるように、小さくうなった。

狼の血が入った普賢は、普段、あまり吠えることがない。吠えるのは威嚇《いかく》をするとき、仲間を呼ぶとき、主人に注意を促《うなが》すときくらいのものである。普賢はクイクイ、と水干《すいかん》の袖《そで》を口にくわえて引いてくる。火の宮に何かを教えようとしているようだった。

（五百重が戻ってきたのかな？　なら、それを口実に、この場から退散できるかも！）

普賢の視線の先を急いで探した火の宮は、その目を大きくみひらいた。

人込みの中、地味な狩衣《かりぎぬ》をまとったひとりの男が目に入った。

年齢は二十代前半。さほど大柄ではないが、肌の浅黒い、首の太い、引き締まった身体つきの男である。頬のこけた、若さに似合わぬ狷介《けんかい》な顔つきで、暗い光を宿した切れ長の目が妙に人の目を引く。

藤原那智だ。

そして、その隣には映《はゆる》の宮がいた。

※

（！　どうしてここに映の宮が⁉）

火《ひ》の宮はあせった。

映の宮は昨日から那智《なち》とともに邸《やしき》を留守にしていた。てっきり、いつものようにふたりで遠乗りにでもいっており、当分帰ってこないだろう、と踏んでいたのだ。

（弟になりすましているときに当の本人が現れるなんて、間が悪いにもほどがあるわ。あ、こっちにこないで～、映の宮。そこの、あなたの好きそうな武具の店で、買い物でもしていて。そうそう、そのまま通り過ぎちゃって。お願い、わたしに気づかないで！）

強く念を送った次の瞬間、くるっと正面をむいた映の宮とばっちり目があい、火の宮ははしたなくも舌打ちしそうになった。

どうしてこういう時に、双子らしく心が通ってしまうのだ！

映の宮のおもてに驚きの表情が浮かんだ。

が、それは一瞬のこと。男装の姉のあせったようすから、すぐに状況を察したらしく、杏仁型《アーモンド》の目が、すうっと冷ややかに細められた。

（あ。すごい怒っているわ、これは……）

姉が自分になりすましている場に遭遇《そうぐう》して、怒るなというほうがムリかもしれないが。

とりあえず、目の前のこの娘が「宮さまがふたりいる」などと騒ぎだす前になんとかしなければいけない。火の宮はその場でクタクタと膝を折り、うずくまった。

「まあ、どうなさいましたの、宮さま！　ご気分がすぐれませんの？」

「うん、いや、実は、恥ずかしながら、空腹で……力が出ないんだ。今朝は、邸を出る前に、湯漬《ゆづ》けを軽く口にしただけだったから……」

「まあ、おかわいそうに」

「ごめんね、可愛い人。何か口に入れるものを買ってきてもらえないかな？」

「もちろんですわ。何をご所望《しょもう》です？」

「ええと、うん、焼き餅《もち》が食べたいな。ぼくは熨《の》した餅に醬《ひしお》をつけて食べるのが大好きなんだ。炙《あぶ》ってこんがり焼き目をつけたアツアツの……ああ、こんなことをいったらなんて食いしん坊さんの宮だろう、ときみに軽蔑されてしまうかもしれないね？　どうしよう」

恥ずかしげにつぶやき、火の宮が潤《うる》んだ大きな目で上目遣《うわめづか》いにみつめると、娘は「ひいっ」と妙な声をあげ、被衣《かずき》をかなぐり捨てる勢いで、脱兎《だっと》のごとく駆けだしていった。

餅を売る店は市《いち》の一番端にあるので、いって戻るには時間がかかるはずである。

（やれやれ、ごまかせた。あの娘には悪いけど、今のうちに姿を消すことにしよう）

「どこへいくつもりかな？　姉上」

一息つくひまもなく、ぐいと腕をつかまれ、火の宮はため息をついた。

（普段、姉上なんて呼ばないくせに……）

仕方なくふりむくと、こちらをにらんでいる弟と、戸惑い顔の那智と視線がぶつかった。

「火の宮さま——なのですか？」

いつもはしごく常識的に、御簾《みす》を隔《へだ》てて対面してきた相手なのだから、那智が驚くのも当然だった。映の宮と同じ顔をしているため、今さら正体をごまかすこともできない。

さすがに気まずく、落ち着かず、火の宮は懐《ふところ》に入れていたお面をかぶって顔を隠した。

「……なんだよ、そのヘンテコな面は」

「そこで買った狼のお面よ、可愛いでしょ。貴《あて》の宮《みや》へのお土産《みやげ》なの。ちょっと普賢《ふげん》に似ているかしらと思って」

「全然似ていないし、可愛くもない。狼どころか歯痛に苦しんでるタヌキみたいだよ」

「あいかわらず口の悪い子ね。どうしてこんなところにいるのよ」

「それはこっちのセリフだよ」

あきれた顔で映の宮がいう。

「さあ、こんな所でぼくになりすまして何をしてたのか、聞かせてもらおうじゃないか」

「別に、悪いことは何もしていないもの。五百重《いおえ》に頼んで、市に遊びにつれてきてもらっただけだもの。あんまり退屈だったから……」

「退屈だからって、男装して顔も隠さず市をうろつく姫宮がどこにいる⁉」

「あなたの目の前にいるじゃない」

　ホラホラ、とお面をつけた顔を近づけると、映の宮は嫌そうに顔をそむけた。

「まったく……五百重はどこにいるんだ？　五百重はあんまりきみを甘やかしすぎる！」

「自分だって、じゅうぶん那智に甘やかされているくせに……」

「なんだって？」

　火の宮は開き直り、肩をすくめた。

「いいじゃない、わたしのお忍び歩きなんて、五百重と一緒に山にいってお花を摘《つ》んだり、川釣りに一緒にいって、釣れたての魚を食べさせてもらったり、こうやって市をのぞいたりするくらいの、のんきなものなんだから。なにせ、映の宮、わたしはあなたみたいに、あやしい賭場《とば》に出入りしたり、つまらない喧嘩騒ぎを起こしたり、思わせぶりな態度で、純真な娘をたぶらかしたりしていませんからねえ」

「ちょっとまて。誰が誰をたぶらかしているって？」

「えくぼの可愛い丸顔の娘のことよ。知ってるんだから。とぼけたってだめなのよ」

「何を根も葉もないことを……」

　映の宮は舌打ちした。

「とにかく、人に見つかる前に、早く邸へ帰れよ！」

「何よ、いばりんぼう。だったら、今度は、映の宮が女装をして、一回わたしになりすましてみればいいんだわ。そうすれば、わたしのうんざりしたきもちがわかるから。毎日毎日、古びた邸に閉じこめられて、同じ顔に囲まれて、同じ風景をながめるばかり。こっちはもう、天井の木目の模様、柱の傷の数まで正確にいえるんですからね！」

「ぼくに文句をいうなよ。女の暮らしというのはそういうものだろ。自分の立場、身分をわきまえて、やんごとない内親王《ないしんのう》らしく、女らしく、しとやかにふるまえったら」

火の宮は鼻で笑った。

「……なんで笑うんだ」

「わたしの説得に手こずるからって、そんなつまらない常識をもちだしてくるなんて、映の宮、あなたらしくもないじゃない。自分だって、身分をわきまえて品よくあれ、親王らしくあれ、なんていわれたら、米の代わりに砂でも嚙《か》んでろ、って一蹴《いっしゅう》するくせに」

「……」

「あなただって、知っているじゃない。わたしも、あなたも、本当はもう、頭の上に押し戴《いただ》かれて崇《あが》められるような、そんなありがたい身分の人間じゃないってこと。親王、内親王が、その生まれだけで尊《とうと》ばれて、身分にふさわしい財産や封戸《ふこ》を与えられて、のんびり、おおどかに、しとやかに生きていけたのなんて、遠い昔のおとぎ話だってこと。ねえ、映の宮、そんなのどかな時代は、もう、とっくに過ぎたのよ」

火の宮は顔をすり寄せてくる普賢をなでた。

自分をみつめる翠緑色《すいりょく》の目。美しい琅玕《ろうかん》が貴重なのも、黄金色の蜂蜜が高値で取引されるのも、数が少なく、珍しいからである。

かつての皇族もそれと同じ、希少で高貴な宝石のような存在だった。

だが、その昔、宮廷を分断し、内乱に発展しかねないほどの激しい権力闘争が何度となく起こると、それに巻きこまれる形で、一部皇族もまた、臣下である藤原《ふじわら》氏の前にこうべを垂れ、膝を屈することを余儀《よぎ》なくされた。

その政争の結果、彼らの高貴さは貶《おとし》められ、傷つき、輝かしい権威はいちじるしく損《そこ》なわれたのだった。

（いまでは、捨て宮、落ち宮と呼ばれる、名前ばかりの親王、内親王の存在なんて珍しくもない。窮乏《きゅうぼう》から、盗賊に身を落として、放火、人殺しに手を染めたあげく、西に下って海賊の親王になった親王もいるし、悪い家人《けにん》に全財産を騙《だま》しとられて、最後は路上で野犬《のいぬ》に食われて死んだ、哀れな内親王もいると聞くわ）

京から離れたこんな宇治《うじ》の片隅で、下級貴族とさして変わらない暮らしをしている火の宮たちとて、そんなみじめな捨て宮、落ち宮のうちのひとりである。

この混乱の世にあって、いまだ皇族らしい、浮世離れした暮らしを送っているのは、権威、権力に守られた、ごくごく一握りの人々だけなのだ。

「お父さまも、お母さまも亡くなられて、あの崩れかけた古邸の中には、いまや親王家の権威にふさわしい実情なんて何一つないじゃない。それなのに、わたしたちは、形ばかり〝皇族らしく〟いなくちゃいけないの？　誰のために、なんのために、死んだ規範に縛《しば》られて、頸木《くびき》をつけられた子牛みたいに、身を縮こめて生きていかなくちゃいけないの」

——親王らしく、内親王らしくあられませ。このような草深い里におかれましても、ご自分たちの高いお生まれを、その誇りを、けっしてお忘れなさいますな。

老いた女房たちはくり返しいう。

絢爛《けんらん》たる宮中での日々を知る女房たち、死んだ父が東宮《とうぐう》と呼ばれ、亡き母が女御《にょうご》と呼ばれ、世にときめいていた華やぎの日々を知る女たちは、今も半分、そんな当時の夢の中にあるのだった。こんな田舎《いなか》にいても、自分たちは高貴な宮家にお仕《つか》えしているのだという擦《す》り切れた幻想を、古びた唐衣《からぎぬ》のように頑固にまとい続けている。

（だけど、わたしたちは、ちがう）

生まれて半年も経たずに、追われるように京を離れ、その華やぎも雅《みやび》も知らずに育った火の宮たち三姉弟妹《きょうだい》は。妹の貴の宮にいたっては、京の空気を吸ったことさえなく、この宇治の片田舎こそが生まれ故郷なのだ。

捨て宮、落ち宮と呼ばれ、自ら蜂を飼ってその蜜を売って歩くような乏《とぼ》しい暮らしの中で、いったい、どうやって親王らしく、内親王らしくふるまえというのだろうか。

「──宮」

姉の言葉に黙りこんでいる映の宮へ那智が近づき、低くいった。

「どうした」

「申し訳ありません。気づくのが遅れました。少し、面倒なことになりそうです」

（面倒なこと……？）

那智の視線の先へ火の宮も目をむけた。
六、七人の男たちがぞろぞろとやってくるところだった。
だらしなく着崩した直垂《ひたたれ》や水干《すいかん》に、萎烏帽子《なええぼし》をかぶり、棍棒《こんぼう》などを手にした集団である。

日に焼けた赤銅《しゃくどう》色の肌、手入れの悪い鬢《びん》、生々しい傷《きず》。

あまり筋のよくない輩《やから》であろうことは、その風体《ふうてい》、顔つきから察せられる。

「いた、いた」

大柄で髭面《ひげづら》の男が、ニヤニヤと笑いながら近づいてくる。

「姿が美しいから、すぐに見つかる。おう、なんとも、手間のかからんことよ」

「先日、あんなことがあったばかりだというに、うちの大将の縄張りへ早々に顔を出すとは、可愛い顔をして、怖いもの知らずの稚児《ちご》どのだ」

「大事なお嬢さんに手を出された件で、うちの大将は、いまだ、おおいにお怒りよ」

「まだいっているのか？　手を出した覚えなどない、と説明しているだろう」

いかつい男たちに囲まれながら、怯《ひる》むようすもなく映の宮が答える。

「あの家を訪ねたのは、正式に招かれたからだ。うちには、素晴らしい先祖代々の名刀がある、自慢の逸品《いっぴん》なので、ぜひお見せしたい、とあの家の娘にいわれて。だが、むやみに他人に見せるのを父親が嫌がるので、父が留守の時にきていただけないか……と」

「それで、こっそり、主人の目を盗んで留守宅にあがりこみ、ごちそうついでにお嬢さんにも手をつけた、といいたいのかい？」

「家の者の正式な招待を受けて訪問したことをおまえたちの流儀《りゅうぎ》では〝こっそり〟というのか？　たしかに、酒や食事で歓待してもらい、刀剣を見せてもらったが、それだけのことだ。おまえたちの主人にもあのとき、同じことを説明したはずだが……もっとも、頭に血がのぼっていて、いっさい、耳に入っていなかったようだがな」

（この男たちって、さっきの娘のいっていた……）

このあたりの顔役だという、父親の手下たちなのだろう。

父親は、嫁入り前の大事な娘をたぶらかした、と思いこんで映の宮を憎んでおり、手下たちはその意を汲《く》んで、彼を痛めつけにきた――というところらしい。

「那智」

映の宮が小声でいって、火の宮をあごで示した。この場から逃がせ、という意味だ。

女ということ、まして、火の宮が双子の姉だということを知られてはたいへんである。

素早く周囲を見渡した那智が顔をしかめた。

三人は、いつのまにか男たちに左右の逃げ道をふさがれ、後方は寺院の高い塀《へい》で行き止まり、という厄介《やっかい》な場所に立たされていた。

「ともかく、大将の命令なんで、相応のけじめはつけさせてもらおう」

ひときわ大柄な男が太い指をぽきぽき鳴らす。

「何、心配せんでも、命まではとりゃせんよ。その花の顔《かんばせ》に、傷の三つ四つつけさせてもらうだけだ。……ところで、そっちの妙ちくりんなお面の坊やは誰だ？」

「遊び仲間の稚児か？　それとも、イロってやつか。寺では竜陽《りゅうよう》（男色《だんしょく》）が盛んだというからな、どれどれ、一つ顔を拝ませてもら……うおっ⁉　な、なんだ、こいつは！」

「で、でっかい犬だな。おい、気をつけろっ。凶暴そうだぞ」

火の宮の前へ飛ぶように現れた普賢に驚き、男たちが数歩、後ずさる。

普賢は光る緑の目で男たちをじっとみつめ、牙をむき、警戒態勢に入っていた。

火の宮が映の宮を見ると、彼も彼女をみつめていた。

（逃げろ）

（わかった）

（捕まって、人質になんてなってくれるなよ）

（普賢がいるから大丈夫だと思うけど……）

心の通じる双子、というのは、こういうときに便利だと思う。――もっとも、

(じゃじゃ馬の姉宮め。だから、家で大人しくしていればよかったものを……)

(どこの世界に市でちんぴらの喧嘩に巻きこまれる姫宮がいるんだ?)

(貴《あて》の宮はあれほどおしとやかなのに、なんだって姉のほうはこうなんだか……)

という愚痴とも説教ともとれる声も、そのまなざしから伝わってきて、辟易《へきえき》したが。

「手を貸して」

火の宮が後ろの木を指さしていうと、映の宮はちょっと嫌そうな顔をしたが、あきらめたように屈《かが》み、組んだ手を差し出した。軽く助走をつけ、その手に足をのせると、勢いよく放りあげられる。火の宮は近くの木の枝にぶらさがった。

「あッ?」

高所に逃げた火の宮に気づき、男たちが駆け寄ってくるが、

「ウゥーッ!」

木の下で牙をむく普賢に食いつかれそうになり、あわてて逃げた。

そのあいだに、火の宮は身軽に木へよじ登ると、安全そうな太い枝へと移動した。

(とりあえず、ここにいれば、足手まといにはならないはず)

小さなころ、よく、庭の柿の実などを採《と》るために、ああしてお互いを木の上へ放りあげたものだ。

さすがに、十二、三を過ぎてからは、映の宮もそんな遊びには応じなくなったものの、今も五百重とのお忍びで山野を歩き回り、時に馬さえ乗りこなす火の宮の身の軽さ、敏捷《びんしょう》さは衰えていなかった。じゃじゃ馬ぶりは、幼い時分からのものなのである。

（まあ、調子に乗っておてんばをして、痛い目に遭うことも少なくなかったわけだけど）

一度などは乗って揺すって遊んでいた桜の木の枝が折れ、顔から地面に落ちて、派手に鼻血を噴き出したこともあった。

顔じゅう血まみれになったとたん、わっ、と大声で泣きだしたのは、ケガをした火の宮ではなく、はらはらしながら姉のやんちゃぶりを見ていた妹の貴の宮だった……。

火の宮が回想に耽《ふけ》っているあいだに、眼下ではすでに喧嘩が始まっていた。

映の宮を守りつつ、六、七人の男たちの相手をしなければならないので、那智は腰に佩《は》いていた剣を抜いている。相手も刀をかまえた那智には慎重に間合いをとっているが、そのぶん、丸腰の映の宮には遠慮《えんりょ》がなかった。
二、三人が那智の注意を引きつけているあいだ、スキをついては、他の男たちが次々、映の宮に襲いかかっていく。映の宮はひょいひょいと相手を避けていたが、しびれを切らした男たちが正面と背後からはさみうちにすると、さすがに避けきれず、捕まった。
「まったく、手間をかけさせやがって」

息を切らせ、映の宮を見下ろすのは、縦にも横にも一番大柄な男である。

「すばしっこい、こざかしい餓鬼《がき》めが。稚児らしく、仏間をちょろちょろと走り回るネズミのマネがやたらとうまいじゃないか」

「そっちこそ、仁王像《におうぞう》のマネでもしているつもりなのか？」

「何？」

「仏像みたいにヌーボーとつっ立っているって意味さ。——ほら。急所ががら空《あ》きだよ」

映の宮は男の股間《こかん》を力いっぱい蹴り飛ばした。

「ッッ‼」

飛び出さんばかりに目をむき、男が声もなくうずくまる。

虚を衝《つ》かれた背後の男が力を緩《ゆる》めたスキに、映の宮は薄衣《うすぎぬ》でも脱ぎ捨てるように、羽交《はが》い締《じ》めにされていた両腕をスポッと素早く引き抜いた。

ふりむきざま、相手の向こう脛《ずね》を思いきり蹴りあげたかと思うと、悲鳴をあげてよろめく相手の烏帽子をむんずとつかみ、容赦《ようしゃ》なく頭突きを喰らわせる。

「痛《いて》えッッッ！」

（あの子、子どものころから石頭だから……）

仲間がやられたのを見て、他のひとりが飛びかかってくる。

しゃがみこんだ映の宮にパッと砂を投げつけられ、男は目潰《めつぶ》しを喰らってたたらを踏んだ。その足を払って転倒させると、映の宮は相手から奪った棍棒を喉仏《のどぼとけ》めがけて突きおろした。

グエッ！　という声とともに、緑色の液体が口から吐き出される。

その後も、映の宮は相手の頭に棍棒をガンガン振りおろし続けていたが、とうとう棒が折れると、それを投げ捨て、最後はとどめを刺すようにその顔を蹴り飛ばした。

血潮《ちしお》とともに、白い小石のかけらのようなものが飛び、火の宮はさすがに顔をそむけた。

――花のようなおもてと、清げなその姿に似合わぬ、えげつない、実践《じっせん》的な喧嘩の流儀は、もっぱら、五百重から仕込まれたものだ。

映の宮がふり返り、火の宮を見あげる。

息があがり、額は汗に濡れ、水浅葱《みずあさぎ》色の水干もほころび、汚れてはいたものの、ほぼ無傷の映の宮のまわりに、大の男が三人もうずくまり、あるいは倒れ、血を流してうめいているのは、異様な光景だった。

（――きみのいう通りだよ、火の宮）

あわせた視線から、弟の心の声が火の宮の中へ流れこんでくる。

（さっきのぼくは、思ってもいない、つまらない建前《たてまえ》、きれいごとを口にしたよ。親王らしく、皇族らしく、品よくあれ、なんて、くそくらえだ！　そんな理想《もの》は明け方の夢のごとく、追うだけむなしいまぼろしだよ。血と、汗と、土埃《つちぼこり》に汚れて、夢も希望もない現実ととっくみあって生きている、今のこの姿こそが、嘘偽《いつわ》りのないぼくたちだ）

映の宮の形のいい唇の端にはかすかな笑みが浮かび、その白い頬にはいきいきと血の色がさしていた。

額の汗を手の甲で拭《ぬぐ》い、映の宮はふり返った。

「手伝うか、那智？」

「いえ、もうすみましたので」

那智も三人の男を難なく退《しりぞ》けていた。残されたのはひとりだけである。

劣勢を見て、男は映の宮たちからあわてて距離をとった。周囲に目をやり、そばの木につないでいた馬に気づくと、手早く綱をほどき、これに乗って逃げようとする。

「あっ！　馬泥棒！」

火の宮が木の上から、履《は》いていた草鞋《わらじ》をとっさに男の顔に投げつけると、鐙《あぶみ》に足をかけていた男が「わっ、なんだ⁉」とぐらつき、姿勢を崩した。

「あいつを捕まえて！」

「あいつを捕まえろ！」

火の宮の声に映の宮のそれが重なった。

「「普賢！」」

普賢がひらりと跳んだ。

鐙にかけている男の脚に食いつき、たちまち男を鞍《くら》から引きずりおろした。

突然の騒ぎに驚いた馬がいななき、暴れだす。

「大丈夫よ！　落ち着いて」

馬をなだめようと火の宮は樹上から手を伸ばしたが、次の瞬間、バキッという音とともに身体が急激に沈んでいく感覚にとらわれた。

細い枝先が重みに耐えられなかったのだ。

（落ちる！）

「危ない！」

火の宮は手足を丸め、地面にぶつかる衝撃に備えたが、その瞬間は訪れなかった。

「――大丈夫ですか？」

「五百重……！」

火の宮の身体は五百重のたくましい腕に抱きとめられていた。

「遅くなって申し訳ありません。途中、思わぬ人に会いまして……」

火の宮をそっと地面におろすと、五百重はその身にケガのないことを手早く確認した。

そのあいだに那智が暴れる馬に駆け寄り、手綱をとってこれを鎮《しず》めている。

五百重は那智をながめ、駆け寄ってきた映の宮をみつめ、ゴロゴロ倒れている男たちを見て状況を把握《はあく》しようと眉を寄せていたが、普賢に食いつかれ、引きずり回されて悲鳴をあげている男に気づくと、その衿《えり》ぐりを乱暴につかんで持ちあげた。

「これはなんですか?」

「えーと……」

頭の中に浮かんださまざまな説明の言葉をはしょり、火の宮は簡潔に答えた。

「悪いやつよ」

「そうですか」

五百重が肉の厚い掌《てのひら》で男の顔に強烈な平手打ちを一発喰らわせると、男は白目をむいてひっくり返り、意識をうしなった。

「何があったかは、後《のち》ほど、ご説明いただくとして……とりあえず、ここを離れましょうか。だいぶ人目を集めているようですから」

市の中心からは離れているものの、さすがにあれだけの騒ぎを起こせば大勢の注意を引く。いつの間にか火の宮たちの周りには人だかりができていた。

「――散れ、散れ!」

突然、荒々しい声とともに、馬に乗った男と、その供らしい四、五人の男たちが土埃をもうもうと立て、人だかりの中へ割って入ってきた。

面白半分に乱闘騒ぎを見物していた人々があわてて四方八方に散らばっていく。

垢づいた着物を着崩した、先ほどのちんぴらたちとはちがい、新たに現れた男たちはみな、ぱりっとした狩衣《かりぎぬ》を身にまとっている。

　ことに、美々《びび》しい髭《ひげ》をたくわえた馬上の人物は、拵《こしら》えの立派な太刀《たち》を佩《は》き、なかなかの威容を誇っていた。年齢は四十半ば、豊かな中流貴族と一目でわかる装いである。

（あれは）

「――兄者《あにじゃ》……？」

　那智が眉をひそめてつぶやいた。

　彼の兄――正確には、異母兄である紀伊《き》の守《かみ》だった。

　紀伊の守は、馬上から那智にちらりと目をやったあと、倒れている男たちを見て、

「また、くだらぬ喧嘩か？　那智」

　顔をしかめた。

「愚か者が。我が家の名折れになることばかりしでかしおって。父を同じくする兄として、寛大な心で引き立ててやった甲斐《かい》もない。まこと、血は争えぬな」

　ぺっ、と那智の足元に勢いよく唾《つば》を吐きかけた。

　那智のおもてが強《こわ》ばる。

　そのあいだに、火の宮は五百重の大きな身体の陰に急ぎ姿を隠していた。

（どうして、ここに紀伊の守まで現れるのよ……？）

　面をつけた男装姿であるから、まず大丈夫だろうとは思うが、うっかり声など発して、万が一にも自分だと気づかれてはまずい。

紀伊の守は、これまでに、那智同様、いや、那智などよりもよほど多く、御簾《みす》越しに対面してきた相手なのだ。

紀伊の守は京に住む裕福な受領《ずりよう》である。

近くに山荘をもつ縁から、生前、故院《こいん》と親交を結び、その人亡きいまも、貧しい火の宮たち一家への経済的援助を続けてくれているという奇特な人物だった。

「思いがけない人に会った、と先ほど申しましたのは、紀伊の守どののことなのです」

五百重がひそひそと耳打ちする。

「昨日から姿の見えない映の宮さまと那智どのを、急ぎ、探しているとのことでして。現在、映の宮さまに扮《ふん》していらっしゃる宮を紀伊の守どのに見つけられてはまずい、と思い、探すのを手伝うフリをしながら、ごまかし、ごまかし、ここまできたのです。まさか本物の映の宮さまもここにいらっしゃるとは思いませんでしたが」

「そうだったの」

(それにしても……なんだか、ずいぶんあわてているみたい。あの紀伊の守が、何をそう急いで映の宮を探す用があったのだろう)

映の宮の前に膝をついて礼をとっている紀伊の守を見て、火の宮はふしぎに思った。

(というか、彼がこんなに早く宇治へ戻っていたことさえ、わたしは知らなかった)

火の宮が紀伊の守から目通りを申しこまれ、「山荘《こちら》での骨休めもすんだので、明日にも京に戻ります」という挨拶《あいさつ》を受けたのは、十日ほど前のことだった。
山荘にきた折、帰京する際、紀伊の守はりちぎに火の宮たちのもとに顔を出し、土産《みやげ》なりなんなりを置いていく。
多忙な人物らしく、山荘や周辺の所領の管理などは異母弟の那智にいっさいを任せてお
り、いったん、京に戻れば、そのまま、しばらくは姿を見せないのがつねだった。
今回もそうなのだろう、とてっきり火の宮たちは思っていたのだが……。
「那智。映の宮さまのお馬はどうされたのだ。……なじみの家に預けてある？　では、す
ぐにそちらへ案内をしろ。宮さま、どうぞ、ご移動を。さ、このような騒々しい場所に、
長く留まってはなりませぬ」
自分の馬は供のひとりにまかせ、紀伊の守は映の宮に寄り添って歩き始める。
残りの男たちが仰々《ぎようぎよう》しく自分の周りを囲むのを、映の宮は不審そうにみつめた。
「いきなりやってきて、いったい、これはなんのまねだ。紀伊の守。わざわざ喧嘩の仲裁《ちゆうさい》
にきたわけではないだろう。ぼくに何か用があったのか？　だいたい、そなたは京に戻っ
たのだと思っていたが」
「は。戻りましたが、今朝、夜が明けるのをまって、急ぎ、こちらへまいりました」
「なんのために？」
「それは……」

紀伊の守の目が泳ぐ。

「道々、ご説明いたします。ともかく、今は我が山荘へお越しを。京からの、いえ、院からのお使者が、そちらにまっておりますゆえ」

「院からの使者……？」

映の宮の声がますます困惑の色を帯びる。

「もう少し、わかるように話せ。ぼくはあまり気が長いほうではないぞ。院というのは、どこの院だ？　誰が使者を遣《よこ》したというのだ」

「春秋院《しゅんじゅういん》です」

「春秋院……」

「八雲《やくも》の院のおわす、上皇御所《じょうこうごしょ》です。誰からのお使者かと問われれば、それは、むろん、御所の主であらせられる……それ以上のご説明は、不要でありましょう」

思いがけない返答に、映の宮はしばし言葉をなくしたようだった。

（春秋院って、噂《うわさ》に聞く、あの春秋院……？　そこからの使者って……つまり、八雲の院からの遣いということ⁉）

京の暮らし、宮廷の華やぎとまるきり縁のない生活をしている火の宮たちでさえ、さすがにその名前は知っている。

上皇、八雲の院。

先の帝《みかど》にして、今上《きんじょう》の兄。

豪奢《ごうしゃ》を愛し、風雅《ふうが》に通じ、文武、知略に優れ、百花《ひゃっか》の王にもたとえられる美貌の帝王。

現在、この日の本の権威、権勢のすべてをほしいままにしている治天《ちてん》の君《きみ》。

それが八雲の院だ。

「どういうことだ？」

映の宮の声は動揺からか、わずかにかすれていた。

「上皇が——八雲の院が、なぜ、我が家に使者など遣《よこ》す」

「それは、長くなりますゆえ、山荘につきましてから、ご説明いたしましょう。このような場所で話すにはふさわしくないお話でございます」

「いいから、もったいぶっていないで、さっさと話せ。ぼくは気が長いほうではないといったはずだぞ」

ピッ！　と指笛を鳴らすと、普賢が映の宮の元へ風のように駆け寄った。

「普賢、ぼくが合図をしたら、紀伊の守の尻を咬《か》め」

「ウウーッ！」

「先月より、御所のあたりがにわかに騒がしくなりました！」

紀伊の守はあわてていった。

「東宮、豊人《とよひと》親王の御薨去《ごこうきょ》より一月《ひとつき》半が経ち、七七日《なななぬか》の法要を前に、帝より次の東宮の指名について、お言葉があったそうなのです。東宮さまがたを襲った悲劇のことは、映の宮さまにも、むろん、ご存じのことと思いますが……」

「東宮が三代続けて貴腐《きふ》の病にとりつかれた件か」

映の宮の言葉に、紀伊の守が小さく咳払《せきばら》いをする。

現在、王侯貴族を直撃している葡萄《えび》病みの脅威《きょうい》は、腐敗、堕落《だらく》した生活を送る彼らへの天からの鉄槌《てっつい》である――という風説から生まれた「貴腐」というこの病の異称を、当の皇族、貴族たちは毛嫌いしているのだ。

「ともかく……それを踏まえ、大斎院《だいさいいん》より神託があったそうなのです。それにより、次の東宮選定に関して、異例の御沙汰《ごさた》が下されたとのことです」

「異例の御沙汰？」

紀伊の守はうなずいた。

「次の東宮は、皇子《みこ》ではなく、皇女《ひめみこ》の中から選任されるそうです、映の宮さま。葡萄病みの脅威が皇族男子に集中しているため、それを絶つため、次代の東宮には花鎮《はなしず》めの力を宿す無垢《むく》なる皇女のお力が必要とされるのだと――大斎院からのご神託を八雲の院をはじめとする今三院《いまさんいん》のみなさまがたがお受け入れあそばされ、帝におかれましても、ご深慮《しんりょ》の末にこれを諾《だく》とされ、その沙汰をご決断あそばされたそうです」

映の宮は足を止めた。それに従い、紀伊の守も立ち止まる。

火の宮はぽかんとして、いま、耳にした話を頭の中で反芻《はんすう》した。

東宮の死。大斎院の神託。帝と今三院の決定。次の東宮には皇女を──。

困ったときにいつもそうするように、火の宮は五百重を見た。だが、さすがに有能な五百重にも手に余る話である。彼女も火の宮にむかって無言でかぶりをふるだけだった。

いつのまにか一行は、市の喧騒を離れ、寺院の裏手にある、柴垣《しばがき》で囲まれた小さな家の庭へと入っていた。

どこからか、かすかに馬のいななきが聞こえてくる。那智が馬を預けたのはこの家なのだろう。だが、那智は馬を迎えにいこうとはせず、映の宮同様、異母兄である紀伊の守の顔を穴が開くほどみつめていた。

「ばかな」

ようやく、映の宮がいった。

「次の東宮に皇女を立てるだって？」

「はい」

「なぜ、そんな。今上《きんじょう》はともかく、八雲の院には、まだ妃腹《きさきばら》の皇子たちが数人いるだろう。それら男子をおいて、女東宮が立つ？」

「その通りです、映の宮さま」

「今上も、八雲の院も、どうかしているんじゃないか」

映の宮は吐き捨てるようにいった。

「大斎院の神託？　そんなあやしげなものに皇位の継承を左右されるとは。葡萄病みの毒が頭にでも回ったか。いや、そんなことはどうでもいい。それと、ぼくたちに、いったいなんの関係があると——紀伊の守⁉」

にわかに狩衣の袖《そで》を払い、その場に平伏した紀伊の守と、それに従い、ひれ伏す供の男たちを映の宮は目をむいてみつめた。

「映の宮さま。本来であれば、我が山荘にて、盛大にお祝いすべき事柄を、このような場所で申しあげることになりまして、まこと、恐縮でございます」

「そなた、いったい、何を……」

「女東宮には、十四歳以上の未婚の処女《おとめ》を据えよ」

紀伊の守はいった。

「宮中においては、大斎院の示されたこの条件に適《かな》う皇女、内親王がたが、すでに候補者としてあげられ、詮議《せんぎ》されたそうです。そして、その候補とされる姫宮のうちのおひとりに、映の宮さまの姉君、火の宮さまが挙げられたとのこと」

「な……」

「映の宮さま。火の宮さまが選ばれたのでございます。あなたさまの姉宮さまが、次の東宮になられるかもしれぬのでございますよ。火の宮さまには、まずは我が山荘に待機しているお使者とのご面談をお果たしいただき、これが滞《とどこお》りなくすみましたのちには、院の宣《せん》旨《じ》を正式に賜《たまわ》り、春秋院へとお移りいただく運びとなっております。まずは現在の家長であられる映の宮さまにご朗報をお伝えせねばと、この紀伊の守、急ぎ京より山を越え、こうして御前にはせ参じました次第。まことにおめでとうございます、映の宮さま！　このたびのご慶事《けいじ》、ご一家の誉《ほま》れ、心よりおよろこび申しあげます」

二　春秋院《しゅんじゅういん》からの使者

「吉兆はあったと思うわ、姉さま」

貴《あて》の宮《みや》はいった。

「きっちょう？」

「そう。今回の、女東宮《おんなとうぐう》の候補に選ばれる兆《きざ》しというか、おめでたい前触れというか……もちろん、その時にはそうと気づかなかったけれど、ふり返ってみれば、あれこそが吉兆だった、と思うできごとがあったと思うの」

（そんなもの、あったかな）

小袋に入った炒《い》り豆をポリポリ食べながら、火《ひ》の宮は妹のいうめでたい前触れとやらを考えてみたものの、あてはまるできごとは何も思いつかなかった。

「蜂蜜《はちみつ》よ、姉さま」

「蜂蜜」

「そう。今日、売りにいった蜂蜜の半分は、邸《やしき》で採《と》れたものだったけれど、もう半分は、ほら、五日ほど前に、五百重《いおえ》と姉さまがお山へいって、倒れた古木の中に蜂の巣があるのを、偶然、見つけたものだったでしょう？　今年の春は蜂の働きが悪くて、邸で採れた蜜もずいぶん味が薄くて困ってしまったけれど、あの拾い物の蜂蜜と混ぜたおかげで、前回とさほど変わらない品質になったのよね。おかげで、今日の取引でも、五百重が強気で高値を要求できたというし。わたしは、あれこそが、吉兆だったと思うの」

――五日前の朝、近くの野原で乗馬を楽しんだ帰り道だった。

早朝なら、人目にもつきにくく、女房たちにも不在をごまかしやすいので、火の宮は五百重とともに朝の野駆けに出て、退屈を紛《まぎ》らわすことをたびたびしていた。

行きとはちがう山道を辿《たど》って帰る途中、道に大きな古木が倒れており、その上を数匹の蜂が飛んでいた。めざとい五百重がすぐに気づき、もろくなっている木の皮の一部を短刀で剝《は》いでみると、古木の中は大きな洞《うろ》になっており、そこに蜂たちの溜めこんだ数年ぶんの蜂蜜がびっしり詰まっていたのである。

年月を経《へ》る間に水分がすっかり飛んで、ねっとりと黒ずんだ金色に変わった、濃密な蜂蜜だった。「山の真珠」とも呼ばれる希少な蜂蜜、しかも、今年はただでさえ採取量が少ないところに、大甕《おおがめ》にあふれるほどの量が採れたのだから、その日、邸は文字通り「蜂の巣をつついたような」嬉しい騒ぎに包まれたのである。

「五百重によると、若いメス蜂の王が生まれると、それまで女王だった蜂は古い巣を譲って、他の場所へと移るのが蜂の習性なのですって」

「そうなの？」

「そう。蜂の世界は人間とちがって、メスを中心に回っているのだそうよ。一番敬《うやま》われるのも、体が大きいのも、数が多いのも、メスなのですって……そう考えると、古い女王蜂の引っ越しも、院号《いんごう》を得られて内裏《だいり》を離れられ、上皇御所《じょうこうごしょ》へと移られる女院《にょいん》さまのようで面白いでしょう。メスたちばかりの世界で作られた蜂蜜を姉さまが拾った数日後、姉さまのもとに女東宮候補の話がきた……ねえ、なんだか符号が合うと思わないこと？」

火の宮は肩をすくめた。

符号が合うかどうかはわからないが、蜂蜜の話などしたせいでさらなる空腹を覚えたのはたしかだった。火の宮は新たな豆をひとつかみ口の中へと放りこんだ。

ふたりは緩《ゆる》い傾斜の山道をのぼる牛車《ぎっしゃ》の中にいる。

紀伊《きい》の守《かみ》の声がかりで、あわてて邸の車宿《くるまやど》りから引っぱり出された古い半蔀車《はじとみぐるま》である。

壁紙の一部が色褪《いろあ》せ、けばだった古い畳の四隅がうっすら埃《ほこり》をかぶっていたが、それでも、現在、邸にある牛車の中では一番マシな一輌《りょう》だった。

映《はゆる》の宮は、ふだん、好んで馬を使うし、父宮が没して以来、火の宮たち姉妹が牛車に乗ってどこかへ出かけるような楽しい機会もほとんどなかったため、管理を任せている家人《けにん》も、長く出番のない車の手入れをすっかり怠《おこた》っていたのである。

「貴の宮、わたしの膝の上に座るといいかも」

不安定な妹を見かねて、火の宮はいった。

小石の多い坂道をのぼりながら、車はひっきりなしに揺れていた。

そのたびに、華奢《きやしや》な貴の宮の身体は右に左に大きく揺すぶられている。

貴の宮はちょっと恥ずかしそうな顔をしたものの、素直に従い、寄ってきた。

十三という年齢よりもだいぶ小柄な妹宮は、膝の上に抱いても、普賢《ふげん》とさして変わらない軽さである。色の白さは姉兄《きょうだい》に劣らず、顔立ちもよく似ているものの、双子のいきいきとした血色のよさはそこにはなく、青ざめたおもてに目ばかりが大きな印象だ。

十三という歳《とし》にまさって聡明な貴の宮は、しかし、早熟なその頭脳とは反対に、生まれつき身体が弱く、季節の変わり目などには、熱を出して臥《ふ》せることもたびたびだった。

「ごめんね、貴の宮。先日まで風邪をひいていたのだし、家でゆっくりしていたかっただろうに、紀伊の守の山荘くんだりまで引っ張り出されることになっちゃって」

「そんなことはかまわないのだけれど……」

火の宮の口の端についていた豆のカスをとり、貴の宮は、姉の顔をのぞきこんだ。

「どうしたの？　貴の宮も炒り豆食べたいの？　ハイ」

「ちがいます。……姉さまったら、びっくりするくらいのんきでいらっしゃるのね。いきなりやってきた紀伊の守に、ご神託だの、女東宮候補だのの話をまくしたてられて、女房たちは、混乱するやら、興奮するやら、上を下への大騒ぎだったというのに」

貴の宮はあきれたようにいった。

「これから、あの天下の八雲《やくも》の院のお使者に会う、というときに、ポリポリ炒り豆を食べている豪胆《ごうたん》な姫は、姉さまくらいのものだと思うわ」

「あのね、貴の宮、これは発見なんだけど、人間、お腹が空《す》きすぎると、興奮とか緊張とか、感じる余裕もなくなるみたい。早馬を飛ばしまくってきたせいで、今のわたしはお腹と背中がくっつきそうなくらい、はらぺこなの。今日は市《いち》で美味《おい》しいものを食べられると楽しみにしていたのに、結局例の騒動でバタバタして、そんなヒマもなかったし……」

火の宮はふう、と大きなため息をついた。

——市の外で、火の宮が女東宮候補に選ばれたことを告げた紀伊の守は、

『映の宮さまにおかれましては、これからすぐに私めとともにお邸へ戻られ、火の宮さまにこのたびの事情をご説明していただかねばなりません』

といいだしたので、火の宮はおおいにあわてた。

紀伊の守よりも先に邸へ戻っておかねば、お忍びの外出がバレてしまうではないか！

そこから、火の宮と五百重は馬を急がせ、大至急、帰宅するはめになったのだった。

転がるように邸へ入り、急ぎ男装を解き、髪を直し、やれやれ、なんとか間に合った……と思っていたところに、紀伊の守たちがやってきて、「院からの使者がまっているので、すぐに自分の山荘へ移動していただきたい」という。

そこから、また、先の汗もひかぬうちに、外出用の衣装に着替えさせられ、化粧をさせられ、こうして車に押しこまれ……何もかもがあわただしく過ぎたあと、火の宮の上にじわじわとよみがえってきたのは、感慨《かんがい》や興奮よりも、忘れ去られていた空腹感だった。

「今回のこと、何かの間違いじゃないのかなあ」

火の宮はつぶやいた。

「間違い？」

「うーん、たとえば、担当部署の役人が、使者を送る相手を間違えたとか、候補者の名前を読み間違えたとか……」

「姉さまったら。事は次代の東宮の選定に関わる話、国家の一大事なのよ。そんなおまぬけな間違いが起こるわけないでしょう」

「だって、貴の宮だっておかしいと思うでしょ。このわたしが、宇治《うじ》の蜂飼い邸の火の宮が、よりによって、東宮候補に選ばれるなんて……！　他に候補が何人いるのか知らないけど、きっと、みんな、都で何不自由ない暮らしをしている〝皇女《ひめみこ》らしい皇女たち〟にちがいないでしょう。そんな中で、どうして、朝廷からも京からも離れた暮らしをしている、わたしなんかが選ばれるの？」

火の宮は首をひねった。

「自慢じゃないけど、この火の宮、両親もない、後見《こうけん》もない、財産もない、ナイナイづくしでとうにその存在を忘れ去られた親王一家の捨て宮よ」

「本当に自慢じゃないわね」

「駒競《こまくら》べ（競馬）の場で、美々《びび》しい装飾の馬たちの中に野生の裸馬がノコノコ出ていくようなものでしょ。いったいどんな過程でこの宇治の火の宮が候補になったのか、さっぱり理解できない。そりゃ、わたし以外の十四歳以上の皇女が、葡萄病《えびや》みでひとり残らずあの世にいっちゃったとでもいうなら話は別だけど……って、あれ？　そうなのかな？　わたしの知らないところで、皇女が全員、死に絶えちゃったのかな？」

「死に絶えていないと思う」

「ウーン、だったら、やっぱり、わからない」

宮廷の事情に疎《うと》い火の宮であっても、東宮選びに関するいざこざが、後見する貴族の権力争いをそのまま意味していることぐらいは、さすがに理解していた。

権門《けんもん》の家々がそれぞれ、これと見込んだ皇子《みこ》を後押しし、賄賂《まいない》を配るやら、根回しをするやらで奔走《ほんそう》し、贔屓《ひいき》の皇子を東宮に、ひいては帝位につける。

同時に、その後宮に娘を送りこみ、皇嗣《こうし》となるべき男子を生ませ、自分は外戚《がいせき》として権力を振るう――こうした、古代からさして変わらない仕組みになっているはずだった。

今回は女の東宮が選ばれるため、娘を後宮に送りこむ手は使えないにせよ、東宮選びがそのまま、藤原摂関家《ふじわらせっかんけ》の外戚争いを意味することに大きなちがいはないはずである。

「でも、姉さま、八雲の院は、御位《みくらい》にあられたころから、強く親政《しんせい》（天皇自らによる政治）を推し進めていらっしゃって、外戚の干渉《かんしょう》をできる限り廃されていたという話よ」

聡《さと》い貴の宮が大人びた口調でいう。

「今回、女東宮を立てることになったのも八雲の院の強い意向らしいと紀伊の守がいっていたし、権門の後見がいる、いない、は、あまり関係ない話なのかもしれないわ。何より、大斎院《だいさいいん》のご神託が事の発端《ほったん》なのでしょう。神意となれば、俗世の権力がどうこうなんて話は、問題にならないのではないかしら」

「大斎院のご神託、ねえ……」

『そんなあやしげなものに皇位の継承を左右されるとは。葡萄病みの毒が頭にでも回ったか』

と今上《きんじょう》と上皇をまとめて切って捨てた双子の弟の言葉が思い出される。

不敬《ふけい》の極《きわ》みの暴言だが、正直、火の宮の思うところも、映の宮と同じだった。

今上と上皇がこぞって頭の上に押し戴《いただ》いておがむ、ありがたい大斎院の神託とやらも、火の宮にはピンときておらず、そこらの辻占《つじうら》とさして変わらぬ御託と思えてしまう。

（そういえば、映の宮はどうしているんだろう）

妹をいったん膝からおろすと、火の宮は御簾《みす》を動かし、半蔀《はじとみ》の窓から外を見た。

紀伊の守の部下たちが、のんびりした牛車の速度にあわせて馬を進めている。

首を伸ばしてみると、後方に、徒歩で従う五百重と、その隣を歩く普賢が見えたが、映の宮の姿はなかった。おそらく、紀伊の守とともに先頭付近を進んでいるのだろう。

あれきり、映の宮とは何も話せていない。

火の宮たちより一足遅れ、紀伊の守とともに邸へ戻ってきた映の宮。

東宮候補に選ばれたことを興奮ぎみに話す紀伊の守の隣で、映の宮は、終始、沈黙を守っていた。火の宮はその目をみつめ、弟の心を探ろうとしたが、かなわなかった。

たしかなのは、彼がこの降ってわいた幸運を、手放しでよろこんではいないということだけである。

（わたしだって困惑と疑問でいっぱいで、いまだよろこぶ気分にはなれないけれど……）

先ほど、貴の宮が「吉兆」といったできごとがふと思い出される。

たしかに、稀《まれ》に見る幸運だった。その需要《じゅよう》も値も高まるばかりの希少な蜂蜜を、あれだけの量、労せずして手に入れたのだから。火の宮も、あの日は家の者たちや自分にも、大盤振る舞いを許し、舌が痺《しび》れるほどに甘い蜂蜜と蜂の巣の味を堪能《たんのう》したのである。

（でも、蜂たちから見たら、めでたいどころか、とんだ災難だったにちがいない）

何年もかけてせっせと溜めこんだ大事な食料を、通りすがりの図々しい人間たちに根こそぎ奪われたのだから。あのできごとは、見方を変えれば、蜂たちの恨みを買った、ということになるのかもしれない。

今回の話も、それと同じなのだろうか？　と火の宮は思う。

一見、幸運に思えるできごとが、災厄《さいやく》になるかもしれないというような。

浮き足立ち、油断して、幸運の甘さに酔いしれているうちに、美味なる蜜が口の中で砂に変わるようなことが起こるのではないか……。

牛車が大きく揺れた。馬のいななきとざわめき。紀伊の守の山荘についたようだ。

（さあ、院の使者とやらとご対面だわ）

火の宮は口の中へ放りこんだ最後の炒り豆を思いきりよく奥歯で嚙み砕いた。

※

牛車がとまり、前方の御簾がするするとあげられた。

踏み台となる榻《しじ》を用意する五百重《いおえ》の隣で、普賢《ふげん》がちょこんと前脚を揃えて座っている。

穏やかな翡翠《ひすい》色の目でこちらを見あげる愛犬を見て、火の宮は思わず笑顔になった。

今すぐ抱きしめ、ちくちくする毛皮に思いきり顔を埋《うず》めたい衝動に駆られるが、さすがに、そういうわけにもいかない。

いつもの軽装とちがい、たっぷりとした長袴《ながばかま》に袿《うちぎ》を何枚も重ねた小袿《こうちぎ》姿なので、五百重の手を借りて牛車をおりるだけでも一苦労である。

「――おまちしておりました、火の宮さま。貴《あて》の宮さま。どうぞ、こちらへ……」

廊下にあがった火の宮と貴の宮へ、妙齢の女房が頭をさげた。

女房頭《にょうぼうがしら》だろうか。品のある顔立ちで、わりあい長身の火の宮よりもさらに背が高い。

先導する女房の後ろを歩きながら、火の宮は周囲に視線をめぐらせた。

紀伊の守の山荘にくるのは初めてである。造りこそこぢんまりとしているが、床も柱もよく磨かれ、整然と配された几帳《きちょう》なども季節に合わせた涼しげなもの、柴垣《しばがき》も、庭の樹木も、風情《ふぜい》ありげに整えられている。趣《おもむき》のある邸宅だった。

(京にある本邸は、これよりもっと大きくて立派なんだろうな。うちの邸とは大ちがい)

火の宮は、邸を発《た》ってすぐ、開けた牛車の窓の外、樹々の間から見えたじしんの邸のようすを思い出した。

明るい光の中で見た我が邸は、かなしいほどに古びて、傷《いた》んで、みすぼらしく映った。

下女たちの住む北側の建物は、屋根の大半が傾き、廊下が崩れかけていたし、火の宮たちの住居である寝殿《しんでん》と対《たい》の屋《や》も、軒先《のきさき》に八重葎《やえむぐら》や蔓草《つるくさ》がびっしりと生え、ろくに手入れもされていなかった。下屋《しもや》の裏手の井戸で下女たちが洗濯《せんたく》をし、そばでは裸同然の童《わらわ》が走り回り、草の海となっている庭を野良犬がウロウロと歩き回っていた。

山里の風情にふさわしい、しっとりと瀟洒《しょうしゃ》なこの山荘とは、対照的なありさまだった。

（だからこそ、紀伊の守はわたしをここへ呼んだんだろう）

なぜ院からの使者に会うのに、紀伊の守の山荘へ移動するのか、火の宮は疑問だった。なぜ使者が直接ここにこないのか？　上皇の使い、いわゆる院使《いんし》を迎えるためには、場所を移さねばならない決まりでもあるのだろうか？　とも。

だが、紀伊の守が、

「本日より、火の宮さま、映《はゆる》の宮さま、貴の宮さまのお三方は、土忌《つちい》み（地神のいる方角を避けて普請《ふしん》をする陰陽道《おんみようどう》の習慣。避けきれないときは住人が住まいを移す）のため、我が山荘に移られるご予定であった、と使者にはお伝えしております。工事のさわがしさを避けるため、そのまましばしご滞在いただくご予定になっている、と。失礼ながら、使者をお迎えするにあたって、こちらのお邸では、不便が多かろうと考えまして……」

というのを聞き、だんだんと事情が呑《の》みこめてきた。

他に女東宮候補が何人いるのかはわからないが、教養なり品位なり人柄なりを吟味《ぎんみ》してその選定がされるはずである。暮らし向きや経済状態も調べられるかもしれない。と、なれば、あのボロ邸が使者にいい印象を与えるはずもない。とりあえず工事中ということで三人を移し、一家のみじめな暮らしぶりを隠蔽《いんぺい》しよう、と紀伊の守は考えたのだ。

（そんなふうに表面ばかりを付《つ》け焼刃《やきば》にとりつくろったところで、さて、どれだけ使者の目を欺《あざむ》けることやら……）

案内されたのは母屋《もや》の一室だった。畳の御座《おまし》が調《ととの》えられ、美味しそうな菓子を載《の》せた高坏《たかつき》が置かれ、そばには愛らしい顔立ちの女の童《めわらわ》がちょこんと座っている。

やれやれ、ようやく一息つける、と腰をおろしかけたところ、

「火の宮さまは、そのまま、こちらへ」

と制せられる。

「使者には、火の宮さまおひとりでご対面いただきますゆえ。そのあいだ、貴の宮さまには、こちらでおまちいただきます」

「……そうなの」

菓子に未練の視線を送りつつ、火の宮は妹をそこに残し、再び女房のあとに続いた。

「火の宮さまのお渡りにございます」

通されたのはやたらと広い部屋だった。がらんとした室内の上座に畳が置かれ、そこへ座るよう、促《うなが》される。目の前には視線を遮《さえぎ》るように几帳が並んでいる。

かそけき衣擦《きぬず》れの音が聞こえ、使者がこの向こうにいるのだな、と察せられた。

そのあいまに、チリ、チリン……とかすかな鈴の音《ね》が響いてくる。

(なんだろう……この音は?)

と、どこからか現れた女房たちが、目の前の几帳をやにわに片づけ始めたので、火の宮はちょっと驚いた。そして、几帳のとり払われた先に座る相手を見て、さらに驚いた。

(——これが、春秋院からの使者?)

なんの根拠もなく男だと思っていた使者は、女だった。

加えて、ひとりだと思っていた相手は、ふたりだった。

だが、火の宮が何より驚いたのは、彼女たちのいでたちだった。

平伏していたふたりの女が申しあわせたように顔をあげる。

チリン……と再び、鈴の音が響いた。四つの女の目がひた、と火の宮にそそがれる。

並んで座るふたりの女は親子ほども歳《とし》が離れていた。

むかって右の女は二十代半ばだろうか。目尻のさがった、愛らしい顔立ちをした、華奢で童顔な美人である。

いっぽう、左の女は、五十路《いそじ》にかかろうかという年齢で、やや太り肉《じし》だが、派手やかな顔立ちである。色白の肌もきめ細かく、若いころはさぞや美貌を誇ったことだろう。

とはいえ、火の宮の目を強烈に引きつけたのは彼女らの容貌ではなく、その衣装であり、装飾品だった。腰裳《こしも》をつけ、何枚も重ねた袿の上に唐衣《からぎぬ》を羽織る、それ自体は火の宮にも見慣れた女房装束《しょうぞく》なのだが、その色と意匠《デザイン》があまりにも異様だったのだ。

（黒！）

好奇心を刺激された火の宮は、顔隠しの扇《おうぎ》を広げることも、使者との対面という今の状況も忘れ、まじまじとふたりをみつめた。

（黒の女房装束なんてありえるものなの？　それも、上皇の使者が……⁉）

ふんわりと浮きあがり、かすかに透ける無紋の黒唐衣《くろからぎぬ》は紗《しゃ》だろうか？

目を凝《こ》らしてみると、それはわずかに青みがかった優美な墨色《すみいろ》だった。

その下に重ねた表着《うわぎ》も同じ青墨《あおずみ》色だが、こちらは豪華な文様入りで、若い女の表着には白色の葡萄紋《えびもん》が、年配の女のそれには赤色の蝶紋《ちょうもん》が、全面に躍《おど》っている。

女房装束の黒、といえば、喪服《もふく》である鈍色《にびいろ》の衣装しか、火の宮は知らなかった。

喪に服す目的以外に、貴族の女が黒色の衣装をまとうことなどあるものなのか？

（それに、これは明らかに喪服じゃない）

喪服であれば、袿も、裳も、黒色なり鈍色なりに染めたものを用いるものだ。

袴も通常の緋《ひ》色や濃色《こき》（深紫）ではなく、萱草《かんぞう》色などを使用する。

だが、ふたりとも、襲《かさね》には鮮やかな緋色や紫色を使っているし、袴もそろって緋色である。裳はどちらも白地、そこに鳥や蝶の刺繡《ししゅう》が飛び交うという派手な絵柄だった。

色に加えて、火の宮を驚かせたのは唐衣についている装飾物だった。

こんな唐衣は見たことがなかった。一見、地味に見える無紋の黒唐衣だが、よく見ると、袖口《そでぐち》には、芥子粒《けしつぶ》ほどの水晶らしき玉がいくつも縫いつけられているのである。

また、両衿《りようえり》には、水干《すいかん》の菊綴《きくと》じにも似た花形の装飾と、可愛らしい蝶の飾りがついており、そこから七色の紐が腰下まで垂れ下がっている。

紐にはきらきら光る小さな玉が括《くく》りつけられ、先端には銀色の鈴がさがっていた。その鈴が、女たちが身動きをするたび、チリン、チリン……と涼やかな音を響かせるのである。よく見ると、裳の引腰《ひきごし》（左右についた飾り紐）の先にも小さな玉と鈴が結ばれている。

何より、衣装の、その肩の大きいことといったら！

袿をそこまで数多く重ねたわけでもないのに、ここまで衣装全体が大きく見えるとは、表着やその下の打衣《うちぎぬ》などに、かなり特殊な工夫《くふう》があるのにちがいなかった。袿や袍《うえのきぬ》に糊《のり》を利《き》かせた強装束《こわそうぞく》といえど、これほど大仰《おおぎよう》にふくらませたものは見たことがない。

（まるで、ふくふくと肥《ふと》った冬のスズメみたい！）

美しく濃い黒色を出すには、染めに工夫と手間と時間を要する。

ふたりの女が着ている青墨色の衣はそれだけ高価なものだといえるだろう。ふんだんに施《ほどこ》された装飾品や宝石もしかりである。

女たちの装束が手のこんだ、とびきり贅沢《ぜいたく》なものであることは間違いない。

だが、火の宮の目に、それは奇妙で、異様な、何かの仮装のようにさえ見えた。

これが都風、今様《いまよう》の、宮廷風俗というものなのだろうか……。

「――火の宮さま」

火の宮を案内してきた長身の女房が、黒衣装のふたりのかたわらに座していった。

「さすれば、御前《ごぜん》より、女房のひとりをすみやかにお選びくださいますよう、お願い申しあげます」

「え？」

女たちの風変わりな装束にすっかり気をとられていた火の宮は、女房の言葉を理解するのに時間がかかった。

女房のひとりを選ぶ？

「いったい、何を選べというの？」

「院の使者を」

「は？」

「火の宮さまには、いずれが春秋院からの使者であるか、よくよく、見定めあそばして、その者をご指名くださいませ」

火の宮は困惑し、相手のおもてをみつめた。

「どういうこと？」

「使者はひとりだけでございます」

「え……」

「このたび、京より遣わされた院の使者は、春秋の宣旨《せんじ》と呼ばれる女房ひとり。残りは、この山荘に勤める紀伊の守の女房にございます」

火の宮はぽかんとした。

「いっぽうは、治天《ちてん》の君《きみ》におわす八雲の院にお仕えする中臈《ちゅうろう》女房。他方は、従五位の受領《ずりょう》に仕える鄙《ひな》の女房」

女房は淡々と言葉を続ける。

「その格式はもちろんのこと、所作《しょさ》、立ち居振る舞い、その他に、大いなる隔《へだ》てのございますこと、内親王たる火の宮さまには、ご理解いただけることと存じます。目くらましに綺羅《きら》をまとわせたところで、品位、品格、というのは、おのずとその者の内よりにじみ出るもの。その上で、院の使者はいずれであるか、真の者、異の者、その真贋《しんがん》をお見定めくださいますように、との院よりの仰《おお》せにございます。恐れながら、そのための質問にはいっさいお答えできない決まりとなっております。会話もご遠慮いただきます。ただ、火の宮さまのご慧眼《けいがん》をもって、いずれが本物の院の女房であるかを、しかとお見定めくださいますように……」

その場に落ちる沈黙。

火の宮は黒装束に身を包んだふたりの女に目をやった。

が、どちらも、素知らぬ顔で目を伏せたまま、視線をあわせようとはしなかった。

「──つまり、これは」

火の宮はいった。

「一種の試験なのね？　やんごとなき内親王であれば、高貴な人間と、そうでないものを見極められる目をもつはずだ、という」

「……」

「だとしたら、わたしが答えを間違えたら、どうなるの？　こちらだと思って選んだほうが、ニセモノだったら？　院の使者と受領の女房のちがいもわからぬ内親王など、女東宮にはふさわしくない、と、この場で候補の列から弾《はじ》き出されるわけ？」

長身の女房は平伏したまま、何もいわずにいる。

その沈黙こそが答えなのだと火の宮は理解した。

院よりの仰せ、と女房はいった。

これはすべて八雲の院の指示なのだ。

（いい性格をなさっているじゃないの、八雲の院！　頼んでもいない女東宮候補に勝手に人を選んだ上に、一方的にこちらの器量を試すとか。しかも、質問も会話もいっさい許されず、見ただけで使者をいい当てろとは、ずいぶんな無理難題をいってくれる）

火の宮の胸に、ちりり、小さな、火のようなものが点《とも》った。

一方的に品定めされることへの怒りと、反発心。

それと同じほど大きく、生来の好奇心と競争心《きそいごころ》がむくむくとふくらみ始める。

八雲の院。

日の下のすべてを己《おの》が心のままにできる治天の君。

その名を聞くばかりであったその人の、御簾の向こうに隠れた傲慢《ごうまん》な横顔が、この時、火の宮にはちらと見えた気がした。奇妙で豪華な黒装束の女たちを侍《はべ》らせ、華やかな院御所に鎮座《ちんざ》まします上皇。いったい、どんな人物なのだろう？　みごと院の使者をいい当て、この場を切り抜ければ、その人と直《じか》に対面することもかなうのだろうか。

（面白い！　やってやろうじゃないの）

※

とはいえ、投げかけられた問題は、易《やさ》しいものではなかった。

（会話も交わさず、所作も見ず、いったい何を手がかりにしろというのやら……女東宮《おんなとうぐう》となるべき人間は観相《かんそう》（人相見）の心得までもっていなくちゃいけないわけ？）

蜂蜜《はちみつ》の善《よ》し悪《あ》しならば区別もつくが、高級女房と普通の女房のちがいなど、さっぱりわからない。顔を伏せたままのふたりをみつめ、火《ひ》の宮《みや》はしばらく考えた。

それから、すっくと立ちあがる。

身軽に袴《はかま》をさばいてふたりの女房にスタスタ近づいていく火の宮を見て、ここまで案内をしてきた女房が目をみひらいた。

身分の高い女人《にょにん》はめったに立ちあがらず、膝を使って動くのが優雅な所作とされているが、日常的に馬さえ乗りこなすおてんばの火の宮には、今さらそんな常識は関係がない。

こうした立ち居振る舞いも合否の判断材料になっているのかもしれない、という考えがちらりと胸をよぎったが、まあ、いい。好きにしろ、とも思う。

「上品でしとやかな内親王《ないしんのう》」の仮面をかぶり続けられるほど器用な性格ではないのだ。

「ふたりとも、顔をあげて」

火の宮の言葉に、女たちはわずかに身じろぎしたあと、おもてをあげた。

禁じられている「質問」ではないので、従うべきだと思ったのだろう。

火の宮はふたりの顔を見比べたあと、若いほうの女のあごを手ですくってもちあげた。

その目をじっと見ながら顔を近づけていくと、相手が小さく息をのみ、身を引いた。

別に具体的な策があってしたわけではない。置物のように黙って動かない女たちから、何かしらの反応を引き出したいと思っただけだった。

衣装に焚《た》きしめた香がふわりと鼻をくすぐった。

麝香《じやこう》のやや強い、いまの季節には少し重めの、官能的な香りである。

（麝香と丁子《ちようじ》が強い。それに、白檀《びやくだん》も……趣味のいい、高価な薫衣香《くぬえこう》だ）

もっと香りを嗅《か》ごうと女の両肩を押さえ、細い首筋に顔を近づけると、女の白い頬が紅を刷《は》いたように朱を帯び始めた。

体温のあがった身体から甘い香りが立ちのぼり、薫衣香と混じりあう。

それを嗅いで、火の宮の頭に閃《ひらめ》くものがあった。

頬を染めている若い女から身を離すと、火の宮は隣の女房へ同じように顔を近づけた。

こちらは年の功《こう》か、唇が触れるほど近づいても平然としている。

「――火の宮さま」

案内の女房がいった。

「恐れながら、いったい、何を……」

「うん、大丈夫。もう終わったわ」

火の宮はうなずき、ずりずりと膝を動かして後ろにさがった。

「それじゃ、次はふたりとも――服を脱いでくれる？」

「……は？」

年かさの女の口から思わずのように声がもれた。

若い女のほうはぽかんとしている。

「あ、質問や会話はだめなのだっけ。じゃ、命令するわ。ふたりとも、服を脱いで」

火の宮はにっこりした。

「制約は、質問と会話の禁止だけなのよね？　それじゃ、それ以外はこちらの好きにさせてもらってもよいのでしょ。そなたたちには気の毒だけど、これより他に方法が思いつかない。心配しないで、何も丸裸にしようというんじゃないから。恨むなら、こんな面倒な役目を命じた八雲《やくも》の院を恨んでね。ええと……」

火の宮は案内をしてきた長身の女房をふり返った。

「そなた、名前は？」

「……中将《ちゆうじよう》、にございます」

「そう。中将、そこにいる女房たちを、みな、さがらせて。そなただけが残って」

中将はまじまじと火の宮をみつめていたが、うなずいて立ちあがり、部屋の下座に並んでいた女房たちに廊下へ出ていくよう指示を出した。

「人払いもしたし、見るのはわたしと中将だけ。これで恥ずかしくないでしょう？　さあ、脱ぐのよ、ふたりとも。唐衣《からぎぬ》も、袿《うちぎ》も、袴も、何もかも、よ！」

ふたりの女は強《こわ》ばった顔をたがいに見あわせた。

ややあって、年かさの女が小さく息を吐き、唐衣を肩からすべり落とした。

それを見て、若い女もあわてて衣装を脱ぎ始める。

チリンチリンとさかんに鈴の音《ね》が鳴った。

(――フーン、やっぱり打衣《うちぎぬ》にしかけがあったのか。肩のあたりに小さなひだがたくさんとってあるから、その上に重ねる表着《うわぎ》と唐衣がふんわり持ちあがる……唐衣は軽い紗《しゃ》だから、自重《じじゅう》でつぶれることもないし、それでこういうふっくらした陰影《シルエット》が作れるのね)

ふたりの着つけを、火の宮は好奇心いっぱいに観察した。

構造を知るために脱がせたわけではないが、初めて見る装束《しょうぞく》の工夫は興味深かった。

「この衣装は何？　見たことがないけれど」

火の宮は衣の一つを手にとった。

五《いつ》つ衣《ぎぬ》の上に重ねていた無地の衣だが、やや大口の袖《そで》が極端に短く、ごわごわと固い。

「……骨子《ほねこ》でございます」

制約を守り、質問に答えずにいるふたりに代わって、中将がいった。

「ほねこ？」

「打衣の下に着て、衣装のふくらみを助ける役目の……厚みのある生地《きじ》で、全体を糊《のり》で強《こわ》く固めてあるので、上に着た表着と唐衣が自然ともちあがります。別称を羽衣《はねごろも》とも」

「羽衣。ああ、なるほど。袿を重ねて着ると、袖が鳥の羽のように広がるから」

身体を支える骨のように、この骨子が装束全体の輪郭《りんかく》を作っているのだ。上に重ねる衣装をふくらませるためだけの道具なので、それ自体には柄もなく、五つ衣の袖口の色合わせなどに干渉しないよう、裄《ゆき》が短くなっているのだろう、と火の宮は理解した。

「おもしろい。都の女房たちって、みんなこんなものを着ているの？」

「さあ……わたくしも宇治《うじ》暮らしゆえ、あまり詳しくは存じませぬが、最近の装束の流行は春秋院《しゅんじゅういん》より生まれ、宮中へと広がる、と主の紀伊《き》の守《かみ》より聞いております」

「ふーん。春秋院って、思っていた以上に競争意識の激しい、ドロドロした所なのね」

「……と、申されますと？」

「出世争いに必死な男たちだけじゃなく、仕える女たちまで、こんな身体をふくらませる衣装で綺羅《きら》を飾って、院の歓心を得ようとしたり、寵愛《ちょうあい》を競いあったり、牽制《けんせい》しあわなければいけない場所なんでしょ？　ほら、動物って敵に遭《あ》ったとき、できるだけ自分を大きく見せて、相手を脅《おど》かそうとするじゃない。おまえなんか怖くないぞ、自分のほうが強いぞ、って、フグだって、猫だって、カマキリだって、体を大きく見せたり、毛皮を逆立てたり、両手をあげたりして、一生懸命相手を威嚇《いかく》するわよね。シャーッ！　って」

火の宮が両手を大きくあげ、威嚇の声をあげると、中将はのけぞった。

まじまじと火の宮を見ていた数拍後、ふっ、と口元に笑みが浮かぶ。

「いまのはなんですか？」

「カマキリの真似」

火の宮はあげていた両手をおろし、脱ぎ落とされた紗の唐衣を手にとった。

「……仕える者を見れば主人の顔が見える、というでしょ。女房たちが妍《けん》を競って豪奢《ごうしゃ》な衣装に身を包み、美しく角《つの》つき合って咲き誇るのを、八雲の院は菊合《きくあ》わせでも見るみたいに楽しむご性格なのね。宝石を縫いとったこういう豪華な衣装にしたって、院から下賜《かし》されるわけでなく、自分で用意しなければならないのでしょう？　春秋院は裕福な家の女でなくちゃ、仕《つか》えることさえできない場所なのね」

過度に華美な衣装が流行すると、宮廷からは奢侈《しゃし》禁止令が出ることもあると聞いているが、八雲の院を主とする春秋院には内裏《だいり》とはまた別の規範《ルール》が存在するのかもしれない。

帝《みかど》は大人しやかなご性質の方といわれているから、派手好きな兄のふるまいに口を出すこともあまりないのだろうか？　衣装一つから、遠い存在の上皇《じょうこう》や帝の性格とその関係が見えてくるようで、火の宮はおもしろく思った。

会話を交わしているあいだに、ふたりの女房は単衣《ひとえ》一枚になっていた。

「中将。もう一度確かめるけれど、質問と会話の他に禁止のものはないのよね？　それ以外の方法は、なんでもアリなのね？」

「はい」

「よかった。じゃ、手伝ってもらおう。友だちに」

「友だち？」

火の宮はうなずき、全面に御簾《みす》をおろした南面へ歩いていった。その先は庭である。

端近《はしぢか》に立ち、ピィー！　と火の宮が高らかに指笛を鳴らすと、廊下で待機していた女房たちがざわめく気配がした。立ちあがる衣擦《きぬず》れの音が御簾越しに聞こえてくる。

「キャーッ！」

突如、複数人の悲鳴があがった。

ヒュイッ！　と火の宮は指笛を短く鳴らした。

「おいで、普賢《ふげん》。わたしは、ここよ！」

御簾の下部が大きくふくらみ、その下から普賢が白い巨体をぬっと見せると、単衣姿の女房ふたりが「ひっ⁉」と身をすくめた。

こちらへむかってくる普賢を見て、若い女が悲鳴をあげて飛びあがる。

年かさの女のほうは腰が抜けたようにその場に座りこんだ。

「いやっ！　助けて！　や、山犬が……！　どうしましょう、どうしましょう！」

「落ち着いて。普賢は大人しくて優しい子よ。怖いことは何もしないから、大丈夫」

火の宮は、混乱のあまり泣きだしそうになっている若い女に急いで寄り添った。

「わたしが命じない限り、この子は絶対に咬《か》みついたりしない。安心して」

「で、でもっ……！」

「泣かなくていいの。本当に大人しいから。いい？　見ていて。……普賢。おすわり」

嬉しそうにふたりの足元へ寄ってきた普賢が、前脚を揃えて座った。

「伏せ」

ぺたんと体を伏せる。

「尾っぽ」

ふさふさした尾をふりふりする。

「ね？　大丈夫でしょ。普賢はとても賢いの」

「は、はい……！」

「驚かせてごめんね。いきなり、こんな大きな子を見たらびっくりするわよね」

火の宮は震える女を抱きしめた。

年上だが、小柄な女の身体は長身の火の宮の腕の中にすっぽりと収まってしまう。

「でも、使者を見分けるためには、どうしてもこの子の鼻が必要なの。普賢に、そなたたちふたりの匂いを嗅がせてもらいたいの。痛いことや悪いことは絶対に起きないと約束するわ。ね、わたしを、この火の宮を信じてもらえない？」

火の宮がぎゅっ、とその手を強く握ると、若い女はややあって震えながらうなずいた。

座りこんでいるもうひとりも、両脚の間に鼻先を埋めてのんびりしている普賢を見て、大丈夫だと判断したのか、胸をなでおろしている。

中将は、と見ると、怯《おび》えたようすはないが、驚きと困惑がそのおもてに広がっていた。

「いい子ね、普賢。さあ、匂い当ての遊びをしましょ。あの遊び、おまえはとっても得意でしょ?」

普賢の頭を片手でなでながら、火の宮は脱ぎ捨てられた二枚の表着を手にとった。

葡萄紋《えびもん》と蝶紋《ちょうもん》の躍る青墨《あおずみ》色の袿のどちらからも、麝香の強く利《き》いた薫衣香《くぬえこう》が聞こえる。

『――目くらましに綺羅《きら》をまとわせたところで、品位、品格、というのは、おのずとその者の内よりにじみ出るもの』

中将はそういった。品位やら品格やらについては怪しいものだと火の宮は思っているが、たしかに自然とにじみ出るものはあるはずだった。

匂いである。

人にはそれぞれ匂いがある。生来の体臭だけでなく、空薫《そらだ》きものや衣装に焚きしめる香は、家や人によってそれぞれちがう。宝石をちりばめるほど高価な衣装をまとう院の女房の香となれば、希少な香木を各種使った凝《こ》った調合で、その香りは、本物の使者の身体や髪にたっぷりとついているはずだった。

先ほど、火の宮は、若い女の首筋から、甘い香りを嗅いだ。それは、衣装から聞こえる薫衣香の、やや重い、成熟した香りとはそぐわない気がしたのである。

彼女が紀伊の守に仕える女房のひとりで、今朝、この邸《やしき》に到着した本物の使者に命じられ、急きょ、黒の女房装束を着ることになったとしたら、不釣り合いな二つの匂いをまとうことになったのもうなずける。

いっぽう、年かさの女のほうには、火の宮は、あまり匂いを感じなかった。

使者は彼女のほうなのではないか？　火の宮はそう推測したが、それを裏付けるためには普賢の嗅覚《きゅうかく》が必要だった。

「普賢、この衣の匂いと同じ匂いが強くするのは、どちら？　これよ。そう、この匂いを覚えて。同じ匂いをつけている人間を探すのよ」

普賢が足元を嗅ぎ始めると、若い女は細い肩をびくっ、と揺らした。

火の宮がつないだままにしている女の手のひらはじっとりと汗ばんでいる。高まる体温。普賢の鋭敏な鼻に、その匂いはいっそう薫《かお》っていることだろう。

若い女から離れ、普賢はもうひとりの女の髪の匂いを嗅ぎ始めた。

匂いのちがいがわかるだろうか？　火の宮の推理ではこちらの女が使者のはずなのだ。いつも匂い当ての遊びをする時のように、正解を見つけた普賢が小さく吠えるのを火の宮はまった。

だが、普賢の反応は鈍かった。女から離れ、穏やかな目で火の宮を見あげる。

（この方法じゃダメだった……？　ええー、どうしてだろう、普賢の鼻が匂いを当てられないわけがないんだけど。まさか、ふたりともが使者だなんてことはないわよね。院の使者は、宣旨《せんじ》と呼ばれる女房ひとりだと最初に中将がいっていたし……そう、ひとり……御《ご》前《ぜん》からひとりを選ぶように、といったのだから……あ……？）

火の宮は、はっとした。

その場にしゃがみ、愛犬の翠緑《すいりょく》色の目をのぞきこむ。

「普賢。もう一度、この衣の匂いを覚えて。そうよ。それから、今度は、彼女の匂いを嗅いで。ううん、ちがう、そのふたりじゃないわ」

火の宮はふり返った。

「彼女よ」

火の宮に指をさされた中将は、無言だった。

寄ってきた普賢に対しても怯えたようすは見せず、平然と匂いを嗅がれている。

反応はすぐにあった。オウッ！　と普賢が短く吠える。

「お利口ね、普賢。あとで、たっぷりご褒美《ほうび》をあげる」

火の宮があごの下を強く掻《か》いてやると、普賢は嬉しそうに尾をふった。

「そなたが宣旨ね？　春秋院の使者は、そなただわ」

「はい」

中将――宣旨は微笑《ほほえ》んだ。

ほっ、と背後でふたりの女房が安堵《あんど》の息をつくのが聞こえた。

「よくおでかしあそばしました、火の宮さま。なぜこのわたくしが使者だとわかったのか、お聞きしてもよろしいですか？」

「薫衣香よ。日常的にこの衣装と香を用いている本物の使者には、同じ薫りがたっぷりついているはず。特に、めったに洗うことのできない長い髪にはね……でも、普賢はあちらのふたりには反応しなかった。それで、最初にそなたがいった、御前からひとりを選ぶように、という言葉を思い出したの。御前から、であって、ふたりから、ではなかったわね。たしかその後《ご》も、ふたりから選べ、とは、そなたは一度もいわなかったと思う。わたしの前にいる女房は、そなたを含めて三人。それで、使者はそなただと思ったのよ」

宣旨はうなずいた。

「もう一つ、お尋《たず》ねします。その狼は、火の宮さまがお飼いになられているのですか」

「普賢のこと？」

火の宮は首をかしげた。

「この子は犬よ。狼じゃないわ。たしかに狼の血は入っているはずだけれど。純血の狼はよほどのことがないと、人にはなつかないと五百重《いおえ》がいっていた」

「では、その普賢は、どのような経緯《いきさつ》で飼われるようになったのですか」

「この子は二代目なの。母親は吉祥《きっしょう》という子で、普賢と同じように銀色がかった毛の雌犬《めすいぬ》だったけれど、六年前に死んだ。吉祥は、わたしと弟の映《はゆる》の宮《みや》が生まれた日の朝、当時、住んでいた京の邸の庭に突然現れたのですって。以来、吉祥、普賢と二代に渡ってわたしたち一家のそばにいてくれているのよ」

「火の宮さまと映の宮さまがお生まれになった日に現れた……？」

「そう。女房のひとりは、前栽《せんざい》の前にうずくまる吉祥を見たとき、いつのまにこんなに雪が積もったのだろう、と思ったそうよ。明け方の闇の中で見た吉祥は雪のように真っ白だったし、その日は、凍った邸の池を歩いて渡れるほど、寒い冬の朝だったから……」

「十六年前の早春、内裏が焼亡し、三十人もの官人、官女が焼け死んだ、その朝のことでございますね」

　宣旨はいった。

「まだ暗い明け方前、まず、映の宮さまがお生まれになった。双子のご出産であれば、すぐにふたりめが生まれると思われたものの、なかなかその気配が見えず、母君の女御《にょうご》さまのお苦しみは続くばかり。と、にわかに空が明るくなり、夜が明けるかと見てみれば、闇を照らしていたのは、ごうごうと燃えさかる炎……内裏が炎上したという報《しら》せに、産屋《うぶや》に集まっていた女房たちも驚き、騒然となったと聞いております」

　火の宮はまじまじと宣旨をみつめた。

「闇を引き裂くような激しい泣き声とともに、双子のふたりめ、火の宮さまがこの世に誕生されたのは、その直後のことだったそうですね」

「驚いた。わたしが生まれた日のことをそんなに詳しく知っているなんて。……つまり、わたしのことはすっかり調べずみというわけなのね？」

「はい。女東宮《おんなとうぐう》のご候補となられた方であれば、決定の前に子細《しさい》な調査を行っておりますゆえ。……火の宮さまと火との縁はそればかりではございませんね。内裏の炎上から三月後、今度は、火の宮さまと映の宮の百日《ももか》のお祝いの日に、当時お住まいであられた桃園《ももぞの》のお邸から火が出て、その大部分が焼けてしまわれた……」

火の宮はぎゅっと普賢の首に抱きついた。

――それは、火の宮にとってあまり触れられたくない、禁忌《きんき》といっていい話だった。なぜなら、その火事によって、邸の四分の三が焼け、亡き父宮は先祖伝来の財産の多くを失うことになったからである。

当時の一家の財政から、邸の再建は不可能と判断した故院《こいん》は、以前から打診《だしん》のあった、さる富豪に邸を譲り渡すと、妻の女御が高祖父より伝領《でんりょう》していたこの宇治の別荘へと移り住むことを決意した。

仕えていた女房、家人《けにん》たちの多くがそれを機に父母のもとを去り、一家は、わずかなばかりの供と生まれて間もない双子とともに、ひっそりと都を去ったのだ。

以来、一家の者たちは、彼女を〝火の宮〟と、双子の弟を、姉の火に照り映《は》える皇子《みこ》として〝映の宮〟と呼ぶようになったのである。

『それじゃ、ぜんぶ、火の宮のせいなの？　内裏が燃えてしまったのも、前のお邸が焼けたのも、宮が火に呪われた生まれだったせいなの？　宮のせいで、お父さまも、お母さまも、都に暮らすことができなくなってしまったの？』

幼い火の宮がそういって泣くたびに、当時のさまざまを話してくれた老女房は、そうではない、と慰《なぐさ》めてくれたものだった。

『院さまも、女御さまも、それ以前から、京を離れ、人に交わらぬ静かな暮らしをしたいと願われていたのです。火事は、そのきっかけにすぎなかったのですよ。いっときは東宮にも立たれた院さまが、政争の犠牲となられ、おいたわしくも、幼い異母弟の宮にその座を奪われ……名ばかりの院号を与えられ、政治の座から遠ざけられたとたん、親しかった人々が手の平を返すように冷たくなったのを目の当《ま》たりにされ、院さまは、人の世の浅ましさを、つくづく厭《いと》われるようになられたのです』

火の宮の涙を拭《ぬぐ》い、老女房はいった。

『それに、当時、政敵であった九条院《くじょういん》の一派のいやがらせで、所領や荘園《しょうえん》からの地子《じし》（小作料）なども滞《とどこお》りがちになり、院さまはだんだんとお手元不如意《ふにょい》になられておりましたから……火事がなくとも、どのみち、桃園のお邸は、遠からず手放すことになっていたでしょう。院さまがあのまま御位《みくらい》についておいででしたら、院さまは〝桃園の帝〟と呼ばれていたでしょうし、世が世であれば、映の宮さまが東宮に立たれていたかもしれません。まこと、人の世のままならぬこと……。ああ、いまごろ、桃園のお庭には、天女《てんにょ》の髪飾りのような藤花がみごとに美しく咲いておりましょうねえ』

十数年のあいだ、同じ話を何十回と語るうちに、老女房の話からは、負の感情――冷たかった世間への恨みや、都落ちの口惜《くちお》しさ、没落する主人と苦楽をともにするかなしみなど――はすっかりこそげ落とされ、ただ、しみじみと昔を懐かしむ、穏やかな諦念《ていねん》の響きだけが残った。

老女房の膝を枕に、幼い火の宮は涙に頰を濡らしながら、両親の不遇についての昔語りをそんなふうに何度となく聞いたのだった。

「大斎院《だいさいいん》のご神託は〝女東宮には、十四歳以上の未婚の処女《おとめ》を据えよ〟というものでございます。火の宮さまの正確な年齢を確かめる必要があったため、当時の女房たちを探し出し、宮さまのご誕生時について、調べさせていただきました。が、吉祥という犬のことは聞いておりませんでした。そうですか、吉祥と普賢……銀毛の狼犬《おおかみいぬ》が、二代に渡って火の宮さまと映の宮さまを守っていると……」

「よくわからないけど、宣旨はなぜ、そんなに普賢のことを気にするの？」

火の宮が尋ねると、宣旨は何かを探るように彼女の顔をしばしみつめたあと、

「天狼《てんろう》のお話を聞いたことはございませんか」

といった。

聞き慣れない言葉に、火の宮は眉を寄せる。

（天狼？）

「山の神の神使《つかわしめ》（神の使いの動物）です。古来、深山《みやま》に住むといわれている大神《おおかみ》の末裔《すえ》であるため、狼、あるいは犬の姿で人間の前に現れるといわれております。数十年に一度、長いときには百年単位の空白を経《へ》て、傑出《けっしゅつ》した能力をもつ人物や、貴人の前に現れると。天狼に主人として見出《みいだ》された人物は、万病から守られ、数々の幸運や栄光に恵まれますが、同時に、良くも悪くも波乱に満ちた生涯《しょうがい》を送ることが多いため、その最期《さいご》は栄華に包まれるか、破滅を迎えるか、極端に分かれることが多いのだとか」

火の宮は戸惑い、首をふった。

そんな話はまるで聞いたことがない。

「いまの大斎院がお生まれになられたとき、額《ひたい》に渦巻《うずま》き紋のある雌の天狼が現れ、火輪《かりん》と名づけられたそうでございます。火輪に守られ、生い立たれた大斎宮は、ご存じの通り、予言の能力に長《た》けた稀代《きたい》の巫女《みこ》となられております。次に天狼が現れたのは、上皇、八雲の院がお生まれあそばされた時でございました。皇子ご誕生の同時刻、帝のおわす清涼殿《せいりょうでん》のお庭に、火眼金睛《かがんきんせい》の巨大な金狼《きんろう》が出現したのです……」

――思いもよらない珍獣の出現に、居あわせた人々はあわてふためき、滝口《たきぐち》の武士たちが呼ばれる騒ぎになったが、時の帝は、

「皇子出生の朝に神使《つかわしめ》参りて、これ、すなわち国《くに》つ神《かみ》こぞりて若宮を寿《ことほ》ぐ。神慮《しんりょ》めでたきことかな」

と落涙してよろこび、この金狼にすぐさま正四位を授けて昇殿を許すと、自ら日輪王《にちりんおう》と名づけたという。

「以来、日輪王は、今日《こんにち》まで、八雲の院を守護しております」

「以来、って……ちょっとまって。八雲の院はとうに四十を超えておいででしょ？　と、いうことは、その日輪王とやらはそれ以上の年齢なのよね？　狼だろうが、犬だろうが、そんなに長寿なわけがないわ」

「それこそが、天狼が高貴な神使《つかわしめ》である証《あかし》かと。万病を排する日輪王をそばに置かれる八雲の院は、これまで、忌々《いまいま》しい葡萄病《えびや》みはもちろん、流行《はや》り病《やまい》や風邪《ふうじゃ》などのたぐいにも煩《わずら》わされたことがほとんどございません。普賢をかたわらに置かれる火の宮さまも、映の宮さまも、それは同じなのではございませんか」

　火の宮は思わず普賢を見た。

　その通りだった。生まれつき病がちな妹の貴《あて》の宮《みや》とちがい、火の宮も、映の宮も、貧しい暮らしの中にあって、これまで、病気らしい病気にかかったことはない。

『きっと、わたしたち双子《ふたり》がお母さまのお腹の中で、貴の宮のぶんの栄養まで吸いとっちゃったのだわ』

　などと冗談でよくいっていたものだが、それも天狼の働きだったというのだろうか。

「わたくしは春秋院に勤める女房として、院の天狼である日輪王を間近に見ております。

その威厳、賢さ、美しさは、いやしい山犬どもとは比べものになりません。わたくしの見る限り、このみごとな銀色の毛皮をもつ普賢にも天狼の血が流れていることは間違いなく、また、普賢に主人と選ばれた火の宮さまこそ、まさしく、女東宮にふさわしい、すぐれたお方とお見受けいたします」

宣旨は優雅な所作で両手を揃え、火の宮にむかって深々と頭をさげた。

「山を越え、宇治までまいりました甲斐がございました。女東宮の候補は他にもおわせど、天狼を擁《よう》する姫宮は火の宮さまだけでございましょう。菩薩《ぼさつ》の名をもつ月色の天狼を従え、焔《ほむら》の名を冠する美しい姫宮さま、火の宮さま。八雲の院が春秋院にておまちです。どうぞ、この宣旨とともに、都へおのぼりくださいますように」

二章　炎の道

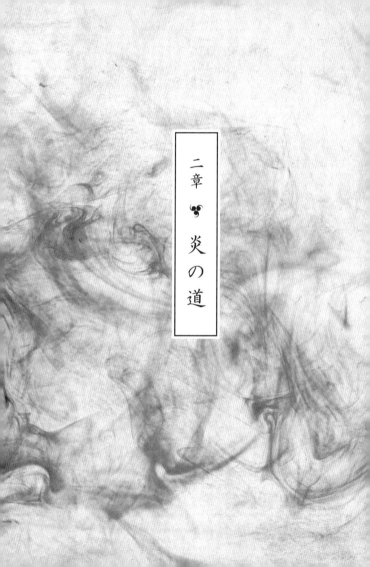

一　試練

火《ひ》の宮《みや》は森の中を走っていた。

したたる緑の中、木立のあいだを縫うように、飛ぶように、一心不乱に駆け抜ける。茂みを飛び越え、岩を蹴る。湿った土の感触が裸足《はだし》の足裏に心地よかった。

（裸足？　どうして、わたし、裸足なんだろ？）

一瞬、思ったが、頭の中は疾走する快感にたちまちとらわれてしまい、疑問は激流の中の木《こ》の葉のようにあっという間に呑《の》みこまれていく。

走りながら、火の宮の目は、はるか前方の岩陰にうごめく生きものをとらえた。

兎《うさぎ》だ。気配に感づいた兎が逃げ出すのを見て、本能に火がついた。風のように走り、ひたすら追い、やがてとらえたやわらかな命をむしゃむしゃと噛み砕く。湯気が立つほど温かな血をすすり、骨をしゃぶりつくすと、火の宮はすっかり満足した。

それから、喉《のど》の渇《かわ》きを覚え、川へいった。

冷たいせせらぎへ口をつっこみ、ふと水面《みなも》に映る自分の姿に気づいた。

美しい翡翠《ひすい》の目。木漏《こも》れ日《び》に輝く銀色の被毛《ひもう》。

（これはわたしじゃない。普賢《ふげん》だ。これは普賢の体だ）

次の瞬間、急に地面にめりこむほど身体が重くなったかと思うと、火の宮は人間の姿で川のほとりに立っていた。

途方に暮れ、ぼんやりと視線をめぐらせる。

霧にけむる川の向こうに、音もなく動く四つ脚の獣が見えた。

山犬だ、狼だ、仲間だ、と嬉しく思ったのも一瞬、

（ちがう、仲間じゃない。自分はもう、人間なんだから）

豊かな毛皮も鋭敏な四肢もないことに気づいて、火の宮はとてもかなしくなった。

川の向こうに立つ獣は信じられないほどに大きく、美しかった。光を紡《つむ》いだような金色の毛皮に、燃える赤酸漿《あかかがち》（ほおずき）のような凄《すさ》まじい眼をしている。射貫《いぬ》かれたように火の宮がその姿から目を離せずにいると、金色の獣の輪郭《りんかく》が徐々に霧の中に溶けていき、やがて、長身の人間の男になった。

その顔は霧にまぎれてよく見えなかった。背の高い男は冠をかぶり、金色とも茶色ともつかぬ輝く袍《ほう》をゆったりと、まるで女性のように長く裾《すそ》を引いて着ている。御引直衣《おひきのうし》だ、と火の宮は思った。臣下には許されないその姿。天皇か上皇《じょうこう》のみが着用なされるとする装《しょう》束《ぞく》。それを着ているということは、つまり、あの男は――

「八雲《やくも》の院《いん》」

つぶやいた瞬間、目が覚めた。

湿った、生温かい感触。

「……普賢」

普賢がぺろぺろと火の宮の頬を舐《な》めている。

見慣れない天井。趣味のいい調度を並べた美しい室内が目に入る。

ここはどこだっけ、と火の宮は戸惑い、紀伊《き》の守《かみ》の山荘だ、とようやく思い出した。

起きあがり、自分の顔を思わず触って確かめる。

固い毛も生えていないし、頭の上に耳もない。長い鼻もない。間違いなく人間だ。

いったい何をしているの、と普賢がふしぎそうに自分を見ているのに気づいて、火の宮はその大きな体を抱き寄せ、固い被毛に顔を埋《うず》めた。

「おはよう、普賢」

普賢の厚い舌がもう一度火の宮の頬をやさしく舐めた。

「天狼《てんろう》の話を、貴《あて》の宮はこれまでに聞いたことがあった?」

火の宮はいった。

貴の宮は「まさか」と首をふり、傍《かたわ》らで寝転んでいる普賢の背中をなでた。

「姉さまが知らないことを、どうしてわたしが知っていると思うの？」

「あなたは物知りだから、ひょっとしたら、と思ったの。でも、まあ、そうよね。聞いてみたけど、映《はゆる》の宮も知らなかった。那智《なち》もね。紀伊の守だけは知っていたようだけど……そりゃ、わたしたちは京のことにも、宮中のことにも疎《うと》いけど、山神の使いで、人間並みの長寿を誇る珍しい金色の狼の話なんて、もっと世に知られていていい話じゃない？」

火の宮は首をかしげた。

「どうして、今まで一度も天狼の話を耳にしたことがなかったのかな？」

「生前のお父さまも、何もおっしゃっていなかったわね」

貴の宮は普賢の翠緑《すいりょく》色の目をみつめた。

「吉祥《きっしょう》のことも、普賢のことも、本当に賢い犬だと褒《ほ》めて、可愛がっていらしたけれど、特別扱いされるようなこともなかったし……宇治《うじ》育ちのわたしたちと違って、いっときとはいえ、東宮《とうぐう》でさえあられたお父さまですもの、天狼の話をご存じなかったとは思えないから、ご承知の上で、あえてそのことをおっしゃらなかったのでしょうね」

「うん、で、お父さまはどうして天狼のことをわたしたちにおっしゃらなかったの？」

「だから、なぜ年下のわたしが何もかも知っていると思うの、姉さまは？」

貴の宮はくすくす笑った。

起床のあと、火の宮は貴の宮に夢の話をした。

火の宮は、昔から寝つき、寝起きがよい。いつもだいたい同じ時刻にぱっと目が覚めるし、夢もあまり見ないほうだ。今朝のように、夢の内容をはっきり覚えていて、目覚めてからもふしぎな余韻《よいん》に浸《ひた》るような経験はこれまでになかった。

(自分が天狼の主だとわかって、急に霊力に目覚めたというわけでもないいんだろうけど……でも、今朝の夢は、とてもふしぎで、なんだか意味ありげな内容だったな)

火の宮たち一行が紀伊の守の山荘にきて、五日が経《た》っていた。

到着早々、火の宮は八雲の院から出された〝試験〟に合格し、天狼に選ばれた皇女《ひめみこ》である、と院の使いである宣旨《せんじ》からお墨付きをもらった。

それでは、晴れて正式な女東宮候補とあいなり、さっそく京へむかうか——と思ったのだが、そうはならず、火の宮たちは引き続きこの邸《やしき》での滞在を余儀《よぎ》なくされている。

『春秋院《しゅんじゅういん》に入り、八雲の院にお目通りいただく前に、すませねばならぬ事柄がまだ残っております。ただいま、その準備のために、手配した者たちが京より到着するのをまっているところですので、申し訳ありませんが、しばしおまちくださいませ』

よくわからないが、宮廷の慣習に則《のっと》った手続きなり儀礼なりがあるのだろう、と火の宮は理解し、宣旨の言葉をおとなしく受け入れた。特に急がねばならない理由もなかったし、紀伊の守の邸での滞在は、致れりつくせりで居心地がよく、なんの不自由もない。

唯一、病みあがりの貴の宮の体調だけが心配だったが、

『姉君とともに京へのぼっていただくのですから、貴の宮さまには、ぜひともお元気になっていただかねば。宇治より京への山路《やまじ》は、なかなかに険しゅうございますぞ』

という紀伊の守の指示で、さっそく高価な薬湯が煎《せん》じられ、医師が呼ばれ、滋養《じよう》の高い料理が姉妹の膳《ぜん》にずらりと並べられた。朝に夕に邸の女房たちの手厚い世話を受けて、貴の宮の顔色は、自邸にいた時よりもかえってよくなっているようだった。

「天狼というのは、古い神々の末裔《すえ》なのよね」

普賢をなでながら、貴の宮はいった。

「賀茂《かも》の斎院《さいいん》は、神に仕《つか》える巫女《みこ》でしょ？　予言の才に恵まれた大斎院の誕生時に、神使《つかわしめ》である天狼が現れるというのは、わかる話だわ。いっぽう、お父さまは仏道のご修行にとても熱心でいらした。神事をおろそかにされていたわけではないでしょうけれど、少なくとも、お父さまはお心の安寧《あんねい》を神々よりもみ仏に求めていらしたようだから……」

「普賢を神使《つかわしめ》として恭《うやうや》しく扱うのは、ご修行の障《さわ》りになると思われたということ？」

「わからないけれど、そういう可能性もあるかもしれない、と思うわ」

望まぬ政争に巻きこまれ、思わぬ人々の裏切りに遭《あ》い、愛妻であった女御《にょうご》も早くに亡くし、故院《こいん》はいつからか仏に強く救いを求めるようになった。

養育すべき三人の幼い子どもたちがいなかったら、すぐにでも世を捨てて、修行のために山へ入っていたかもしれない。

父宮を思い出そうとすると、火の宮の胸にはいつも、仏間に座った広い背中、朗々と響く読経《どきょう》の声、かすかな甘さのある護摩木《ごまぎ》の香りがよみがえるのだった。

「じゃあ、天狼の存在が、あまり世間に知られていないのはどうしてなの？」

貴の宮は考えこむように少し黙ったあと、

「神意というのはつかみにくいものよね。インチキな予言やご神託で人々を惑わせる悪いやつらの話もよく聞くでしょう。天狼の存在を世間に喧伝《けんでん》したら、『おれは天狼に選ばれた人間だ』なんて、そのへんにいる大きいだけの犬をもちだして、よからぬことを企《たくら》む連中も出てくるかもしれない。葡萄《えび》病《や》みの猛威もそうだけれど、流行《はや》り病《やまい》は、いつの時代も人々を混乱させ、恐怖させるわ。逆にいえば、万病を遠ざけるという天狼の存在は尊《とうと》ばれるし、中には、その神聖さを利用しようとする輩《やから》も出てくるかもしれない。だから、天狼について、あまりおおっぴらに話題に出すことは禁じられている、のかも……？」

なるほど、と火の宮はうなずいた。

「たしかに、神さまのお使いとなれば、みんな、崇《あが》め奉《たてまつ》るものね。現に、天狼の話を聞いてから、普賢の扱いだって、こんなふうに極端に変わっちゃったくらいだもの」

名前を呼ばれたことに気づいた普賢が寄ってきて、火の宮の脇の間からずぼっ、と顔を出した。機嫌よく火の宮の顔に長い鼻先をこすりつけてくる。

いつもの嗅《か》ぎ慣れた、あのむっとするような獣臭《けものしゅう》は感じなかった。それどころか、その被毛からはなかなかに趣味のいい香《か》さえ匂《にお》ってくる。

「それにしたって、紀伊の守はやりすぎよ。犬の毛皮に香を焚《た》きしめるなんて」

紀伊の守は天狼の存在こそ人から聞いて知っていたものの、殿上《てんじょう》を許可される身分にはないため、日輪王《にちりんおう》の姿などを目にしたことはなく、まさか普賢が天狼の血を引く存在とは思いもよらず、宣旨の言葉を聞いて、おおいにあわてたのだった。

以来、紀伊の守は、姉妹に対するのと負けず劣らぬ丁重《ていちょう》さで普賢を扱い、食べるものに不自由はないか、ご機嫌はどうか、母屋《もや》に御座所《おまし》を用意させようか、と、下にも置かぬもてなしを始めたのだった。

「エサは豪勢な骨付き肉だし、寝床用に新調の畳まで用意するし。そのうち、普賢に直衣《のうし》でも着させるかもしれないわよ」

「犬の文様つきの指貫《さしぬき》をはかせて？」

「そうそう、頭にはちっちゃな冠をかぶせてね」

火の宮と貴の宮は声をあわせて笑った。

「――まあ、わたしたちにとっては笑いごとだけれど、兄さまは、紀伊の守のそういう態度をひどく軽蔑《けいべつ》しているみたい。今まで見向きもしなかった獣にまでへつらって、姉さまの後見《こうけん》の座を得ようとしているのが、馬鹿みたいだって。このところ、兄さまのご機嫌はとっても悪くて、さすがの那智も扱いに苦労しているみたいだわ」

そのことは、火の宮も五百重《いおえ》から聞いて、知っていた。

(映の宮は、わたしが女東宮になることを望んでいないものね)

姉の火の宮が女東宮になれば、彼もまた日の当たる場所に出られるはずだというのに。この宇治の片隅でつまらぬ喧嘩《けんか》や賭けごとにあけくれ、むなしく青春を過ごすよりは、将来がひらける希望があるというのに。火の宮の成功に紀伊の守以上の野心を抱いてもおかしくない彼は、しかし、それを望まないのだった。

映の宮は、大斎院の神託によって女東宮の冊立《さくりつ》が決められたことにも、火の宮を候補に選んだ理由をどれだけ宣旨に問い詰めても明かされないことにも、うさん臭《くさ》さを感じているようだった。そんなうまい話があるはずもない。どこかに落とし穴がある。八雲の院は何かを企んでいるはずだ、と疑っている。降ってわいた幸運どころか、とんだ厄介《やっかい》ごとに巻きこまれた、早いところ逃げ出したい、といった態度なのである。

(でも、映の宮の不機嫌の原因は、それだけじゃないんだ)

そのことに気づかせてくれたのは五百重だった。

「――我が君が、映の宮さまのお立場であられたら、どう思われますか?」

夜、就寝前に火の宮の髪を梳《と》かしながら、五百重はいった。

元の邸では、男装の五百重が火の宮の沐浴《もくよく》を手伝おうが、寝所《しんじょ》に出入りしようが、いまさら咎《とが》める者はなかったが、女東宮候補としてもてなされているこの邸ではそういうわけにもいかず、五百重も地味な苅安《かりやす》染めの小袖《こそで》をまとい、こざっぱりした葦《あし》模様の褶《しびら》を腰に巻くという、下女らしい姿に身をやつすようになっていた。

「わたしが映の宮の立場だったら……？」

「姉君が女東宮の候補に選ばれ、院御所へ入られることをよろこばれますか？」

うーん、と火の宮は首をかしげた。

「よろこぶというより、面白がるかもね。貧乏暮らしから東宮候補に抜擢なんて、物語にもないような話でしょ？　まあ候補にあがったってだけの話だし、あまり深刻に考えず、とりあえず、物見遊山《ものみゆさん》の気分で春秋院《しゅんじゅういん》を見物しにいこ、いこ！　ってけしかけるかも」

五百重は笑った。

日に焼けて、節《ふし》くれだった、無骨な手指からは想像もつかない丁寧《ていねい》さと器用さで、五百重は火の宮のたっぷりとした黒髪のほつれをほぐしていく。

「映の宮さまは、宮よりも、もう少し、繊細で複雑なご性格をなさっておいでです」

「たしかにわたしは単純だわ」

「いいえ、我が宮は、素直で、明朗快活《めいろうかいかつ》で、お可愛らしい。五百重の聞きかたが悪かったのです。――同じ母君のお腹から、同じ日にお生まれになられて、ある日、ひとりは東宮候補に選ばれ、もうひとりは顧《かえり》みられぬまま。しかも、本来なら優先されるべき男子という御立場が、このたびだけはもうひとりを東宮の座から遠ざけることになった。逆にいえば、まず起こりえない〝女東宮〟という、この国の歴史をふり返っても数百年に一度、冊立されるかされないか、という稀有《けう》な地位にのぼりうる強運に、双子のひとりは恵まれたことになる。では、もうひとりは？　運に恵まれなかった双子のかたわれは？……こう申しあげれば、おわかりになりますか？」

火の宮は鏡の中の五百重の顔をみつめた。

厚い瞼《まぶた》の下の穏やかな目が自分をみつめ返している。

火の宮にも、ようやく、五百重のいいたいことが理解できた。

かつて東宮位にあった父をもち、じしんも親王《しんのう》という身分にある映の宮。

世が世であったら、父宮が政争に破れていなかったら、星のめぐりがもっとよかったら、彼が東宮位についていた可能性もあったのだ。

だが、現実に選ばれたのは、彼ではなく、火の宮だった。

葡萄病みの猛威や、大斎院の神託。さまざまな事象が奇妙に重なり、もつれあい、火の宮のもとへと稀代の幸運を運んできた。映の宮ではなく。

「映の宮さまは、今の複雑なご心情を……ことにそのうちの、嫉妬《しっと》、とも呼びうる感情を、意地でも宮には悟らすまい、と心の隔《へだ》てを強くなさっているように思われます。不機嫌の仮面をかぶられ、腹心の那智をも遠ざけられて。そのことをご理解なさった上で、宮さまの誇りを傷つけぬよう、あえて気づかぬフリをなさるのがよろしいかと」

夜の滝のように黒々と輝く火の宮の髪をなで、五百重は櫛《くし》を置いた。

「なんといっても、映の宮さまは、身分低い者に加冠《かかん》役を頼むくらいなら、一生童髪《わらわがみ》でもかまわない、と元服《げんぷく》を拒《こば》まれたほど、誇り高い方でいらっしゃいますから」

火の宮の裳着《もぎ》（女性の成人式）と一緒に映の宮も元服を……と女房たちが勧《すす》めたのは、故院の死から間もなく二年が経《た》とうとするころだった。

喪《も》が明けて、日も過ぎ、年齢的にもちょうどよかろう、という、ごく妥当《だとう》な提案だったが、映の宮はこれを拒否した。

親王の元服には、髪を削《そ》ぎ、冠をかぶせる加冠役に、相応の身分の人物を招聘《しょうへい》する必要がある。父宮亡きいま、そんな相手を都から招く手立てもなかったし、紀伊の守あたりを頼ったところで、受領《ずりょう》の彼が紹介できる人物はたかが知れていた。そして、親王の自分にふさわしからぬ者に加冠役を頼むのは、彼の誇りが許さなかった。

いっぽう、火の宮のほうは特にこだわらず、老女房のひとりが京に暮らしていたころの縁を辿《たど》り、某前大納言《ぼうさきのだいなごん》の妻という人に腰裳《こしも》を結ぶ役を頼み、裳着をすませた。

つまりはそれが、ふたりの違いだった。

内親王という、名前ばかり仰々《ぎょうぎょう》しい、古びて重いだけの衣装をうち捨てることにもためらいのない火の宮とちがい、一見、自由で放埒《ほうらつ》な生活を送っているように見えて、映の宮は皇族であること、親王であることに強いこだわりと誇りをもっているのだ。

それは古びた衣装ではなく、彼の心身の一部なのだった。

それを捨てること、もぎとられることに、彼は強い苦痛や恐怖を覚えるだろう。

(わたしが東宮になれば――いいえ、ならなくても、女東宮候補のひとりとして院御所に入り、世に名を知られることで、他の皇族たちや貴族たちと新しい縁《えにし》をつなげられたら。この宇治での暮らしがすべてだったわたしたちの、狭い世界を広げることができたら)

そうすれば、映の宮の意に適《かな》うだけの加冠役を見つけることもできるかもしれない。元服一つ思うように果たせない、捨て宮の境遇に置かれている不憫《ふびん》な弟に、親王としてのもっと明るい、晴れがましい未来を用意してやることもできるかもしれない。

そう思うと、火の宮は自分の胸の内に、熱いものがふと揺らめくのを感じた。

それをして、人は野心と呼ぶのかもしれなかった。

「――それにしても、宣旨は遅いわね」

貴の宮がいった。

手配していた者たちがようやく京より到着したので、さっそく、お目通りをお願いしたい、という連絡があったのは、今朝のことだった。

それでは、と火の宮は妹とともに整容や朝食をすませ、こうして普賢をかまいつつ、おしゃべりで時間をつぶしながらまっているのだが、なかなかその時がやってこない、どうしたのだろう、と思いつつも、急《せ》かす必要もないのでのんびりしていると、やがて、女房のひとりが「宣旨どのがまもなく参ります」と知らせてきた。

廊下《ろうか》から、ざわざわとした気配が近づいてくる。

（ずいぶん、人がいるみたい）

音もなく御簾《みす》がめくられ、すらりと長身の宣旨がすべるように室内に入ってきた。

※

「長くおまたせいたしました。火の宮さまには、本日もご機嫌うるわしく……」

平伏して挨拶《あいさつ》をのべる宣旨《せんじ》は、青の唐衣《からぎぬ》に白の表着《うわぎ》などを重ねた、優美だが、ごく普通の女房装束をまとっている。

あの日以来、くだんの黒装束は目にしていなかった。てっきり、あれが現在の女房装束の主流なのかと思っていたが、そういうわけでもないようである。あの奇抜な黒衣装は、本来、春秋院でのみ着用するものとされているのかもしれない、と火の宮は思った。

「恐れながら、本日は、火の宮さまのお身体を検《あらた》めさせていただきとうございます」

宣旨の後ろには、彼女より年かさの女たちが、数人、控えていた。

どうやら、これが京よりわざわざ呼び寄せた女房たちのようだ。

「検めるって？　病気の心配でもしているの？　わたし、身体なら恐ろしく丈夫よ」

天狼の働きによるものなのか、これまで、病気のたぐいはほとんどしたことがないし、おてんばで鍛えているので体力もある。

「火の宮さまが、心身ともに申し分なくお健《すこ》やかであられることは存じあげております。確かめさせていただきたいのは、他の事項にございます」

「他の事項？」

宣旨が視線を動かすと、端に控えていた女房たちが急いで部屋を出ていった。

「院よりのお指図でございますゆえ、ご容赦《ようしゃ》くださいませ。……恐れ入りますが、貴《あて》の宮さまも、しばし、御座所《おまし》をお移しいただけますでしょうか」

「それはいいけれど、その前に、姉さまに何をするつもりなのか、教えてくれる？」

貴の宮が穏やかに尋《たず》ねる。

「大斎院のご神託で示されました女東宮候補の条件については、すでにお二方ともご存じのことと思います。十四歳以上であること。未婚であること。処女《おとめ》であること。火の宮さまの年齢と婚歴につきましては、すでに確認ずみでございますゆえ、残りの事項を検めさせていただきたく、こうして参上いたしました」

火の宮が、宣旨の言葉を理解するには、しばし時間がかかった。

沈黙が落ちる。

「――わたしが本当に処女であるかどうか、身体を調べさせろ、といっているの？」

ようやく、そういうと、宣旨が肯《うべな》うように目を伏せた。

「だって――そんなこと。どうやって」

「ここにおりますのは、京より呼び寄せました産婆《さんば》にございます」

宣旨は背後の女たちを目で示していった。

「みな、その道のことに関しては熟練の知識と手技をもっております。火の宮さまにおかれましては、どうぞ、何もかも、この者らにお任せくださいますように」

産婆。さほど豊富とはいえない出産や生殖《せいしょく》、性交に関する知識が火の宮の頭の中をかけめぐった。女たちの傍《かたわ》らに置かれている敷布、細い湯気をあげる盥《たらい》、文箱《ふばこ》の蓋《ふた》に並べられた香油の壺などを見て、これから自分が何をされるのか、おぼろげながら理解する。足の先からすっ、と冷えていくような感覚が火の宮を襲った。

「姉さま」

貴の宮が顔色を変え、すがるように火の宮の腕をつかんだ。

「こんなこと、ひどいわ。あんまりよ。こんな屈辱《くつじょく》を受け入れる必要なんてないはずよ」

そういって、涙にうるんだ目を宣旨へむける。

「院の指示とはいえ、なんということを求めるの？　わたしたちは曲がりなりにも内親王なのですよ。それが、処女《おとめ》であることを疑われるなんて！」

「火の宮さまは清らかなお身体であられると信じております」

宣旨は感情のない声でいった。

「さすれば、八雲《やくも》の院にもそれを証明する必要がございます。火の宮さまを春秋院にお連れする際には、必ずくだんの事項を確かめておくべし、とのお達しでございますゆえ」

「拒否したら、どうなるの？」

「候補者の中から火の宮さまのお名前を消し、宮さまがたにはお邸にお帰りいただきます。わたくしは春秋院へ戻り、火の宮さまは女東宮の条件にはそぐわぬお方であった、と院にご報告いたします。それで、わたくしのこのたびのお役目も終わりとなります」

宣旨がじっと火の宮をみつめる。

それでかまわないのか、と問うような表情に、かまわない、と火の宮は反射的に答えたくなった。いきなり顔に投げつけられた泥玉を、怒りをこめて投げ返すように、女東宮候補の誉《ほま》れとやらを思いきり蹴り飛ばしてやりたくなる。

身体を開いて、処女であることを証明しろ？

なぜそんな無礼きわまりない要求を呑まなくてはいけないのか？

女東宮というエサを前にしたら、誰でも誇りをかなぐり捨ててしっぽを振るとでも思っているのか！

驚きと、怒りと、反発と、混乱と、さまざまな感情が胸にせりあがり、言葉がつまる。

「火の宮さま」

宣旨がいった。

「このように屈辱的な仕打ちには耐えられない、とお思いでしたら、どうぞ、ご辞退あそばしませ。これは始まりにすぎぬのです。正式な女東宮候補として春秋院へおあがりになられたのちには、さらなる過酷《かこく》なご試練を味わうことになりましょうから。八雲の院は類《たぐい》まれなる帝王であられると同時、苛烈《かれつ》なご性分のお方でもございます。候補となられた皇女の方々をいかな手段をもってふるいにかけられるおつもりか、むろん、わたくしなどは存じあげませぬが、いずれの候補者におかれましても、春秋院に入られてからの日々が、決して心穏やかに過ごされるものではないことは察せられます」

ひやりとした手が火の宮のそれを握った。

火の宮は宣旨をみつめた。

院の使者とはいえ、一介《いっかい》の女房が内親王の手を握るのは、あまりにですぎたふるまいと思われた。だが、不愉快ではなかった。これまで一貫して慇懃《いんぎん》な態度を崩さずにいた宣旨が、なぜか今、自分からその一線を踏み越え、近づいてきた、と感じられたからだった。

「先日も申しあげました通り、わたくしは、火の宮さまこそが、女東宮となられるにふさわしいお方と思っております。けれど、火の宮さまがそれを選ぶかどうかは、また、別の話であると承知してもおります。天狼の選んだ人物には、良くも悪くも幸運、好機が訪れる。その中の何を選び、何を捨てるか、それこそがその方のご器量であり、運命でもあるはずですから。どうぞ、火の宮さまには、悔《く》いのないご選択をなさいますように。わたくしがあなたさまに申しあげられるのは、ただ、これだけでございます」

火の宮は自分を凝視《ぎょうし》する宣旨の目を、瞬《まばた》きを忘れてみつめた。

(——ここからは、自分で選ぶんだ)

火の宮は思った。

自ら望んだわけではなく、抗《あらが》いがたい力に押し出されてここにいる、といういいわけが通じるのは、ここまでだった。進むのか、退《すさ》るのか、自分の意志で選ばねばならない。

京の都。春秋院。綺羅《きら》をまとった男女のひしめく院御所での豪奢《ごうしゃ》な生活。

進んだ先に広がるそれらの景色は、宇治の田舎《いなか》で育った火の宮には、どれだけ想像をたくましくしても、異国のそれのように思われる。

いっぽう、東宮候補を辞退し、ここより後ずさった場所の景色ははっきりと目に浮かぶのだった。

これまで通りの変わらぬ日々。古びた邸の中で、老いていくばかりの女房たちに囲まれ、ままならぬ境遇に鬱憤《うっぷん》を抱えた弟と、病弱な妹を見守り、総領姫として家計の維持に頭を悩ませる、そんな日々。平和で、単調で、退屈で、心も腹も満たされない日々。

「宣旨」

「はい」

「八雲の院の弱みは何？」

思いがけない質問に、宣旨が虚を衝《つ》かれた顔になる。

「弱み……と、おっしゃいますと」

「賢かろうが、偉大だろうが、同じ人間だもの。上皇にも、弱点はあるでしょ。苦手なものとか、嫌いなものとか。それを教えて、といっているの」

宣旨は考えるように少し沈黙したあと、

「……強《し》いて申しあげれば、院には、蜘蛛《くも》が不得手《ふえて》でいらっしゃるかと」

「蜘蛛？」

「ご幼少のころ、お寝《よ》りあそばす最中《さなか》に、蜘蛛の子が大量に顔に落ちてきて、たいそう恐ろしい思いをなさったそうで、ことの外《ほか》、蜘蛛を嫌っておいでです」

「他には？」

「和布《ワカメ》をお厭《いと》いあそばして、絶対に召しあがりません」

「それから？」

「……嫌い、というのとはちがいますが、御母堂《ごぼどう》であられる女院からのお呼び出しを、苦手となさっていらっしゃいます。院が赤さまであられたころの思い出話から、立后《りっこう》されるまでのご苦労、近ごろの宮廷の流行、醜聞《しゅうぶん》、市井《しせい》の噂話《うわさばなし》まで、延々と続くとりとめないおしゃべりに、半日近くおつきあいせねばならぬのが苦痛でならない、と」

「そう。じゃあ、身体を検められているあいだ、蜘蛛の這いまわる部屋で、女院から和布《ワカメ》を食べるのを強要されている死にそうな顔の八雲の院を想像することにするわ」

火の宮はむりやりに笑顔を作った。

「そうすれば、忌々《いまいま》しい時間のあいだも、少しは、気が晴れるだろうから」

貴の宮が火の宮の手をぎゅっと握る。

「姉さま」

「いいの。何もいわないで。大丈夫よ、貴の宮。ばかみたい。こんなこと、悩むだけ時間のムダなんだわ。さっさと終わらせるべきなのよ。さあ、宣旨、準備をしなさい。そして、できる限り早くすませてちょうだい。途中でわたしの気が変わって、やっぱりこんなこと我慢ならない、と産婆の顔を蹴り飛ばす前にね」

宣旨の背後に控える年配の女が、びくっと肩を揺らした。

「しばらく向こうへいっていて、貴の宮。普賢を連れていって。少し、外で遊ばせてあげて。このところ、ずっと、邸の中に閉じこめられて、退屈しているから」

自分と目をあわせないその態度から、姉の決心を悟ったのだろう、貴の宮は励《はげ》ますように、慰《なぐさ》めるように火の宮を強く抱きしめたあと、「おいで、普賢」とかなしそうにいって、部屋を出ていった。

そのあいだに、几帳《きちょう》が立てめぐらされ、畳と茵《しとね》が敷き直され、準備が調《ととの》えられる。

「どうすればいいの？」

「お立ちくださいませ」

いわれた通りにすると、同じく立ちあがった宣旨の手が火の宮の肩にかかる。

その顔には、再び慇懃な仮面がかぶられていたが、手つきはやさしく、柔らかな花びらを剝《は》ぐように、重ねた袿《うちぎ》を火の宮の肩からすべり落とし、袴《はかま》の紐をほどいていった。

「お座りあそばして、お背を後ろに……天井をご覧になっていらっしゃいませ」

茵の上に横たわると、腰の下に枕のようなものを差しこまれた。

ためらいのない手が単衣《ひとえ》の前をめくり、太腿《ふともも》に触れた空気の冷たさに、はっとする。

わずかに身体を起こして見ると、そこにいるのは宣旨ではなく、産婆だった。

「できる限り、お力を抜かれますよう。お身体を強《こわ》ばらせていらっしゃいますと、お痛みを感じられることもありますゆえ」

どんな痛みが、と想像すると、怖くなった。だが、これらのすべても八雲の院に報告されるのかもしれないと思うと、恐怖より、絶対に怯《おび》えたようすは見せるものかという意地が勝った。

湯を使う音、何かの蓋を開ける音、足元で動き回る何人ものの気配。

「もう少し、おみ足を大きく開かれませ」

その通りにした。

閉じきった場所に太い、温かい指を感じ、火の宮は強く両目を閉じた。

※

すみやかにことはすんだ。

「ご不快な思いをおさせ申しあげました。火の宮さまのおん身が清らかであられること、わたくしどもが、しかとご確認申しあげました」

産婆の言葉を聞いても、火の宮にはなんの感情も湧かなかった。顔には目が二つ、鼻と口が一つずつありました、という報告を聞くのと同じ、わかりきったことだったから。

脱いだ着物を着つけ直され、設《しつら》えが戻される。

産婆たちは道具を抱えて部屋を出ていき、部屋には火の宮と宣旨《せんじ》だけが残った。

脇息《きょうそく》にもたれかかっていた火の宮は顔をあげ、宣旨をにらんだ。

「そなたもさがって」

「貴《あて》の宮さまをお呼びいたしますか？」

「いらない。しばらくのあいだ、ひとりにしておいて」

宣旨はうなずき、深く頭をさげた。

立ち去るその背中にむかって、手元の脇息を投げつけてやりたい激しい衝動に駆られ、すんでのところで思いとどまる。宣旨が悪いわけではない、とわかっている。わかっているからこそ、この煮え立つような憤《いきどお》りをどうしようもなかった。

　火の宮は脇息に伏せ、目を閉じた。胸の中に野分《のわき》が吹き荒れているようだった。心を落ち着かせようと努め、しばらくじっとする。

　どれほど経ったのか、ふと、視線を感じて顔をあげると、映《はゆる》の宮がいた。

「……いつからいたの？」

　猫みたい、と火の宮はあきれた。

　気配を殺し、足音を忍ばせるのは五百重譲《ゆず》りのわざだ。心臓に悪いからやめてほしい。

　映の宮はいつもと同じ括《くく》り髪に、やや赤みの強い二藍《ふたあい》色の水干《すいかん》を着ていた。何度も水をくぐらせた普段の衣装と違い、光沢《こうたく》のある生地《きじ》に糊《のり》を利《き》かせたもので、ぱりっとしている。女東宮候補の兄にふさわしい着物を、と紀伊《き》の守《かみ》あたりが用意したものなのだろう。

「何しにきたのよ」

「ぼくを呼んだだろ」

　映の宮は静かにいった。

「だから、きたよ」

「呼んでないわよ」

「呼んだよ」

「呼んでないったら。あっちにいってよ。わたし、ひとりになりたいんだから」

「知ってるよ」

「知ってるなら、どうしてきたのよ。意地悪な子ね。怒るわよ」

「もう怒ってるだろ。ひっかかれそうだな。毛を逆立ててフーフーいってる猫みたいだ」

「何よ、猫はそっちでしょ」

頭にきて、脇息を放り投げる。元より、本気で当てる気もなくでたらめな方向に投げたので、映の宮はみじんも動じず、避けもしない。

落ち着き払ったその態度が憎たらしく、火の宮は膝で進んでいくと、弟の身体をドンと押した。力をこめたのにほとんど動かず、見れば口の端に笑みが浮かんでいて、子どもの戯《たわむ》れみたいにあしらわれたことが癪《しゃく》に障《さわ》る。むきになって何度も突っかかり、閉じた扉を開かせるみたいに、力まかせに彼の胸をドンドン叩いた。

「痛い、痛い」

「ばか、ばか、ばか！」

夢中になって叩いているうちに映の宮の身体は床に倒れ、覆《おお》いかぶさる火の宮も倒れ、気がつくと弟に抱きしめられながら、火の宮は声を出して泣いていた。

「——貴の宮から、全部聞いた」

彼女の豊かな髪に顔を埋め、映の宮が低くいった。

「ごめん、火の宮。ごめん」

火の宮はすすりあげ、濡れた鼻先を弟の胸にこすりつけた。

自分が弟を呼んだのだと火の宮にもわかっていた。身体を検められているあいだ、溺《おぼ》れかけた人間がすがるように、彼の名前を呼んでいたから。助けて、映の宮、助けて。こんな恥ずかしいことはやっぱり嫌だ、と。宣旨の前では強がったが、実際は八雲《やくも》の院のことなどみじんも頭に浮かばなかった。怒りと、羞恥《しゅうち》と、かなしみと、混乱と、さまざまな感情が、離れた場所にいた映の宮の心にも、濁流《だくりゅう》のように流れこんだはずだった。

（わたしたちはつながっているから。映の宮。同じ日に、同じお腹から、同じ顔をして生まれたわたしの弟）

自分よりも体温の高い弟に抱きしめられ、規則的なその胸の鼓動を聞いているうちに、かき乱された心が少しずつ鎮《しず》まっていくのを感じる。とても幼いころ、どちらかが泣いていると、よく、こんなふうに慰めあったものだった、と思い出す。毛皮を舐めあう子猫のきょうだいみたいに。目を閉じると、たがいの体温も、香りも、存在も、溶けあって、境目がなくなって、母の胎内《たいない》にいたころの小さなふたりに還《かえ》るようだった。

いつの間にかまどろみ、ふっと水面から顔を出すように、意識が戻った。

映の宮がじっと彼女をみつめている。弱いところを見せたことが急に恥ずかしくなった。

「――起きるね。もう、大丈夫だから」

腕の中から抜け出すと、続いて身体を起こした映の宮が乱れた彼女の髪を指で梳《す》いた。涙で貼りついた髪をのけられ、目尻に残った涙をそっと拭《ぬぐ》われる。普段、そっけない弟の優しい態度に落ち着かなくなって、火の宮は照れ隠しに、映の宮の頰をつねった。

「もう。いいってば」

「火の宮。今日、院の使者から何をいわれたのか、話して。いいたくないことは、いわなくてもいいから」

火の宮は話した。

「辞退するべきだ」

迷わず、映の宮はいった。

「その、宣旨という女房は、春秋院へあがったら、もっと辛《つら》い目に遭うだろうと警告してくれたんだろう。だったら、その警告を容《い》れて、この話は、やはりここまでにしよう」

「嫌よ」

「どうして」

「あんな嫌なことを頑張って我慢したのに、辞退したら、それがムダになるじゃない」

「辞退しなかったら、その嫌なことがこれからも続くんだぞ」

「わかってる。でも、このまま引き下がるのは、負けたみたいで嫌なの。女東宮になんかなりたくもないし、なれるとも思わない。ただ、ここで辞退するのはどうしても嫌。一方的に選ばれて、好き勝手に試されて、身体を調べられて。傲慢《ごうまん》な八雲《やくも》の院が憎いわ。春秋院にいって、院の顔に、蜘蛛と和布《ワカメ》を投げつけてやらないと気がすまないんだから」

「何をいっているのか全然わからない」

「そうよ、わからないわよ。映の宮には。男には。畳の上にひっくり返らされて、蛙《かわず》みたいに足を開かされて、泣くほど恥ずかしい思いをした人間にしか、わからないんだっ」

話すうちに、再び怒りが湧いてきた。火の宮は映の宮の肩を手荒く叩いた。

「脱いで」

「何？」

「服を脱ぎなさいって、いってるの。あなたの最愛のお姉さまが、初めて会う女たちの前で、何もかも脱がされて恥ずかしい思いをしたんだから、双子の弟のあなただって、同じように脱がされなくちゃ、不公平でしょ」

「どういう理屈なんだ？」

脱げ、いいから脱げ、と火の宮が駄々をこねる子どものようにくり返すので、映の宮はあきらめたようにため息を吐き、腰紐に手をかけた。

袴も、水干も脱いで、無造作《むぞうさ》に床に放り出す。

そのあいだに、火の宮も袿や袴をすべて脱ぎ捨てていた。映の宮の装束を拾いあげ、荒っぽい手つきでざくざくと着ていくと、長い髪を手櫛で適当に括りあげる。

「さては、また、僕になりすます気だな」

「うっぷん晴らしに馬を走らせてくる。戻るまで、わたしの身代わりになって」

「ぼくが?」

「貴の宮を呼んで、協力してもらって。宣旨も、他の女房たちも、誰も近づけないようにして。火の宮は、身体を検められたことにとても傷ついていて、臥《ふ》せっている、って着物をかぶって寝ておけば、バレないでしょ。同じ顔なんだもの」

「どうかな。さっき、うとうととしているきみを見ていて、気がついたよ。ぼくたちふたりの顔は、もう、前ほどそっくりじゃない」

火の宮も、そのことには少し前から気づいていた。瓜《うり》二つ、などと姉弟《ふたり》を指して老女房たちはいうが、それは長く身近にいる人間の惰性《だせい》による思いこみというものだった。

むろん、初めて会う人間には、まず見分けがつかないだろうが、実際のところ、月日を重ねるごとに、ふたりの顔は少しずつ相違が際立《きわだ》っていっている。

「それと、この邸にきてから、きみ、太っただろ。米でも、菜でも、家計の心配なく食べられるからって、おかわりをしまくって。頬がぽちゃぽちゃの餅《もち》みたいになってるぞ」

だから身代わりは、と言葉の途中で、火の宮は思いきりよく弟の後頭部をはたいた。

とてもよい音がした。

「いい?　戻るまで、ちゃんと〝火の宮〟を演じること。でないと、五つの歳《とし》までわたしにくっついていなくちゃ寝られない甘えん坊だったこと、みんなにいいふらすからね！」

映の宮は、そんなことどうでもいい、という顔をしている。お忍びに協力するつもりなど全然なく、何もかも、宣旨にバラすつもりでいるのかもしれない。

彼女が男になりすまして外出するような非常識な内親王だということがわかったら、女東宮の候補から外されるだろうか？　それならそれで、かまわない、とも思った。

急に、なげやりなきもちに襲われた。何もかもが面倒に思えてくる。

意地を張って、弟の提言を蹴った自分が愚かにも幼稚にも感じられた。

「火の宮」

部屋を出ていこうとしていた火の宮を映の宮が呼びとめた。

ふり返ると、何かを投げてよこされる。小刀だった。

「あまり、遠くへはいくな。男の恰好《かっこう》をしているからといって、安全なわけじゃない。華奢《きゃしゃ》な若造と侮《あなど》って、馬を狙う輩《やから》もいるのだから」

火の宮はうなずいた。

鞘《さや》から抜くと、手入れのいい刀身が鈍く光った。滑らかな刃《やいば》を指先でなぞるうちに、何かをひどく傷つけてやりたいという、凶暴なきもちが湧いてくる。尖《とが》った切っ先を突き立てて、柔らかなものをめちゃめちゃに引き裂いてやりたい。それをして、どうしていけないのだろう？　わたしだって、とても傷つけられたのだから、と。

あのできごとが自分の知らない残酷な何かを引き出したようで、怖かった。

大きく息を吐くと、火の宮は刀を鞘に納めた。

二　宇治川の邂逅《かいこう》

勢いづいて部屋を飛び出したのはいいものの、他人の邸《やしき》だから勝手がわからない。

火《ひ》の宮《みや》は廊下に立って、きょろきょろと左右を見渡した。

(厩《うまや》はどこだろう。車宿《くるまやど》りの場所は、たしかあっちだったような……ああ、女東宮《おんなとうぐう》候補だからって大人しくしていないで、もっと邸の中を探検しておけばよかった!)

「我が君」

聞き慣れた声にふりむくと、五百重《いおえ》が立っていた。

「落ち着かれませ。厩はあちらですよ」

心を読み当てられたようで、火の宮はぽかんとなった。

「軒下《のきした》にでも潜《もぐ》りこんで、今の話を聞いていたの?」

五百重は答えず、代わりに厚い唇の端をわずかにもちあげた。

あんがい正解だったのかもしれない。なにせ、主人のためならなんでもする女なのだ。

こちらへ、と近くの部屋へ引っ張りこまれる。

「――馬を駆られて、どちらへおゆきになるおつもりなのですか」

「わからない。ただ、今は、ここにいたくないだけ」

「お供します」

「だめ。ひとりでいきたいの。ひとりになって、きもちを整理したいの」

「危険です」

「一走りしてくるだけだもの。すぐに帰ってくるから、大丈夫よ。小刀もあるし」

「それでは、せめて、普賢《ふげん》をお供に」

「あの子を連れていくのは目立ちすぎるわ」

会話のあいだにも、五百重の器用な手は火の宮の雑な着付けや髪を素早く直していく。これまでは、五百重の供があればこそ、非常識なお忍び歩きも許されてきた。火の宮のワガママを五百重はたいてい聞き入れてくれるが、安全に関わることとなれば、話は別だった。実際、五百重の同行なしに、火の宮が邸外へと足を伸ばした経験はほとんどない。

これはだめだろうなあと観念しつつ、手を引かれて厩へいくと、五百重は、すでに顔見知りになっているらしい馬番の老人としばらくやりとりしたあと、鞍《くら》をつけた映《はゆる》の宮の馬を引いてきた。

次に自分のぶんの馬を引いてくるのだろうとまっていたが、そうはならなかった。

馬の手綱《たづな》を握らされ、火の宮は戸惑い顔で五百重を見た。

「いいの？」

「東宮候補として京へ入るとなれば、以後は自由な外歩きなどもかなわぬでしょうから。ですが、長くはなりませんよ。山中へいくのもなりません。獣やならず者がおりますから。明るい、人気《ひとけ》のある場所を、ほんの少し走ってくるだけにしてください」

火の宮はこっくりした。

「我が君に何かありましたら、五百重も平常心ではおられません。どうぞお気をつけて」

「うん」

火の宮は背伸びをし、ぎゅっと抱きついた。

「ありがとう」

「我が君には、ご自分のお役目を、よく果たされました。怯《ひる》まれず、投げ出されず、勇気と誇りをもたれて、課された難題を、よく、おでかしになりました」

五百重が何をいっているのか、すぐにわかった。

産婆《さんば》たちとの一部始終を軒下ででも聞いていたのだろう。

「すごく、嫌だった。かなしかったし、傷ついたわ。あんなこと、早く忘れてしまいたい。でも、忘れたくないとも思っている。あんな屈辱《くつじょく》を忘れて、なかったことにするぐらいなら、怒りを抱えたままのほうでいるほうがましだとも思える」

「あなたさまの怒りは正当です、我が君。ですが、どうぞ、あまりそれに振り回されませんように。宣旨《せんじ》どのの言葉通り、春秋院に入られれば、このたび以上の辛苦《しんく》を味わわれることになるはずです。そのたびに感情を揺さぶられては、お心がもたぬでしょう。尖《とが》った刃《やいば》を鞘《さや》に入れるように、怒りをあるべき場所へと納めるようになさいまし」

五百重は火の宮の懐《ふところ》に触れ、小刀の形を布の上からゆっくりとなぞった。

「困難な道をお選びになるのでしたら、あなたさまは、今よりずっとお強くならねばなりません。どうぞ、怒りを飼い慣らす術《すべ》を覚えませ」

「怒りを飼い慣らす……？」

「野生の馬を馴《な》らすように、猛《たけ》るそれをなだめ、理性という鞍《くら》を載《の》せるのです。知恵という轡《くつわ》を食《は》ませ、手綱をとって、操るのです。怒りに主導権を奪われぬよう、あなたさまが制し、支配するのです。さすれば、それは、今おられる場所から、はるかに広く、豊かな世界へと、あなたさまを連れ出してくれることでしょう」

火の宮は日に焼けた五百重の顔をじっとみつめた。

ここではない、はるかに広く、豊かな世界。

予言のような言葉だと思った。

春秋院《しゅんじゅういん》のことをいっているのだろうか。それとも、帝《みかど》のおわす宮廷のことか。

五百重には、他の誰にも見えていない自分たちの未来が見えているのだろうか。

「五百重、おまえって、何者なの？」

火の宮は何十回めかの問いを口にした。

ものごころついたときからそばにいて、自分たちを守り続けてきたこの五百重という女の、正確な年齢も、その前身も、火の宮たちはほとんど知らない。

古参の女房たちによれば、五百重がやってきたのは、一家が宇治《うじ》へと移ってきて、まもないころだったという。

ひどい嵐の翌朝、裏の山からふらりと現れ、いつのまにか邸の端にある、崩れかけていた建物の一つに勝手に住みついてしまったというのだ。

山賤《やまがつ》であった父が死んでひとりになったので、新しい暮らしを求めて山をおりてきた、と当時の五百重は邸へきた理由を明かしたそうだが、それもどこまで本当のことやら、わからなかった。男とも女ともつかぬその異様な風体《ふうてい》からして、もしや地方から流れてきた傀儡《くぐつ》の一団の娘か、盗賊の一味から抜け出してきたならず者なのでは……と女房たちは、その正体を長く疑っていたそうである。

謎めいた過去はともかく、たしかなのは、五百重が下女《げじょ》として邸に留まることを許した故院《こいん》への恩を忘れず、以来十余年、この家に忠誠を捧げ続けていることだけだった。

五百重はその卓越した狩猟の技をもって、山に入っては鳥や獣をしとめ、野にいっては木の実や山菜をみつけ、川へいっては網代《あじろ》をかけて魚をとり……と、その腕一本で、長いあいだ、苦しい一家の生計を支え続けてくれた。

薬草の知識で家族の健康を助け、その腕力と胆力《たんりょく》で、盗人《ぬすっと》や狼藉者《ろうぜきもの》が邸を荒らすのをゆるさなかった。難しいとされていた養蜂《ようほう》の試みを成功させ、長く途絶えていた養蚕《ようさん》の技術を復活させ、絹糸や反物《たんもの》の生産さえ物にしている。

いまや、一家の中で、五百重の献身と忠義を疑う者はひとりもいない。

「五百重はなんでもできる。なんでも知っている。わたしのことも。世間のことも。山の神からの使いというなら、それは普賢より、おまえのほうではないかとさえ思うわ」

「あまり買いかぶりをなさいますな。私はただの侍女《じじょ》ですよ」

いつものように、さらりと火の宮の疑問をかわすと、五百重は軽々と彼女の身体をもちあげ、馬上の人とさせた。

その腕の力強さ。狙った獲物を一矢《いっし》で射止める並々ならぬ技量。皮を剝《は》ぎ、肝《きも》をとり、淡々といのちの始末をする冷静さ。その手を血に汚すことをためらわぬ心の強靭《きょうじん》さ。

それらは本当に厳しい山での暮らしゆえに身についたものだったのだろうか？

「これをおもちくださいい、我が君」

差し出された物を見れば、先日、火の宮が市《いち》で買った狼の面だった。

どうしたことか、素朴《そぼく》で愛嬌《あいきょう》のある面の、下半分がすっぱり切りとられている。

「必要なとき、顔隠しにお使いください。里の近くへいって、映の宮さまと間違われ、先日、市で絡《から》んできた男たちなどに見つかっては、面倒ですから」

好奇心旺盛《おうせい》な火の宮がいつまでも山荘の中で大人しくはしておらず、そのうち外歩きをしたがるだろう、と見抜いて、面を用意していたようだ。

つけてみると、上半分だけの面はごく軽かった。鼻から下が出ているので、息苦しさがなく、目の部分も大きめにくり抜かれているので、ずいぶん視界が広くなっている。

これならば、つけたまま馬を走らせても不自由はなさそうである。

「くれぐれもお気をつけて、我が君。そのお美しいお顔に、御身《おんみ》に、髪の毛ひとすじの傷もつけずに、どうぞ、我が元へお戻りくださいますように」

火の宮はうなずくと、馬の脇腹を軽く蹴って走りだした。

道があまりわからないので、とりあえず目の前の大きな道を下っていく。

しばらくいくと、樹々の間に、日を浴びて光る宇治川の水面《みなも》が見えた。

空はよく晴れて、頭上に広がる青色がまぶしいくらいだが、水流が増して濁《にご》った川からは、ふだんよりも激しい瀬音《せおと》が聞こえてくる。

（そういえば、昨日の夜、ずいぶん雨が降っていたっけ）

川に沿って馬を歩かせて進む。

川が荒れているので、いつものように漁をする者も釣りをする者もなかった。少し先の川べりに、馬をとめて休んでいる男の姿が見えたので、火の宮は用心のため、頭に載せていた面をおろして顔を隠した。

濃い青色の狩衣《かりぎぬ》に包まれた広い背中。

顔は見えないが、所作《しょさ》や身体つきから、なんとなく、青年だろう、と察せられた。

何を見ているんだろう、と視線を追うと、上流にある橋にいきついた。ふたりの男の子が欄干《らんかん》に乗り出して、川をのぞきこんでいる。

ふだんとはちがう流れの激しさと、水位が橋のすぐ下まであがってきているのが面白いのだろう。ふたりして、はしゃいでいる。

子どものひとりがこちらにむかって手をふり、狩衣の青年も座ったまま、それに応《こた》えているのを見て、火の宮は微笑んだ。

（――さて、どこにいこうかな。川沿いの道は狭くて走りにくいし、かといって山のほうへもいきにくいし。橋を渡って、葦原《あしはら》のあたりを少し走ってこようかな）

馬をとめてぼんやり考えていると、「あっ」と男の声がした。

顔をあげると、青年が川へ駆けていくところだった。甲高《かんだか》い悲鳴が上流から聞こえてくる。橋を見ると、そこには子どもの姿がひとりしかなかった。わめいている子どもが指さす先を見ると、濁流《だくりゅう》の中、小さな子どもの頭が浮かんだり沈んだりしている。

（落ちたんだ！）

青年が水しぶきをあげて川へ入っていく。

中央までいくと、いったん頭が沈んだが、再び浮かび、泳ぎだした。青年が間一髪《かんいっぱつ》のところで流されてくる子どもを抱きとめるのを見て、火の宮は大きく息を吐いた。

が、思うように泳げないようで、青年はどんどん下流に流されていく。

火の宮はふたりを横目に見ながら、反射的に下流へむかって馬を走らせた。

――どうしよう。どうすればいい？　人を呼んでくるべきなんだろうか？

めまぐるしく頭を回転させながら周囲を見ると、農家があった。牛がのんびりと草を食《は》んでいる庭先で、大きな笊《ざる》を膝に置いた中年の女が腰をかがめて豆の皮をむいている。

家畜に使うものなのか、女のそばには長い麻縄《あさなわ》が放り出されていた。

「それを貸して！」

いきなり馬で乗りこんできた仮面姿の若者に仰天《ぎょうてん》し、女は悲鳴をあげてひっくり返った。

火の宮は「後で返すから！」と早口にいい、笊と麻縄を素早くつかんで馬に飛び乗った。

腰を抜かしている女を後目《しりめ》に、次の橋まで全速力で馬を走らせる。

（どうか、間にあいますように！）

橋につき、準備を終えてまっていると、ほどなく、流されてきた青年の姿が見えてきた。

青年の表情を見て、ほっとする。まだ体力が残っているようだ。

「こっちを見て！　こっちよ！　ここよ！」

火の宮は橋の上で飛びはね、ブンブン両手をふった。近づいてくる青年と目があう。

「縄があるのよ！　つかまって！」

欄干に固く結びつけ、川へと垂らした縄の先端には笊が括《くく》りつけてある。

大きな楕円形《だえんけい》の笊だ。濁流の中、細い縄の先を探すよりもつかみやすいはずである。

どんどん橋に近づいてくる青年を火の宮は息をつめてみつめた。

（お願い、がんばって！　縄をつかんで！）

激しい流れにもてあそばれ、小刻みに揺れていた縄がピン、と張った。

火の宮は欄干のあいだから身を乗り出し、ひっくり返るようにして橋の下をのぞいた。

青年が縄につかまっているのを見て、思わず安堵《あんど》の声が漏《も》れる。

「大丈夫⁉」

「ああ」

予想外に落ち着いた、低い声が返ってきた。

「子どもは失神しかけている。縄にはつかまれない」

「どうすればいい？　縄はこれしかないし、近くに助けられる人もいないの」

「そうか」

息を吐き、じっとしている。身体を休めて、体力を溜めているのだろう。

「――よし。私が縄をよじのぼるから、きみは子どもを引きあげてくれないか」

青年は子どもを背に負い直した。

橋の上に這《は》いつくばり、火の宮はふたりへと懸命に手を伸ばした。ようやく子どもの着物をつかむ。子どもは四、五歳と見える男の子だった。小柄な体型だが、脱力したその身体は想像以上に重く、火の宮の力ではなかなか引きあげられない。

と、青年が肩先を使って、子どもの身体をぐいと押しあげた。

なんとか橋の上に引っ張りあげる。

息を切らしながら倒れた男の子に近づくと、火の宮はその頬をぺちぺち叩いた。

「しっかりして。聞こえる？　目を開けて。ほら、開けるの！」

男の子がぼんやり目を開けた。以前、五百重が井戸に落ちた子を助けた時の手順を思い出し、身体を横向きにさせると、ややあって、ごぼっ、と大量の水を吐き出す。

男の子は苦しそうに何度かえずき、小さな声で泣きだした。

「大丈夫か？」

全身から水をしたたらせ、青年が背後からのぞきこんでくる。

川に流されたのだろう、かぶっていた烏帽子《えぼし》はなく、髻《もとどり》も大きく曲がっている。

「意識は戻っているし、大丈夫だと思うけど、顔色が悪い。唇の色が……」

「冷えているんだ。着物を脱がせよう」

水を含んで重い着物を脱がせると、火の宮は濡れた子どもの身体を手巾《たのごい》で拭いた。天気のよい、暖かい日だったのはさいわいだった。それでも、裸のままでは冷えてしまうので、火の宮は自分の水干《すいかん》を脱ぎ、子どもの身体をそれで包んだ。

腕や背中をさすってやると、だんだんと丸い頬に血の気が戻ってくる。

子どもはしくしく泣きだし「かあちゃん、かあちゃん」と心細そうに母を呼んだ。

「泣かないで。もう大丈夫。お母さんのところまで、ちゃんと送ってあげるからね」

「この子が落ちた橋に、もうひとり、子どもがいた」

ぽたぽたと髪から垂れる水をかきあげるようにして切り、青年はいった。

「たぶん、この子の家を知っているだろうから、そこへ戻ろうと思う。目の前で川に落ちるのを見てあの子も心配しているだろう……この子をきみの馬に乗せてやれるか？」

火の宮はうなずき、馬の鞍にまたがった。青年から子どもを受けとり、懐《ふところ》に抱える。

「あなたは大丈夫？　ずぶ濡れだし、そのままじゃ、風邪をひくんじゃ……」

「これくらい、なんでもない」

青年は頭をふって、水を飛ばした。狩衣の前を開き、肩を抜くと、着物の水をぎゅうぎゅう絞《しぼ》り、下に着ている単衣《ひとえ》も同じように肩から落として絞る。

二十歳《はたち》をいくつか超えたくらいだろうか。青年は五百重ともさほど変わらぬほどの長身だった。くっきりと彫りの深い、端整な顔立ちで、横から見ると鼻の高さが際立《きわだ》っている。

露《あら》わになった上半身を見ると、色は白いが、驚くほどたくましく、胸板も厚い。なるほど、これなら子どもを背負って縄をのぼるのにもさほど苦労はしなかったはずだ、と大きく筋肉の盛りあがった青年の腕を見て、火の宮は思った。

「この子を助けてくれて、ありがとう」

火の宮はいった。

「知っている子なのか?」

「ううん、知らないけど、わた……ぼくだけだったら、絶対に助けられなかったから。あんな流れの速い川に入る勇気も、助けられる自信も、ぼくにはなかったし」

「それは自分を知っていて、状況をちゃんと判断できて、賢いということだ」

むき出しの頭部がさすがに気になるのか、青年は懐からとり出した手巾《たのごい》の水を絞ると、頭に巻きつけ、髻《すが》を隠した。凛々《りり》しく広い額《ひたい》の形、清しい生え際が美しい。

「私のほうが後先考えない、阿呆《あほう》なんだ」

「そんなことない。あなたは本当に勇気があって、子どもを助けるやさしい心があって、すばらしいと思う。それに、実際、失敗もせず、助けられたんだから。それって、自分の器量をちゃんと正しく見計れたということでしょう? あなたはすごい人だと思うよ」

躊躇《ちゅうちょ》なく川へ飛びこんでいった青年の後ろ姿が、火の宮の胸には強く残っていた。

「きみの助けがなかったら、今ごろ、悲惨《ひさん》なことになっていただろう」

青年は火の宮を見あげた。

「川の中からは、きみが天狗《てんぐ》の子に見えたな」

「天狗の子？」

「橋の上で、飛びあがって、私に手を振っていた。羽でもあるように、ぴょんぴょん弾《はず》んで。天狗の子が、気まぐれに山から飛んできて、人間を助けにきたのかと思った。その面が、遠くからは、そんなふうに見えた。異形《いぎょう》の者のようだった」

指さされ、火の宮は自分が面をつけていることをようやく思い出した。

「きみは、どうしてそんな面をつけているんだ？」

「それは——ええと、あまり、人に顔を見せたくないから」

「そうか……」

青年はうなずき、それ以上、何か聞こうとはしなかった。

腕の中の男の子が急にグズり始めた。溺《おぼ》れた記憶と恐怖があらためてよみがえってきたようである。火の宮は男の子の背中をさすり、頭をなでて、慰《なぐさ》めてやった。

「大丈夫、大丈夫。ね、お歌を歌ってあげようか？」

思いついた童歌《わらべうた》を口ずさむと、鼻をすすっていた男の子がだんだんと落ち着いてくる。もっと歌って、とねだるので、知る限りの歌を口にする。男の子の両手をとって拍子をとらせ、左右に身体を揺らせたりすると、男の子は可愛い声でくすくす笑った。

舞へ舞へ蝸牛《かたつぶり》
舞はぬものならば
馬《むま》の子や牛の子に　蹴《く》ゑさせてん　踏み破《わ》らせてん
実《まこと》に美しく舞うたらば
華の園まで遊ばせむ

宇治川の　底の深きに　鮎《あゆ》の子の
鵜《う》といふ鳥に　背中食はれて　きりきりめく
や　や　いとほしや

ふと横を見ると、馬の横を歩いていた青年の姿がなくなっている。

(どこへいったんだろう)

ふり返ると、後方にその長身があった。土手の傾斜の半ばに立ち、ぼんやりとこちらをみつめている。目があうと、青年は我に返ったように傾斜をのぼり、早足でこちらへ寄ってきた。それから、青年は男の子にむかっていった。

「手を出して」

おそるおそるさし出した手に、青年が狩衣の袂《たもと》からとり出したものをそっと載せる。

桑《くわ》の実だった。

川の水で洗ったらしく、つやつやした黒色の実が雫《しずく》をまとわせて光っている。

熟しきって甘そうな果実を見て、男の子はたちまち目を輝かせた。

日に焼けた丸顔に、こぼれるような笑みが浮かぶ。

「そんなに一気に食べたら、お腹を壊しちゃうよ」

火の宮の忠告も耳に届かず、手も口も赤く汚して、男の子はあっという間に桑の実をたいらげると、息を吐いた。先ほどまでのなきべそ顔は、もうどこにもなかった。

青年の姿は再び消えていた。戻ってくると、今度は火の宮の手に桑の実を載せてくれた。

男の子がおかわりをねだると、嫌な顔もせず、またとりにいく。

その間も馬は進んでいるので、どんどん長くなる距離を青年は往復するはめになった。

「もう、たくさん食べたから、とりにいかないで。ここにいて」

際限なく食べたがる男の子の口に自分のぶんの桑の実を押しこみ、火の宮はいった。

「あなたが疲れちゃうよ。ただでさえ、この子を助けて体力を消耗しているんだから」

青年の形のいい額には汗が光っていた。火の宮が馬上から手を伸ばし、手巾で汗を拭いてやると、相手は一瞬、驚いたように首を引いたが、火の宮の人なつこい笑顔をまじまじとみつめたあと、されるがままになった。

「歌を」

青年がいった。

「え？」

「さっき、今様《いまよう》を歌っていただろう。——宇治川の底の深きに鮎の子の……」

「うん」

「私が知っているものと、少しちがう。〝宇治川〟ではなく、〝淀川《よどがわ》〟だと思っていた」

「そう。このあたりでは、〝宇治川の〟と歌うんだよ」

火の宮は手巾を懐にしまった。

「あなたは、京からきた人なんでしょう」

「どうしてわかる？」

「わかるよ。このあたりでは、まるで見ない顔だし、言葉にクセもないし……」

今様は、古い女房たちから教えられたものだ。青年のいう本流の歌詞も知っていたけれど、このあたりの童たちにあわせて、しぜん、〝宇治川〟と歌うようになっていた。

青年が着ているずぶ濡れの狩衣は、よく見れば、趣味のいい、上等なものだった。所作も、言葉遣《づか》いも卑しくない。

京から野遊びに出かけてきた貴族の青年か、紀伊《き》の守《かみ》同様、この近くに山荘をかまえている金持ちの子息あたりだろうか、と火の宮は考える。

「田舎者が、いい気分になって、でたらめな歌を歌っている、とあきれていたの？」

自分をみつめて立ちつくしていた青年の姿を思い出して、火の宮は聞いた。

少し意地悪な口調になっている、と自分でも気づく。宣旨とのことで心がまださされくれだっていたのかもしれない。京の人間に侮られたくない、という気持ちが強かった。

青年は首をふった。

「聞き惚《ほ》れていたんだ。澄んだ、きれいな声だったから」

「本当？」

「うん。きみは、私の知っている人間の中で、二番目にいい声をしている」

正直なものいいに、火の宮は笑った。

「一番目は誰か、聞いてもいい？」

「兄だよ」

「お兄さんも今様が好きなんだ」

「いや、兄は、今様は歌わない。僧侶だから」

「出家しているの。……年の離れたお兄さんなの？」

「三つ上だ。兄は十の時に得度《とくど》して、寺へ入った」

そういって、青年は遠くを見るように目を細めた。

「幼いころ、兄もよく、私に、桑の実やら、あけびやらをとってくれたものだ」

「やさしいお兄さんだね」

「そう、やさしくて、賢かった。もう、三年も会っていないが。修行中でね。今ごろは、読経《どきょう》にのせたあの美声を、修行場の深山《みやま》に朗々と響かせていることだろう」

それまで淡々としていた青年の口調に、初めて、温かい、湿ったものがにじんだ。

「久しぶりに、兄のことを話した。ふたりきりの兄弟なのに。薄情な弟だな」

その横顔をしばらくみつめ、火の宮は口をひらいた。

暁《あかつき》静かに目覚めして　思へば　涙ぞ抑《おさ》へあえぬ
はかなく　この世を過ぐしては
いつかは　浄土《じょうど》へ参るべき

仏も　昔は人なりき
我らも　終《つひ》には仏なり
三身仏性《さんしんぶっしょう》　具《ぐ》せる身と
知らざりけるこそ　あはれなれ

死んだ父宮が、生前、口ずさんでいた歌だった。在家での修行に励んでいた人らしく、あけすけな俗謡《ぞくよう》のたぐいは遠ざけていたが、仏道や経典の要素を巧《たく》みに織りこんだ今様は、聞くのも歌うのも好んでいた。

それらの歌をどうして今、歌ったのか、よくわからない。たぶん、青年の見返りを求めない親切や厚意に、自分も何かを返したくなったのだろう。

青年と目があった。彼は沁《し》みとおるような笑みを浮かべた。

「ありがとう」

――橋の見える、元いた場所へ戻ると、木につながれたまま、青年の馬は大人しく主人をまっていた。二頭、轡《くつわ》を並べて進んでいくと、橋の先に、三、四人の村人が立っている。

「あっ！　にいちゃんだ」

ひとりの男の子がこちらに気づき、泣きながら駆けてくる。

火の宮は男の子を抱いて馬をおりると、肥《ふと》った身体を揺するようにして駆けてくる母親に子どもを引き渡した。叱《しか》られると思ったのか、男の子は立ちすくんでいたが、母親が豊かな胸に子どもを抱きしめると、少しの間を置いて、わあわあと派手に泣きだした。

父親と祖父母は、火の宮たちにむかって代わる代わる頭をさげた。

「倅《せがれ》の命を救っていただいて、まことに、まことに、ありがとうございました。今日は危ないから川には近づくな、と何度もいっておいたのを破って、どうしようもないやつらです。若さまがたには、どのようにお礼を申しあげればよいのやら、わかりません」

「するなということをしたがるのが、子どもというものだ」

青年はいった。

「私にも覚えがある。兄弟でいると楽しくなって、気が大きくなって、大胆なことでも、無茶なことでも、なんでもできるように思えてくるものだ。親としては手こずるだろうが、ふたりとも、じゅうぶん怖い思いをしたはずだから、あまり叱らないでやってくれ」

青年は、涙のいっぱいたまった赤い目をこすっている兄の頭に手を置いた。

「これに懲《こ》りて、ふたりとも、今後は親のいうことを聞くだろうから」

背をむけた青年を父親があわてて呼びとめる。

「おまちください、若さま！　お礼もせず、そのように濡れたお姿のままお帰しすることはできません。どうぞ、あばら家ではございますが、しばし我が家へお立ち寄りください。熱い白湯《さゆ》でもお出ししますので……」

「いや。水なら、もうたらふく飲んだ」

手をふり、馬のほうへ歩いていく青年の背中を見て、火の宮は、はっとした。

「ねえ、まって。あなた、ケガをしている」

青年は単衣を着直していたが、白い布地の背中にうっすらと朱色がにじんでいた。

着物をズラして調べると、背の真ん中あたりに斜めに切り傷ができており、出血していた。川に流されていたあいだ、岩や木の枝などにぶつかったのだろう。

「ほんのかすり傷だろう。痛みもないし、騒ぐほどでもない」

「だめ。こんなに血が出ているのに。この陽気だし、放っておいて、化膿《かのう》したらどうするの？　彼らの家へいって、その傷の手当てだけでもしてもらわなきゃ」

「大丈夫だよ」

「だいじょばないよ」

　腕を引っ張り、家にむかって歩かせようとするが、なにせ火の宮より二回りもたくましい男である。その場に根でも生えているかのように、びくともしない。

　火の宮は腕を組んで「頑固者」と青年をにらみつけた。

「いっておくけど、天狗の子を怒らせたら怖いんだから。どうなるかわかってるの⁉」

「どうなるんだ？」

「バチがあたって、悪いことがいっぱい起きるよ」

「たとえば？」

「え？　えーと、たとえば――今日から、家の段差でしょっちゅう小指をぶつけるようになるでしょ。あと、毎晩、寝ようとすると耳元で蚊がぷぅーん、って音を立てるからイライラして眠れなくなるし、瓜《うり》を食べれば甘くないし、魚を食べれば小骨が刺さるし、白い着物を着た日には必ず墨汁《ぼくじゅう》をつけちゃうし……」

　我ながら、思いつく〝悪いこと〟が地味だ、と火の宮は思った。

「あと、道で可愛い猫とか犬を見つけても、あなただけ、めちゃくちゃ嫌われるからね」

ふっ、と青年は目を細めた。

笑うと、さがった目尻に細い皺《しわ》が寄り、厳《いか》つい印象がだいぶ和《やわ》らいだ。

「それは嫌だな。私は犬も猫も好きなんだ。——わかった」

「え?」

「きみのいう通りにしよう、天狗の子。彼らの家へいって、傷の手当てをしてもらうよ」

※

「——ご覧の通りの苫屋《とまや》でございまして、お見苦しいばかりでございますが、どうぞ、お二方には、いっとき、おみ足をお休めくださいさい」

恐縮しきった父親が案内してくれた家は、いうほどにみすぼらしいものではなかった。周囲の家と比較しても、かなり大きな造りの農家である。

庭の木に馬をつなぎ、家へあがると、母親が円座《わろうだ》を運んできて、座を設《しつら》えてくれる。

「よいご身分のおかたにふさわしい御料《ごりょう》(着物)などもございませんが、ご辛抱《しんぼう》あそばして、どうぞ、お着替えを。さいわい、この着物はうちの嬶《かかあ》が、昨日、縫《ぬ》いあげたばかりのものので、袖《そで》も通しておりませんのです。ああ、その前におケガの手当てをせねば。うちの婆《ばば》は、薬草に詳しく、傷によく効く軟膏《なんこう》があるのでございますよ」

　気のいい一家らしく、バタバタと支度《したく》に走り回る。

　大人たちの騒ぎをよそに、兄弟はもうすっかり元気をとり戻し、庭で遊び始めていた。

「そちらの若さまも、どうぞ、こちらのお部屋へ」

　母親が火熨斗《ひのし》をあてた火の宮の水干《すいかん》を手にして、寄ってきた。

　着替えをするよう、促《うなが》され、古びた几帳《きちょう》の置かれた部屋へと入る。女だとバレてはいけないので、手伝うという母親の申し出を断り、自分で着つけることにした。

　途中、紐が緩《ゆる》んできて鬱陶《うっとう》しかった面を外すと、「あれ」と母親が目をみひらいた。

「もしや、あなたさまは、蜂飼《はちか》い邸の若宮さまではございませんか？」

「ぼくを知っているの？」

「はい。お供の方と狩りに出られるお姿を、何度かお見かけしたことがございます。まあ、なんとありがたいこと！　高貴な若宮さまにお助けいただいたとは……」

　母親は涙ぐみ、火の宮にむかって手をあわせた。

「あの子を助けたのは、もうひとりの彼だから、拝むなら彼のほうがいいと思うよ」

「あの方はどなたさまなのでしょう。このあたりではお見かけしたことのないお顔です。やはり、ご身分高いおかたとお見受けいたしましたが」

「実をいうと、ぼくも誰だか知らないんだ」

（そういえば、まだ、名前も聞いていなかったな）

設えられた席へ戻ると、青年はこちらに背中をむけ、庭をながめて座っていた。

ずぶ濡れだった衣装をこざっぱりした浅葱色《あさぎいろ》の直垂《ひたたれ》に着替え、手巾《たのごい》で隠していた頭には、父親から借りたらしい折れ烏帽子《えぼし》をかぶっている。

そばには懸盤《かけばん》が置かれ、酒を入れた瓶子《へいじ》と土器《かわらけ》、瓜《うり》の漬物を載《の》せた皿があった。

「――おせっかいだと思うけど、いま、お酒を飲むのは、あまりよくないと思う」

底にしずくの残る土器を見て、火の宮はいった。

「ケガをしているんだから。背中の出血がひどくなるよ」

「そうだな。だが、心づくしの酒を断るのも悪いだろう」

庭で追いかけっこをしている兄弟をながめたまま、青年が答える。

「飲むというほどでもなく、一献《いっこん》を受けて、唇を湿らせた程度だよ。心配いらない」

「ケガは大丈夫？　痛みは？」

「なんともない。薬作りの名人だというこの家の刀自《とじ》が、軟膏を塗って、清潔な端切《はぎ》れを巻いて、丁寧《ていねい》に手当てをしてくれたよ」

「そうなんだ。それなら、よかった」

火の宮は青年の隣に腰をおろした。

いつのまにか、日が傾き始めていた。そろそろ、五百重《いおえ》が心配し始めるころだ。

「今日は、おたがい、思いがけない事故に巻きこまれて、たいへんだったね。ぼくはそろそろ邸に戻らなくちゃいけないんだけど、あなたはずいぶん疲れただろうし、着物もまだ全然乾いていないだろうから、もう少し、ここでゆっくりして、身体を休めていけばいいと思う。あのね、お別れする前に、あなたの名前だけ聞いてもいいかな？」

いいながら、青年を見ると、相手は、目をみひらいて、固まっていた。

端整だが、感情の測りにくいそのおもてに、驚きの表情が浮かんでいる。

「？　どうしたの？」

ふしぎに思って尋ねるが、答えはない。大丈夫？　と火の宮は首をかしげた。

「お酒が回っちゃった？　このあたりで作るどぶろくは、ずいぶん強いっていうから」

「──面は」

青年がようやく声を発した。

「え？」

「面は、どうしたんだ。さっきまで、ずっと、つけていた」

「ああ。邪魔だから、外したの。ここには、警戒するような相手もいないし」

「警戒？」

「うん。少し前に、ちょっと揉《も》めた相手がいて。その連中に見つかったら面倒だから、外では、顔を隠していたんだよ」

「そう――なのか」

青年は小さく息をついた。

「何をそんなに驚いたの？」

ずっと面をつけた状態で接していたので、いきなり目にした素顔に戸惑ったのだろうか。

「私は、てっきり、あれは、難を隠すためのものだろうと思っていたんだ」

「難？」

「顔に傷や火傷《やけど》のたぐいがあるのかと。たぶん、葡萄《えび》病《や》みの痕《あと》のあばただろう、と思っていた。京でも、あばたを隠すための奇妙な化粧がずいぶん流行《はや》っている。このあたりでは見かけないが、化粧の代わりが、あの面なのだろうと思っていた。風変わりだとは思ったが、顔に痕があるのは女子には辛《つら》いことだろうから、そういうこともあるのだろう、と」

「ちょっとまって」

今度は火の宮が驚く番だった。

「ねえ、それって、つまり、あなた、気づいているってこと？」

「え？」

「だから、ぼく――わたしが、その……」

「女子だということか？　むろん、わかっていたよ」

あっさりいった。

「ええっ。いつから？」

「それは……まあ、わりと最初から。あの子を助けるときに、なんだかんだで、きみと身体を何度も近づけただろう。馬に乗るのに、抱きあげたりも……。それに、きみくらいの年齢で、あれほどに澄んだ、高い、甘やかな声を出せる少年は、まずいない」

「どうして黙っていたの」

「よくわからないが、何か、事情があるのだろうと思ったから」

　面をつけてまで顔を隠したがるのはよほどのことだろうし、会ったばかりの他人が詮索《せんさく》するのも悪いように思い、深くは尋ねずにいたという。

　顔に残ったあばた。その不幸を隠すために奇妙な仮面をつけ、男装をして、馬を乗り回していた風変わりな少女。青年の目に、火の宮はそんなふうに映っていたらしい。

「だが、私の推測はまるきり的外《まとはず》れだった。面をとったきみの白いおもてには、シミ一つない。上等な着物や、優雅な所作《しょさ》や、労働を知らない、きれいな手から、このあたりに別邸をかまえる中流貴族の娘だろう、と見立てていてが、それもちがったようだ。……奥での会話が聞こえたよ。きみは、蜂飼い邸の若宮さま、と呼ばれていたな」

　青年は火の宮の顔をじっとみつめた。

「蜂飼い邸、と呼ばれているのは、後桃園院《ごももぞのいん》の邸のことだと聞いている。だが、きみは少女で、若宮ではない。では、後桃園院の邸に仕える女の童《めわらわ》か女房なのか？　とも考えたが、一介《いっかい》の侍女《じじょ》が、若宮を名乗る不敬《ふけい》を働くとは考えにくい。何より、この家のおかみがきみを見て、すぐに若宮だと思ったことには、それなりの根拠があるはずだ」

火の宮の胸が急な不安にざわめいた。

後桃園院というのは死んだ父宮の院号である。だが、いま、その名を口にするものはほとんどいない。いまは亡きその人を、家族は父宮と呼び、女房たちは故院《こいん》と呼び、近所の者たちは、亡くなられた蜂飼い邸の宮さま、と呼んでいる。

ほんのいっとき、東宮位に立ち、名ばかりの院号を与えられて宮廷から遠ざけられたあげく、都を落ちて宇治に流れ着き、薄幸のうちに没した親王の名前など、身内以外の誰が覚えているというのだろう？

「あなたは誰なの？」

知らず、火の宮の声がかすれた。

「どうして、後桃園院のことを知っているの」

「会いにきたから」

「もう亡くなられた方よ」

「わかっている。私が会いにきたのは、後桃園院の子どもたちだ。故院の残された三人の子ども——火の宮、映《はゆる》の宮、貴《あて》の宮の三人。美しい宮たちだと聞いている。美女の誉《ほま》れ高かった、亡き母女御の美貌を受け継いだ、よく似た三姉弟妹《きょうだい》だと。あくまで噂だったが、面をとったきみの素顔を見て、それが真実であることを知った。……まさか、こんな形で知りあうことになるとは、思ってもみなかったが」

青年は静かにいった。

「きみの正体を教えてほしい。私はある方の命《めい》を受けて、女東宮候補に会いにきたんだ。天狗《てんぐ》の子、きみは後桃園院の娘――女東宮候補に選ばれた、火の宮なのか？」

火の宮は飛びあがるように立ちあがった。

廊下をおりると、軒下に置いてあった草履《ぞうり》をひっかけ、自分の馬の元へとむかう。手早く綱《つな》を解き始めた火の宮を、遊んでいた兄弟がふしぎそうにながめる。まってくれ、と青年が追いかけてきた。

「どこへいくんだ？」

「家へ帰るの」

手を動かしながら、火の宮は兄弟をふり返った。

「あのね、お父さんとお母さんに、ぼくは急ぎの用を思い出したから帰ったといっておいて。挨拶《あいさつ》もしないで、悪いけれど！」

鞍《くら》に飛び乗り、馬を急がせて、火の宮はその家を離れた。

すぐに後方からの気配に気づき、ふり返ると、馬に乗った青年が追ってくる。

「ついてこないでよ」

火の宮は怒鳴った。

「なんのつもり？　あなたを邸へ招待した覚えはないよ！」

「逃げないでくれ。きみを害するつもりはない」

「信じない。京から訪ねてくる人間は、厄介《やっかい》ごとばかり運んでくる！」

馬の腹を蹴って速度をあげる。

（しくじった。まさか、こんなところで京からの使者に会うなんて！　女東宮候補に選ばれた身で、男に扮《ふん》して馬を乗り回していることを知られてしまった以上、悪いことが起こる予感しかしない。〝ある方の命〟って何？　ある方というのは八雲の院？　どうしよう、ああ、もう、五百重のいうことを聞いて、邸で大人しくしていればよかった！）

地の利を生かし、曲がり角からふいに小道へ入ったり、藪《やぶ》に飛びこんで相手を撒《ま》こうと試みたものの、男の手綱《たづな》さばきは巧みで、なかなか果たせなかった。このままでは、本当に邸までついてくるだろう。そこで起こる騒ぎのことを考えると、このままむやみに走り続けるのはうまいやりかたではないように思えてくる。

竹林に囲まれた山道の途中で、火の宮は馬をとめた。

火の宮も、青年も、息があがっている。二頭の馬の腹には白い汗が光っていた。

「いったい、わたしになんの用なの」

火の宮は懐《ふところ》からとり出した小刀を鞘《さや》から抜き、光る刃《やいば》の先を相手へむけた。

「いっておくけど、妙なことをしたら、容赦《ようしゃ》なくこれをふるうからね！」

「その必要はない。きみは命の恩人だ。恩を仇《あだ》で返すつもりはない」

刃をむけられた青年はみじんの動揺も見せなかった。

「教えてくれ。きみは後桃園院の総領姫《そうりょうひめ》、火の宮なのか？」

「人に名前を聞くのなら、まずは自分が名乗るべきじゃないの」

にらみつける火の宮から一瞬も目をそらさず、

「私は源　翔《みなもとのかける》という」

青年はいった。

（源翔）

「今上《きんじょう》にお仕えし、右近衛少将《うこんえのしょうしょう》のお役目をいただいている者だ」

「そう。その源氏の少将どのとやらが、何をしに宇治《ここ》へ？」

「警護のお役目を主上《うえ》から仰《おお》せつかった。このたびの女東宮候補には五人の内親王があげられたが、そのうち、洛外《らくがい》に居住しているのは、後桃園院の姫、火の宮だけだ。京への移動の際に間違いのないよう、かの姫に同行するよう、私は主上より命ぜられた」

少数の部下を連れ、今朝早くに山を越えて宇治へ入ったが、部下のうちのひとりが急な腹痛を訴えたため、しばし、近くの寺院に馬をとめることになった。

部下の回復をまつあいだ、彼は川沿いの風景でもながめるつもりでひとり行動していたところ、子どもの救助騒ぎに巻きこまれたという。

「帝からの使者が狩衣《かりぎぬ》姿などで現れるもの？　とても信じられないわ」

「正式な勅使《ちょくし》のたぐいではないんだ。警護の役というのは名目ばかりで、実際、その役目を負う侍は、まもなく春秋院から一団がさしむけられることになっている。私は主上《うえ》から内々に命をいただいて、女東宮候補に選ばれた火の宮に接触するため、ここへきた」

「接触？　なんのために？」

「彼女がどんな人物か、知るために」

「なぜそれを帝が内々に命じるの？　どんな人物なのか知りたければ、宣旨《せんじ》という女房に聞けばすむことでしょう。それを調べるために、あの女房は京からやってきて、人を試すようなことばかりくり返しているんだから」

宣旨の名を出せば、自分が火の宮だといっているも同然だったが、とめられなかった。屈辱《くつじょく》の記憶がよみがえり、つい、口調に怒りがにじむ。

「きみは、今の宮廷事情について、知識はあるか？」

火の宮は首をふった。

紀伊《き》の守《かみ》や、その弟の那智《なち》から、時おり話を聞いていた程度である。

この先、宮廷に近づく機会もないだろうと思い、興味をもたなかった。

「それなら、知っておいたほうがいい。現在、京には二つの宮廷がある。帝のおわす御所と、八雲《やくも》の院のおわす院御所、春秋院だ。どちらがときめき、世の中心になっているかといえば、いうまでもなく後者だ。あらゆる権力が春秋院と、その院庁《いんのちょう》に集まっている」

「それくらい、知っている」

「院政を敷く治天《ちてん》の君《きみ》が権力を掌握《しょうあく》するのはつねのことだが、いまの政《まつりごと》はあまりにも八雲の院に偏《かたよ》りすぎている。いいかえれば、帝の権威が軽んじられている、ということだ。公卿《くぎょう》たちも、参内《さんだい》は怠《おこた》っても、春秋院への院参《いんざん》は欠かさない、というありさまだ。今回の件にしても、主上は女東宮の冊立《さくりつ》についてご容認あそばされたが、主導されるのはあくまで八雲の院で、候補者の選定についても、決定についても、主上はもろもろ、事後承諾《じごしょうだく》を求められるばかり。事実上、蚊帳《かや》の外に置かれてしまわれている」

　青年の口調は淡々としていたが、八雲の院の名を口にするときには、かすかな棘《とげ》を含んでいるように感じられた。

「数百年ぶりの女東宮の誕生だ。その人物、人となりについて、主上ができる限りの情報を欲《ほっ》せられるのは当然だろう。東宮候補となった内親王たちは、すでに、そのほとんどが春秋院の後宮《こうきゅう》、森羅殿《しんらでん》に入っているが、その中で何が行われているのか、この先、何をするつもりでいるのか、いっさい、情報が出てこない。加えて、後見《こうけん》の問題もある」

「後見……？」

「女東宮候補には、すでに、それぞれ有力な貴族が後見の名乗りをあげている。こういうことには動きの素早い連中ばかりだ。男子の東宮とちがい、常処女《とこおとめ》であるべき女東宮は後宮を開くことはないゆえ、外戚《がいせき》の座を狙うことはできないが、それでも、女東宮がその地位にあるあいだ、後見者は相応の力をもつはずだ。新たな権門《けんもん》が女東宮の背後につくとなると権力構造がまた複雑になる。主上《うえ》としては、それらを把握される必要がある」

（わたしに後見なんていないわよ）

そう思ったが、紀伊の守の顔がちらりと頭に浮かんだ。

火の宮が女東宮候補に選ばれて以来の紀伊の守の興奮ぶりを思い出すと、彼にも相応の野心があるのは間違いなかった。

火の宮が女東宮に選ばれた場合、これまでの援助への見返りを彼がおおいに求めるだろうことは想像できる。

「女東宮候補の中で、もっとも情報が少なかったのが火の宮だ。その存在さえ、ほとんど知られておらず、なぜそんな人物が女東宮候補に？　とみな、困惑し、八雲の院の真意を測りかねた。院のきまぐれは今に始まったことではないが、そのたびに振り回され、お心を乱されてしまわれる主上がお気の毒だ。主上のご懸念《けねん》を少しでも解消すべく、私は火の宮に関する情報を求めて、ここへきた」

「そう。だったら、あなたはいい働きをしたわけだね、少将。火の宮に関して、八雲の院の遣《つか》わした宣旨などより、よっぽど貴重な情報をつかんだんだから」

火の宮は自嘲《じちょう》ぎみに笑った。

いまさら、正体を隠すことは不可能だと思えた。一瞬、貴の宮を名乗ろうかとも考えたが、悪あがきだと思い、やめた。火の宮と映の宮が瓜二つの双子であることは知られているはずだ。映の宮に会えば、そんなごまかしはすぐに看破《かんぱ》されてしまうだろう。

「さっきもいったが、私は恩を仇で返すつもりはない」

青年──源翔は穏やかな視線を火の宮へむける。

「女東宮の選考において、きみ──いや、火の宮が他の候補よりも不利になるような情報を報告するつもりはない。それを心配しているのなら、不要のことだ」

「そんなの、信じられない。だって、源氏の少将、あなたは忠義な人に見える。その忠臣が、縁もゆかりもない内親王のけしからぬ行状を、主君に隠し通すはずがない」

「主上を謀《たばか》り申しあげるつもりはない。ご報告申しあげる内容を、吟味《ぎんみ》し、取捨選択《しゅしゃせんたく》するだけだ。それに、縁もゆかりもない、ときみはいうが、縁はもうできたと私は考えている。天狗の子、きみが縄をつないで、私と子どもの命を救ってくれた、あのときから」

翔が身を乗り出すと、意を汲《く》むように、馬が歩を進めた。

火の宮は手綱を引いて、距離をとる。

対峙《たいじ》するふたりの周囲で、笹の葉の揺れるざわざわとした音が響く。

「会ったばかりの男の言葉を疑うのもムリはないが、信じてほしい、という言葉の他に、私はきみに差し出せるものがない。どうすれば私を信じられる？　その小刀で指を切り、きみの一連の行状を秘密にする、と誓った起請文《きしようもん》に血判でも押そうか？」

「やめてよ。そんな悪趣味なこと、望まないよ」

言葉こそ強く撥《は》ねつけたが、火の宮の心は戸惑い、揺れていた。

彼は火の宮の秘密を帝に報告することもできるし、それを脅《おど》しや駆け引きの材料にすることもできる。自分の出世や利益につなげられるのだ。けれど、彼はそれらをせず、ただ、自分を信じてほしい、安心してほしい、と火の宮に求めている。

なぜか、といえば、たぶん、彼がそういう人間だから、なのだろう。

川に落ちた子どもを助けるために、躊躇《ちゆうちよ》なく早瀬に飛びこみ、泣いている子どもを慰めるために何度も桑の実をとってきてくれる、そしてそのことへの礼はいっさい求めない、そういう人間だから。栄誉や、賞賛や、利益よりも、たぶん、正義や、真心や、誠実さというものを尊《とうと》ぶ人間だから。

火の宮はしばらく考えたのち、小刀を鞘に納め、懐へしまった。

「わたしはどうすればいいの？」

自分でも、途方にくれた、子どものような頼りない声が出た。

笹の葉が風でざわめく中、翔は静かに詠《えい》じた。

風わたる　宇治の笹原《ささはら》　在《あ》りし日《ひ》の
　みやこを知るや　そよと答へよ

「風に揺れる宇治の笹原よ、おまえたちは昔の都のありさまを知っているか。都から来た私に、そよ（知っている）と答える代わりに、そよそよと揺れてくれ」

という歌だった。だが、その歌の本意が別にあることを火の宮も理解している。

「在りし日の　みやこ」という言葉に「火の宮」の名を重ね、「きみが火の宮であるなら、そよ（そうよ）と答えてほしい」と呼びかけているのだ。

むりやりに口を割らせようとしない相手のやさしさを火の宮は感じとった。

竹林の間からのぞく、きらきらと輝く遠くの宇治川をみつめて、火の宮も歌を返す。

ちはやふる　宇治の川風　そよそよと
　浪《なみ》の葉の散る　音《ね》をぞ聞くべき

「流れの激しい宇治川が、今日は砕ける川浪を葉のように散らして、そよそよとやさしい音をたてている。笹の葉《は》擦《ず》れよりも、珍しいその音をお聞きなさい」

――そうよ、わたしが火の宮よ。

それだけを歌に折りこんで伝えると、相手はうなずき、口の端をわずかにあげた。

「――いこう。ずいぶん時間をとらせてしまった。いまごろ、きみの帰りをまっている女房たちがやきもきしているころじゃないか?」

火の宮はうなずいた。

「邸まで送っていくよ。少し馬を急がせよう」

「ひとりで大丈夫よ」

「こんな山道をひとりで帰す? そんなわけにはいかない。邸が見えたら、人に見られぬよう私は消える。心配しないで」

逆らう気力はなかった。いつのまにか、相手にすっかり主導権を握られてしまっている気がする。だが、ふしぎと、不愉快には感じなかった。むしろ、相手の大きな懐に重荷を預けられる心地よささえ感じていた。

映の宮や五百重以外に、そんなふうに思える相手は初めてだったかもしれない。

「――帝に、わたしのことをどう報告するつもり?」

馬を並べて山道をのぼりながら、火の宮は尋ねた。

「男の恰好《かっこう》をして、馬に乗って、お忍びで里を走り回る実態を隠して、本当に嘘のない報告なんてできるの?」

「できるさ。京育ちの姫宮にはない明朗《めいろう》活発な気質をもち、心身ともにきわめて健《すこ》やかな方である、とでもいえばいい」

「ものはいいようね」

「他の候補者たちとて、同じようなものだ。みな、使者に賄賂《まいない》をつかませて、美辞麗句《びじれいく》で飾り立てた内容を報告させている」

「そうなんだ。でも、あなたには悪いけど、うちに賄賂は期待できないわよ。自慢じゃないけど、うちはとびきり貧乏なの。あ、でも、お金はないけど、蜂蜜ならある。うちは邸で蜂を飼っているからね。蜂蜜は都でも貴重品でしょ？　都へのぼるときはうちの美味《おい》しい蜂蜜をもっていこうかな？　でも、蜂蜜の壺を抱えて春秋院に入る女東宮候補なんて他にいないだろうから、ますますヘンな注目を集めちゃうか。やめとこう」

　ひとりで語り、ひとりで納得している火の宮を見て、翔は声をたてて笑った。

　彼の笑い声を火の宮はそのとき初めて聞いた。

「今度、あなたに蜂蜜をあげる。賄賂じゃないよ。お礼がしたいの。いろいろ、親切にしてくれたから。甘い桑の実もくれたから」

　翔はうなずいた。

「――女房、侍女たちの語るところによると、後桃園院の一の姫、火の宮は、芯の強い、総領姫らしい気立ての主《ぬし》のようだと、帝にはご報告申しあげるよ」

「ありがとう」

「頭の回転が速く、行動力もある。幼い子どもにはやさしく、人なつこい。鶯《うぐいす》のような美声の持ち主で、その歌声は、みなを魅了する」

「嬉しいけど、ちょっと、褒めすぎな気がする」

「笑顔は愛らしく、その姿は美しい。だが、そのことに、たぶん本人は気づいていない。自分の美しさの価値を、彼女はまだ半分も知らない。磨かれる前の玉のようだ、と彼女を知る者たちはいう。あるいは、ほころびかけた花のようだと。あるいは、雨あがりの青い空に、あざやかな虹がかかるのを見るようだと」

　翔は火の宮をみつめた。

　その顔には、まぶしいものでも見るような表情が浮かんでいる。

「初めてその姿を見た者は息をのみ、言葉をなくし、時の経つのも忘れるほどだったと」

三　月と狼

　京へ発《た》つのは十日後と正式に決まった。

占いの結果、旅立ちにふさわしい直近の吉日がその日なのだと紀伊《き》の守《かみ》がいう。

出立日《しゅったつび》を告げられ、女房、侍女《じじょ》たちは上洛《じょうらく》の支度《したく》に大わらわとなった。

長く困窮《こんきゅう》した暮らしを余儀《よぎ》なくされてきたため、火《ひ》の宮《みや》も、貴《あて》の宮《みや》も、八雲《やくも》の院《いん》の御前に出るのにふさわしい衣装などろくにもっていない。連日、邸《やしき》の女たちは、紀伊の守がとり寄せた絹布《けんぷ》を総がかりで仕立てあげる作業に追われたのだった。

裁縫上手な女房たちが矢のような速さで布を裁《た》ち、縫いあげていく横で、火の宮と貴の宮もせっせと針を動かした。

器用な五百重《いおえ》に仕込まれているので、ふたりとも、縫い物はわりあい得意である。素早い運針《うんしん》と同じくらいなめらかに唇を動かし、おしゃべりに花を咲かせ、姉妹は出発までの数日を、あわただしくも楽しく過ごした。

「──火の宮さま。ご所望《しょもう》の品をおもちしました」

その日、針仕事を終え、夕餉《ゆうげ》までの時間をのんびり過ごしていると、那智《なち》がやってきた。とりつぎの女房が両手に抱えられる大きさの籠《かご》を運んでくる。

籠の蓋《ふた》を開けると、中には蜂蜜の入った素焼きの小壺が並んでいた。

絹から、馬から、新たに雇うことになった女房たちから、上洛にかかる費用のすべては紀伊の守が負担している。

さすがに何かしらの礼を考えないわけにはいかず、貴の宮と相談の上、火の宮は蓄えておいた蜂蜜の一部を彼への褒美《ほうび》の品とすることにしたのだった。

「ご苦労さま、那智。本当は五百重に頼むべき仕事だったのだけれど、いま、五百重は仕立て作業に忙しくしているから」

「なんなりと仰《おお》せください。お留守のあいだのお邸につきましては、まめに顔を出し、蔵の中まで点検しておくよう、我が家の下男《げなん》どもにいいつけておきました。お邸に残る男衆は老人ばかりで、少々、心もとなく思われましたので」

火の宮はうなずいた。

外部にも内部にもにらみをきかせてきた五百重がしばらく邸を留守にする、となれば、防犯面での心配は小さくなかった。上洛はしたものの、結局、最後には女東宮《おんなとうぐう》候補から外され、邸へ戻ってみれば、なけなしの財産も蜂蜜も何もかも盗まれていた――などという事態になっては目も当てられないので、那智の気遣《きづか》いはありがたかった。

「ところで、那智、このところ、映《はゆる》の宮《みや》の機嫌はどう？」

那智が切れ長の目をかすかに細める。

「宮とお会いになっていないのですか？」

「そうよ。あの子、ここ数日、わたしたちのところには寄りつきもしないんだもの」

「宮のご機嫌は、問題ないと思われます」

「荒れてはいない？」

「激しく吹きすさぶ野分《のわき》の時季は過ぎたかと。時おり、急な山おろしが吹くことはありますが、心の水面《みなも》を波だたせる程度で、何かを壊すほどではないでしょう」

映の宮は、姉が女東宮候補となることに、依然《いぜん》、積極的に賛成するつもりはないが、現状を受け入れ、上洛に同行することは承諾《しょうだく》した――という態度のようだった。

とはいえ、同行したところで、京で映の宮にするべきことがあるのか、火の宮にもよくわからなかった。貴の宮については、健康面での不安があったので、自分とともに春秋《しゅんじゅう》院《いん》での滞在を許可してくれるよう、宣旨《せんじ》を通して頼み、八雲の院の了承を得ている。

だが、成人前とはいえ、男子である映の宮は同じようにはいかないだろう。

女東宮候補の選定とやらにどれだけ時間がかかるのかもわからず、そのあいだ、映の宮が慣れない紀伊の守の邸で、無為の日々を過ごすことになるのでは……と火の宮は少なからず案じていた。

「火の宮さまに、一つ、お願いがございます」

那智がいった。

「お願い？」

「はい。兄の紀伊の守が調達した絹布の一部を、映の宮さまへ回していただけないでしょうか。上洛にあたり、宮にも新調の装束《しょうぞく》が必要かと思われます」

映の宮の身の回りのものは、紀伊の守が用意をしたと火の宮は聞いていた。

が、那智によると、火の宮の支度に人手の多くを割いているため、それ以外の準備までは手が回らず、とりあえず、紀伊の守の手持ちの衣装を彼に譲る、という間に合わせでの用意になってしまっているらしい。

「歴《れつき》とした親王《しんのう》が家司《けいし》代わりの、しかも、五十近い受領《ずりょう》のための装束をまとうのは、いかがなものかと思われます。むやみに綺羅《きら》を飾るべし、というのではありませんが、宮を美しく装《よそお》わせることには、それなりの意味がある、と私は考えております」

「どんな意味が？」

「女東宮候補のうち、洛外から春秋院へ入られるのは火の宮さまだけだと聞いております。都でも話題の女東宮候補、警護の侍たちに重々しく守られ、都大路《みやこおおじ》を歩く我々一行は、都人《みやこびと》人々の注目をおおいに集めるでしょう。とりわけ、若く美しい映の宮さまのお姿は、都人の話題をさらうはずです。つまり、人々は宮を通して、双子の姉のあなたさまを見るのです、火の宮さま。映の宮さまの評判が高まれば、それは、そのまま火の宮さまの評判を引きあげることにもなるでしょう。おふたりどちらにとっても益となるはずです」

火の宮はじっと那智をみつめた。

本来、口数の多い男ではない。

彼が饒舌《じょうぜつ》になるのは、映の宮に関することだけだった。

（たしかに、美々《びび》しい上洛姿が評判になって、どこぞの上級貴族なり、皇族なりの関心を引けば、それは映の宮のためになるかもしれない……それがきっかけで、あの子の地位にふさわしい加冠役《かかん》が見つかり、晴れて元服《げんぷく》を果たしてあげられるかもしれないし）

那智も同じようなことを考えたのだろう。主従と一口にいっても、彼がまことの忠誠を捧げているのは映の宮であって、火の宮ではないのだ。五百重が火の宮に属するように、那智もまた、映の宮に属している。

双子の姉が東宮候補に選ばれる、という主の不運を間近に見つつ、那智はこの好機から何かしら主人の利益になるものを引き出せないか、懸命に頭を働かせているはずだった。

「五百重にいって、必要なぶんの絹なり糸なり、もっていってちょうだい。緋《ひ》色と、あの子によく似合うきれいな朝顔色の染め絹があったから、それも使って。もしも紀伊の守に咎《とが》められたら、すべて、わたしの命《めい》だといえばいいわ。うまくやってね」

那智は深く頭をさげた。

「差し出がましいことではありますが、もう一つだけ。兄に下賜《かし》される蜂蜜は、今回、お運びしたぶんの半分ほどもあれば十分と思われます。あの蜂蜜は、たいそう質のいい、高値で売れるものです。あまりお気前よくふるまわれず、惜しまれるべきかと」

「たったの半分でいいと？」

火の宮は困惑し、首をかしげた。

「でも、紀伊の守の長年の厚意には、あれでもまるで足りないと思っていたのだけれど」

「兄は報酬を期待せずに他人に親切を施《ほどこ》す人間ではありません。示した厚意があるならば、必ずそれに見合うだけのものを回収しているはずです。今までも、これからも、義兄が贈りものとして気前よく広げて見せる美しい布には、必ず下心という厚い裏地が縫いつけてあることを覚えておかれたほうがよろしいでしょう」

那智の口調は冷ややかだった。

「紀伊の守にどんな下心があるというの？」

「兄がこれまで言葉巧《たく》みに故院《こいん》から引き出し、懐《ふところ》に入れてきたものをお知りになりたいとおっしゃるのですか？　それならば、私はあなたさまを兄の邸の蔵内《くらうち》へとご案内せねばならないでしょう。故院ご愛用の書道具は、今どこにあると思われますか。名筆家で知られる某帝《ぼうみかど》のご宸筆《しんぴつ》による歌集は？　銀《しろがね》造りの刀は？　亡き女御《にょうご》さまが入内《じゅだい》の記念にお作りになられた香道具は？　……故院がみまかられたあと、それらの品々のゆくえに関心を寄せるには、あなたさまも、映の宮さまも、あまりに幼くあられました」

火の宮は言葉をうしなった。

伝来の道具類などがいつのまにか蔵から失われていたことは火の宮も知っていた。が、それらは家計の維持のため、やむをえず、父宮がどこかで手放したのだろうと解釈していた。

今の那智のいい方からすると、それらはしたたかな紀伊の守により、不当な手段で巻きあげられていたということになる。

「……それでも、今いった品々すべてをあわせても、紀伊の守がこれまでわたしたちに援助してくれていた額には、遠く及ばないはずだわ。十年にも渡る援助だもの。彼の行為は打算によるものだけではないはずよ。採算がとれないではないの」

「採算はとれますよ。本命の品はまだ残っているのですから」

「本命の品って、なんのこと？　我が家にはもうろくな財産も残っていないのに……蜂蜜のことをいっているの？」

「蜂蜜よりももっと甘く、希少なもの。男の理性を麻痺《まひ》させる、蠱惑《こわく》的なもの……男が女に求める見返りの多くが何か、あなたさまもご存じであられるでしょう、火の宮さま」

火の宮は寄りかかっていた脇息《きょうそく》の端をぐっと握った。

これまで、自分にむけてきた紀伊の守の笑顔が脳裏に浮かぶ。

急に気分が悪くなった。

幼いころから知っている人物である。何より、三十もの年齢の差、受領と内親王《ないしんのう》という身分の隔《へだ》てが、彼をそのような対象とは毛ほども意識させてこなかった。

抜け目のないところはあるものの、亡き父宮への忠義を忘れない、義理堅い人物だと思っていた男が、実際は好色な目的をもって自分の成長を見守り、養っていたのかもしれないと知って、火の宮は背中に冷水を垂らされたようにぞっとした。

「あなたさまは実に強運であられる、火の宮さま。十六というお歳《とし》は、そろそろ兄が長年の献身の見返りを求め始めておかしくないご年齢でした。ですが、東宮候補というとびきりの箔《はく》がついたことで、兄は以後、あなたさまにお手出しできなくなったのです」

「……」

「近いうち、兄はつながりの深い某貴族へ、あなたさまの後見役を譲り渡すはずです。次の除目《じもく》での、大国への就任の確約と引き換えに。いわば、長い時間をかけて熟成をまっていた酒に思いがけない高値がついたので、それを味わうよろこびよりも、受領の地位がもたらす利権の旨味《うまみ》をとったわけです。兄が高貴な処女《おとめ》を我がものにできる快楽より、現実的な利益を選ぶ男であったことは、あなたさまにとってさいわいでしたね」

「もうやめて。聞きたくないわ」

火の宮は怒っていった。

「次から次へと嫌な言葉ばかり。いじわるね。そんなことをいわれて、これからどう紀伊の守と接しろというの？　上洛にあたり、わたしたちが頼るのはそなたの兄しかいないというのに！　それに、今の言葉を、そのますべて信じる気にはなれない。那智、そなたが紀伊の守とひどい不仲であることは、わたしだって知っているもの」

「おっしゃる通りです。兄は私を蔑《さげす》み、私は兄を憎んでいる。ですが、そのことと、先ほどの兄への人物評価は別の話です」

——那智と兄の紀伊の守の複雑な兄弟関係については、映の宮を通して聞いていた。

正妻腹に生まれた紀伊の守に対して、受領だった父親が赴任《ふにん》先の田舎《いなか》で、現地の下女《げじょ》に手を出して産ませた末子《まっし》が那智である。

下女であった母親は、産後まもなく葡萄病《えびや》みで死んだ。本来であれば那智はそのまま母方の祖父母に育てられるところだったが、子どもの少なかった父親が彼を引きとり、京へ連れ帰ると、紀伊の守の母親である正妻にその養育を託したらしい。

が、気位《きぐらい》の高い正妻は、身分低い継子《ままこ》と実子が同列に扱われることを嫌がり、子らに与えるすべてのもの——衣服や、食事、教育や、愛情——に露骨に差をつけたのだった。

母親の態度に倣《なら》い、兄姉も那智を正統の兄弟としては認めなかった。

那智は長い間、下男と変わらぬ扱いを受け、同じ母屋《もや》の内に寝起きすることも許されなかったという。

そうした不当な扱いに那智が心折られず、辛抱《しんぼう》強く武芸の腕を磨き、成長するにつれて使用人たちをよく使い、他家の情報にも細かく通じ、権門《けんもん》への人脈を作るなど、家のためになる才覚を示すようになると、紀伊の守の態度はだんだん改められていったらしい。

父の死後、家を継いだ紀伊の守は那智をそばに置いて、家政や一部の財産の管理を任せ、家族の末端にその名を加えることを許すようになった。

が、それでもなお、彼はことあるごとに異母弟を軽視する態度を隠そうとはしなかった。

紀伊の守の供として火の宮の邸へ通うようになった那智が、いつのまにか映の宮に近づき、親しみ、彼へ忠誠を誓うようになったのも、身分こそちがえ、お互いのままならぬ境遇に置かれたことへの、深い共感と同情があったからなのだろう。

（幼いころから人間の残酷な一面をまざまざと見せつけられてきた那智の目には、さし出された好意をそのままに受けとるわたしも、貴の宮も、時に映の宮でさえ、あまりに無邪気に、無防備に、危ういものと映っているのかもしれない）

「宇治《ここ》でののどかな生活は終わるのです、火の宮さま。やさしいお心はお捨てなさい。他人を警戒し、ご用心なさい。近づいてくる者たちは、みな、自分から何かをかすめとり、奪おうとしているのかもしれないとお疑いなさい」

那智はいった。

「世の中は、あなたさまがたの高貴な生まれや美しさを崇《あが》め、素朴《そぼく》な愛情や憧《あこが》れをさし出してくれる善良な者たちばかりでできているわけではありません。まして、あなたさまは、これから百鬼夜行《ひやつきやぎよう》の都へ、権謀術数《けんぼうじゆつすう》の渦巻く春秋院へ入られるのですから。誰のことも信用してはなりません。あなたさまが信じてよろしいのは、映の宮さまと、貴の宮さまと、せいぜいが五百重くらいのものですよ」

「……それなら、那智、今後はそなたのことさえ疑わなくてはいけないわね」

火の宮は精一杯の皮肉をいったつもりだったが、那智は微笑した。

「その通りです。私などを信用してなんになります？　今後、あなたさまは天狼《てんろう》の主人らしく、お鼻を利《き》かせることを覚えられるべきです。花の院御所に満ちる豪奢《ごうしゃ》な権力の香りに酔わされてはなりません。その中に漂う野心の匂《にお》い、秘密の匂い、欲望の匂い、裏切りと策略の生臭《なまぐさ》い匂いを、誰よりも敏感に嗅《か》ぎとれるようにならなければ」

※

対《たい》の屋のにぎわいが寝殿《しんでん》の母屋《もや》まで聞こえてくる。

野太い男たちの笑い声。調子はずれの歌声。からまれているらしい女たちの甲高《かんだか》い声。

侍たちを集めた宴《うたげ》では、紀伊《き》の守《かみ》のふるまい酒に、みな機嫌よく酔っているようだった。

「ずいぶん盛りあがっているみたいね。朝まで飲むつもりなのかしら」

薄闇の中、貴《あて》の宮がささやくようにいった。

「この調子じゃ、明日は、二日酔いの男たちが続出しそう」

「警護の侍たちも、退屈していたのよ。京から派遣されてきたものの、なかなか出立《しゅったつ》の日が決まらないまま、無為に邸《やしき》に留められていたんだものね。体力をもてあましている益荒男《ますらお》たちだもの。つまらない小競《こぜ》り合いなど起こる前に、紀伊の守が気を利かせて息抜きの酒宴を開かせたのはよかったんじゃない？」

火の宮の言葉に、貴の宮はうなずいた。

「少なくとも、宇治《こ》を発《た》つ前日にあんな酒盛りをされなくてよかったと思うわ。二日酔いの顔で、へどを吐きながら歩く男たちに警護されて山を越えるなんて、嫌すぎるもの」

姉妹は声をひそめて笑った。

火の宮は用意しておいた蜂蜜の小壺を厚い布にくるみ、水干《すいかん》の懐《ふところ》に入れた。

貴の宮がきれいに後ろで一括《ひとくく》りにしてくれた髪を払い、立ちあがる。

「そろそろいらっしゃるのね、姉さま」

「うん。もう、ずいぶん遅いし、貴の宮は戻るのをまたずに寝てしまってもいいからね」

「少将《しょうしょう》とは、犬舎《けんしゃ》で会う約束をしているのね」

「そう。普賢《ふげん》に会ってみたいというものだから。少将は天狼に、というか、動物に興味があるみたい。犬舎なら、誰にも見つからないからちょうどいいと思って」

火の宮は妹の頭をなでた。

「約束していた蜂蜜を渡して、少しだけおしゃべりしたら、すぐに戻ってくる。五百重《いおえ》がのぞきにくるかもしれないから、それだけ、うまくごまかしておいてね」

「まかせておいて。身代わり役なら、慣れたものだから」

上掛けの着物をあごのあたりまで引きあげ、貴の宮は笑う。

これまでも、火の宮のお忍び歩きを何度となく助けてきたので、姉の声色《こわいろ》を使うのも得意な貴の宮なのだった。

「こんなふうにコソコソしなくても、少将と昼間にここで会えたら簡単なんだけど」

「それはムリよ、姉さま。女東宮候補ともあろう者が、若い男性を気安く近づけ、仲良くおしゃべりをしているところなんて見られた日には、大騒ぎになってよ。第一、源氏の少将と、どこでどう知り合ったのか、とてもみなには説明できないでしょう」

源氏の少将――源 翔《みなもとかける》と出会った経緯《いきさつ》を、火の宮は貴の宮にだけは打ち明けていた。ひとりきりでの外出中、川に落ちた子どもを救助する彼を手助けしたこと。今上《きんじょう》の側近である彼に素性《すじょう》を見破られてしまったことなど、正直に話せば小言《こごと》を喰らうのは必至なため、五百重にも、映の宮にも、例の件は秘密にしていた。

翔じしんがいっていたように、彼の派遣は公的なものではなかったため、連れてきた部下も、ごく少数だった。わざわざ山を越えて都へのぼり、春秋院へ入る火の宮の身を帝が案じ、上洛の際の警護の列に我々も加わるよう命じられた――という翔の言葉を紀伊の守は型通りの礼儀を示して受け入れた。

山荘の一画に彼らのための部屋が用意され、客人として一通りもてなされているようだが、その後《のち》に到着した八雲《やくも》の院からの使者一行への歓待ぶりと比べると、その扱いには少なからぬ差があるようである。それがすなわち、天下人《てんかびと》たる八雲の院と、兄であるその人に権力のすべてを握られている帝との、権勢のちがいであるのかもしれなかった。

（そういうお気の毒な立場の帝に誠実に仕《つか》えているのだから、少将はいい人なんだわ）

あの日、桑《くわ》の実の礼に蜂蜜をあげる、といった約束を火の宮は忘れずにいた。

その後も、翔とは人目につかぬよう、男の童《おわらわ》を遣いに立たせて何度か文《ふみ》のやりとりなどをしていたが、昼間の火の宮は大勢の女房たちに囲まれているため、見つからぬよう、直接彼と会う機会をみつけるのはなかなか難しかった。

そんな時、警護の侍たちを集めて対の屋で酒宴が開かれるのを知り、そちらに人が集まるならば、見咎められにくいだろうと考え、今夜、彼に蜂蜜を渡す約束を果たすことにしたのである。

「それじゃ、いってくるね。今夜は涼しいから、薄着で、うっかり風邪《かぜ》をひきこまないよう、気をつけて。あなたは体調を崩しやすいんだから」

「姉さまこそ、酔っ払いにからまれないよう、気をつけて」

貴の宮は心配そうに寝床から上半身を起こした。

「大丈夫よ。見ての通りのこの姿だもの」

「男の姿だからって安全とは限らないわよ。京では男色も女色と変わらぬほどに盛んだと聞くもの。春秋院の殿上童《てんじょうわらわ》などは見目良い少年ばかりなんですって。警護の侍たちにもその趣味の者が少なくないかもしれないわ……まして、姉さまの美少年ぶりときたら」

男装姿の姉を見あげて、貴の宮は小さく息を吐いた。

夜に紛《まぎ》れるよう、水干も、袴《はかま》も、今夜は濃い紫をまとっているが、灯台のあえかな光の下《もと》でも、ほっそりと白い火の宮の姿は夜に咲く花のように見えた。

「もしも無礼者に遭遇したら、これを喰らわしてやるから大丈夫よ」

火の宮は映《はゆる》の宮に渡された小刀を懐からとり出し、ブンブンふるった。

「ついでに萎《しお》れた股間《こかん》を思いきり蹴《け》りあげてやって、目の玉が飛び出るような痛みにのたうち回らせて、当分、その手の悪さができないよう懲《こ》らしめてやる！」

「とても女東宮候補の内親王がいう言葉とは思えない。ふふ……とにかく、用心してね、姉さま。暴れてはだめよ。懐に入れた蜂蜜の壺が割れてしまってよ」

「うん」

「少将によろしくね。会ったことはないけれど、姉さまがそんなふうに心をひらいているのだから、きっと、いい人なのでしょうね」

火の宮はうなずき、妹に手をふると、すべるように御簾《みす》をくぐり、廊下《ろうか》へ出た。


月の美しい夜だった。

酒宴に興を添えるように庭の篝火《かがりび》もあかあかと燃えている。

おかげで、紙燭《しそく》をもたずとも、犬舎への道は辿《たど》りやすかった。

「――普賢」

すでに匂《にお》いで気づいていたらしい、扉を開けるやいなや、普賢が尾をふり、駆け寄ってきた。後ろ脚で立った愛犬にのしかかられ、火の宮は笑いながら尻もちをつく。

板壁も新しい小屋の中には、日干しした藁《わら》のよい匂いが満ちている。

犬舎といっても、他に犬はいない。ここは普賢だけの部屋である。

――〝天狼〟の誉《ほま》れを受けてまもなく、紀伊の守の指図で、対の屋の一画に普賢の部屋がもうけられた。

畳を敷き、犬用の玩具《おもちゃ》を揃え、高価な香を焚《た》いた豪勢な部屋である。が、猫ならともかく、山や森を自由に駆け回る犬がそんなものをありがたがるはずもない。

野山を好き勝手に遊び回ったあと、泥だらけ、土だらけの体で部屋に入ってくる普賢に女房たちが悲鳴をあげたため、普賢の部屋はちょうど増築工事をしていた新しい家畜小屋の一つへと、急ぎ移し替えられたのだった。

「――春秋院に入っても、こんなふうにおまえと一緒にいられるのかしらね？」

ふさふさした尾をさかんにふる普賢の毛皮に顔を埋《うず》め、火の宮はつぶやいた。

おたがい〝天狼〟と〝東宮候補〟というやんごとない肩書を背負って春秋院に入るのだ。これまでのように、好きなときに普賢を呼びよせ、子どものように戯《たわむ》れ、走り回り、昼でも夜でも一緒に眠るような自由は許されない気がする。

同じように、春秋院においては、侍女の五百重の処遇も変わってくるはずだった。

元々、五百重は、炊事や洗濯などの雑事を担《にな》う下女《げじょ》の身分である。

これまで、有能な彼女が女房と変わらぬ立場で火の宮に仕えることをとやかくいう者はいなかったが、身分や序列に厳しい院御所では、さすがにそういうわけにもいかないだろう。かといって、その容貌からして規格外の五百重を——なにせ女相撲《すまい》並みの六尺もの巨体なのだ——にわか仕込みで、高級女房に仕立てあげるのも難しい。

春秋院では、悪い者たちから守ってくれる普賢も、何かにつけて頼れる五百重も、映の宮も、そばからいなくなるのかもしれない。

そう考えると、楽観的な火の宮もさすがに不安を覚えずにはいられなかった。

（京への出立まで、あと三日）

——と、横たわっていた普賢がぴくりと顔をあげ、上半身を起こした。

ほとほとと扉が叩かれ、大きな男の影が現れる。

源翔だった。翔の目が素早く火の宮と普賢をとらえ、みひらかれた。

格子窓《こうしまど》から射しこむ月の光で、犬舎の中はわりあい明るい。普賢にまじまじと注がれるかと思われた視線は、けれど、すぐにそらされ、翔は火の宮に近づいてきた。

「遅くなって、すまなかった。酒宴を抜け出すのに、手間どった」

すっと通った背筋。広い胸。見上げる姿勢だからか、以前よりその姿が大きく見える。

「たいしてまっていないよ」

「それならよかった。私は控えたが、部下たちがなかなかに羽目を外して……みな、はしゃいでいる。久々にうまい酒にたらふくありつけたものだから」

話しながら、翔は火の宮のそばに片膝をつく恰好《かっこう》で腰をおろした。

普賢がのっそりと立ちあがった。とぐろを巻く巨大な蛇のように翔にまとわりつくと、初めて会う青年の手の甲や足や尻の匂いを丹念に嗅《か》ぎ始める。

一通り嗅ぎ終え、満足すると、普賢は火の宮と翔の間にぺたんと座りこんだ。行儀《ぎょうぎ》よく揃えた前脚の間に顔を置いてくつろぎ始める。

「これが天狼か」

翔の大きな手が背中をかくと、普賢は翠緑《すいりょく》色の目をキュッと細めた。

「なんて立派な毛皮だろう。月光に輝くさざ波のようだ。それに、この宝石のような目。こんなに綺麗《きれい》な生きものは見たことがない」

その言葉が世辞《せじ》のたぐいでないことは、心底嬉しそうな彼の声や、普賢をみつめる目の輝き、感嘆《かんたん》しきりの表情でわかった。

「犬の扱いに慣れているね。あなたも犬を飼っているの？」

たいていの人間は、普賢を見て、まずその大きさと迫力に驚き、気圧《けお》され、怯《おび》えたようすを見せるのがつねである。

だが、動物を相手に、こちらが恐怖心を抱えていることを悟らせる行為に利はない。

格下の存在と認識されて、舐《な》められ、攻撃性を誘発することさえあるからである。

逆に、懐かせたいといきなり触れるのも危険なやりかただった。言葉の通じない動物だからこそ、警戒心を解かせ、信頼を得るには、礼儀や手順が重要なのである。

（この人のふるまいは完璧《かんぺき》だったな）

まず、普賢を必要以上にみつめなかったし、目もあわせなかった。

意志の疎通《そつう》のできていない動物といきなり視線をあわせるのは挑発行為に等しいと心得ているのだ。背筋を伸ばし、きびきびと動くことで、自分もじゅうぶんに強い、だから攻撃するな、と無言で牽制《けんせい》していた。そして、普賢が彼の匂いを嗅ぎ終え、「身辺調査」をぶじ終えるまで、じっとしていた。犬の流儀を十全《じゅうぜん》に心得たふるまいだった。

「育った家にたくさん犬がいたから、犬は兄弟のように思える」

普賢の背を梳《くしけず》るようにこすりながら、翔はいった。

「育った家？」

「両親亡きあと、私は母方の叔母《おば》の家で育てられたんだ。叔母は、身分の高い女性としてはかなり珍しいと思うが、家畜や動物が好きで……特に、犬を育てる才に長《た》けていてね、みながこぞって欲しがるような、賢い猟犬の繁殖《はんしょく》を得意としていた。だから、私も、兄も、その家のいとこの姫も、幼いころから犬には慣れ親しんでいる」

「そうなんだ」

「私も犬の扱いは慣れているほうだと思うが、いとこの姫は、もっとすごい。叔母の血を継いだんだろうな、彼女は法力《ほうりき》を使うようにすべての犬たちを従えるよ。彼女も女東宮候補として春秋院にあがったから、普賢に会ったら、とてもよろこぶだろうと思う」

　火の宮は顔をあげた。

「東宮候補？」

「ああ」

「つまり、あなたのいとこも、皇女《ひめみこ》なの？」

「内親王だよ。犬《いぬ》の宮《みや》と呼ばれている。叔母は、更衣《こうい》として後宮にあがられ、犬の宮をもうけられたんだ。犬の宮は、聡明な姫だが、不運にも、数年前に葡萄病《えびや》みに罹《かか》ってね。顔にあざのようなものが残ってしまった。そのことがあって以来、叔母も、邸の人間たちも、みな沈みがちだったから、今回、彼女が女東宮候補に選ばれたことを、一族のみなは、望外の栄誉とよろこんでいる」

　火の宮はなんといっていいのかわからなかった。

　おさななじみのいとこ。犬好きの姫。葡萄病みの痕《あと》。女東宮候補。

　さらりと語られた話の中に、重要な情報が多すぎる。

（叔母が更衣として入内《じゆだい》……つまり、少将の母方の家も、公卿《くぎよう》以上の家柄ということよね。源氏を名乗っているから、てっきり、上級武士の子弟なのかと思っていたけれど、もしかして、武家ではなくて、皇家の直系のほうの源氏だった？　考えてみると、武士にしては、この若さで右近衛少将《うこんえのしょうしょう》の地位は高すぎる気もするし……）

たくましいその体軀《たいく》、若さに似合わぬ寡黙《かもく》さ、浮ついたところのない、落ち着いた態度から、武家の若者なのかと勝手に思いこんでいた。よくよく考えてみれば、帝の命《めい》を直々《じきじき》に受けるほどの側近なのだから、権門《けんもん》の出身であるほうが自然ではある。

火の宮がまじまじと翔をみつめていると、

「犬の宮のことがあるから、きみに近づいたわけじゃないんだ」

ふいにいった。

「え？」

「同じ、東宮候補だから……いとこの姫宮の競争相手になると思って警戒し、きみを調べたり、こうして接触したわけじゃない。何かを探ろうともしていないし、企《たくら》みもない。いとこだからといって、きみに不利になる情報を犬の宮に漏《も》らしたりはしないよ。もちろん、帝にも。心配しないでほしい。私はきみに敵対する者ではない」

火の宮は目をぱちくりさせる。

「そんなこと、ちっとも思っていないよ」

「そうか……」

彼との出会いは偶然だったし、こうして会うことになったのも、お礼の約束を果たしたいと火の宮がいいだしたためで、相手の意図したことではなかった。第一、本当にいとこのために接触してきたのなら、その事実を当の火の宮に話したりはしないだろう。

「あ。そうだ。肝心のお礼を渡すのを忘れていた。そのために、ここへきたのにね」

火の宮は懐からとり出した蜂蜜の小壺を翔に渡した。

「ありがとう。すごいな。なんでもない桑の実が、貴重な蜂蜜に化けた」

「なんでもなくないよ。あなたのやさしさと親切が、ふさわしいものに変わったんだよ」

「よいものをもらったから、お礼をしないといけない」

「お礼のお礼？　それじゃ、いつまで経《た》ってもお礼のあげっこが終わらないね」

火の宮が肩を揺らしてくすくす笑うと、翔も目を細めた。

「さっき、普賢を『こんなに綺麗な生きものは見たことがない』といったでしょう」

普賢の固い毛皮をなで、火の宮はいった。

「本当にそう思ったんだ」

「うん。でも、八雲の院の天狼はどうなのかな、と思ったの。院の天狼——日輪王《にちりんおう》、といったっけ。日輪王は春秋院にいるのでしょ。あなたは、日輪王を見たことはある？」

翔は考えるように視線を宙にさまよわせた。

「一応、私も春秋院の殿上《てんじょう》を許されている身ではあるよ。姿を見たことはあるが、こんなふうに近づいたり、触れたことはない。日輪王は人の多い場所を好まず、ふだん、あまり姿を見せないんだ。彼はたいてい春秋院の端にある岩屋《いわや》にいる」

「岩屋って……院御所の庭にそんな場所があるの？」

「岩屋もあるし、滝もある。近くの川から水を引いているんだが、人の手によるものとは思えないほど、巨大な滝だよ。滝の奥には洞《ほら》があって、そこが水簾《すいれん》の洞と呼ばれる日輪王の住処《すみか》になっている。冬はさすがに冷えるから、他の洞に住処を移すそうだけれど」

　へえ、としか言葉が出なかった。

　宣旨《せんじ》や紀伊の守の話から、さぞかし豪勢な場所なのだろうとは思っていたが、まさか、滝だの、洞窟《どうくつ》だの、そんなものまであるとは。

「ねえ、少将」

「うん」

「わたし、春秋院に入って、うまくやっていけるかな？」

　火の宮は組んだ腕の中に自分の両膝を抱きかかえた。

「春秋院では、過酷な試練を味わうことになるだろう、と宣旨がいっていたの。八雲の院は激しい性格の方だから、心穏やかに過ごすことはできないだろう、って。厳しいふるいにかけられるだろうって。他の者からも、誰も信じるな、と警告されたわ。もっと、他人を警戒して、用心するべきだって。わたしは田舎《いなか》育ちののんき者だから、そうなのかなとも思うし、だけど、そういわれて、急に変われるものじゃない、とも思う」

──やさしい心は捨てろ、と那智はいった。近づいてくる者たちは、みな、自分から何かをかすめとり、奪おうとしているのかもしれない、と疑え、と。

だが、そんなふうに他人を疑いながら、おもてには笑みを浮かべ、東宮候補らしくそつなくふるまうような器用なまねが、自分にできるとは思えなかった。

「あなたのいとこは、もう春秋院に入っているのよね。彼女のことが心配にならない？」

「犬の宮は芯の強い姫だから、あまり心配をしたことはなかったが……そうだな、きみのことは、少し心配かもしれない。春秋院どころか、都の暮らしも知らないのだし」

「そうよね。今さらだけど、無謀なことをしようとしているのかもしれない、と思えてきた。映の宮がいっていた通り、東宮候補なんて、さっさと辞退するべきだったのかも」

沈黙が落ちた。

「──きみには、仮面が必要なのかもしれないな」

しばらくして、翔がいった。

「仮面？」

「初めて会ったとき、天狗《てんぐ》の仮面をつけていただろう？」

「あれは天狗じゃなくて狼だよ。……わたしに狼の仮面をつけて春秋院にあがれというの？　他の候補者たちを威嚇《いかく》するために？　あなたたちよりケンカは強いぞ、って？」

ウウー、と火の宮が狼のうなり声を真似すると、普賢がふしぎそうに顔をあげた。

「それはさすがに悪目立ちがすぎない？」

翔は笑った。

「比喩《ひゆ》だよ。ムリに他人を全員敵とみなして心を荒《すさ》ませるより、いっとき、仮面をかぶるように、割り切って女東宮候補を演じるほうが楽になれるんじゃないか、と思ったから。すました別人の仮面をつけて、本当のきみは、その下に大事に隠して」

「本当のわたし」

「きみの明るさや、やさしさ。無邪気さ、人なつこさ、素直で無防備な可愛らしさ……」

翔はそばに積まれた藁山の中から藁をちぎって投げた。

「きみに忠告をした者たちは正しいよ。政治の世界は騙《だま》しあい、腹の探り合い、足の引っ張り合いだ。そうした毒気の強い場所で生きるためには、自ら毒を含んで自分を歪《ゆが》めなくてはいけない。正直、きみのような人には似合わない場所だと思う」

「わたしはお気楽な、のんき者だから」

「ここにいるきみは自由で、大胆《だいたん》で、いきいきしている。だが、春秋院では、そんなふうではいられないだろう。きみは頭を押さえつけられ、女東宮候補という型にはめこまれる。辞退するべきだといった弟宮のきもちが、私にはわかる気がするよ。彼は今のきみを、そのままのきみを愛しているんだろう。宮廷の歪んだ型にはめられ、ありふれた姿に矯《た》められるきみを見たくないんだ。そもそも中継ぎの女東宮の座なんて、きみが生来もつ美しい資質を擲《なげう》ってまで、手に入れる価値のあるものじゃない。そんなもののために、本当は、きみはきみじしんを髪の毛一筋だって変える必要はないんだ」

穏やかな彼には珍しい、強い口調だった。

帝の側近である青年が「女東宮の座にそれほどの価値はない」などと切り捨てるとは。まるで映の宮のような不遜《ふそん》ないいようだ、と火の宮は少し驚いた。

「女東宮は結婚もできない。中継ぎの役をおりたあとも。いったんまとったその権威ゆえに、人の妻となることも、子をなすこともあきらめ、生涯《しょうがい》独身を通さなければならない。それをよしとする人もいるだろう。すべての人に恋が訪れるわけではないから。でも、人生には何が起こるかわからない。いつか運命の相手に、避けがたい恋にめぐり合うかもしれない。何もかも捨ててかまわないという恋に。そのときに、女東宮の過去は、たぶん重い枷《かせ》や頸木《くびき》となって彼女を縛《しば》りつけるはずだ」

火の宮は無言で翔をみつめた。

都へのぼり、春秋院に入ることを想像するのに精いっぱいで、女東宮になったその先の人生など、考えたことがなかった。

「……すまない。きみも考えた末に推挙《すいきょ》を受けることを決めたのだろうに。辞退するのが正しいかのように、きみの事情も顧《かえり》みず、傲慢《ごうまん》なことをいった」

ううん、と火の宮は首をふった。

「あなたは、知っておくべきことを教えてくれたんだもの」

「心をかき乱すようなことばかりいってしまった。なんにせよ、きみはまもなく春秋院へ入る。それはもう決まったことで覆《くつがえ》らない。だから、せめてきみの行く末に辛《つら》いことがないように、私は祈るよ。きみが茨《いばら》の道ではなく、花咲く道を歩いていけるように」

「花咲く道を歩いていけるように」

おうむ返しにした。

祝詞《のりと》のようだった。すてきな言葉だと思った。

「あなたのいう通り、もう決めたんだもの。悪いことばかり考えないで、よいこともあるはずだと期待したほうがいいのかもしれない。あなたのいとこの……犬の宮さま？　春秋院に入ったらその方とも仲良くなれるかな？　犬の宮さまって、おいくつなの？」

「十七歳。きみより一つ年上だ。犬好きの共通点もあるから、きっと親しくなれるよ」

火の宮はうなずいた。

本当に、仲良くしてもらえたらいいと思った。自分だけでなく、貴の宮とも。

これまで火の宮たちには友人と呼べる人間がいなかった。この狭い宇治の地で身を寄せあって、ずっと自分たちだけですべてを分かちあってきた。三人だけで。姉弟妹《きょうだい》だけで。

「春秋院で新しいお友だちができるかもしれない。ほら、もう、楽しみが一つできたよ。それに、辞退していたら、こうして、少将とも出会えなかったものね。帝が他の誰かじゃなくて、あなたを宇治《ここ》へ派遣してくれて、本当によかったと思う。もし、犬の宮さまのところへ顔を出すことがあったら、少将は、わたしのところにも、時々遊びにきてくれる？あなたみたいに、親切で、正直で、やさしい人とお友だちになれて、わたしは嬉しいんだよ。あなたも同じように思ってくれていたら、とてもしあわせなんだけれどな」

火の宮が笑いかけると、翔はじっと彼女をみつめた。

そのまま、固まったように動かない。

彼はあの時と同じ顔をしている、と火の宮は気づいた。

仮面をとった火の宮を初めて見たあのとき。

驚きと、何か未知のものに胸を射貫《いぬ》かれたかのような、奇妙な表情だった。

「どうしたの？」

「——月の光が」

翔は火の宮の肩にそっと手をかけると、自分のほうへわずかばかり引き寄せた。

細い格子のはまった窓から、鏡のように輝く満月が見える。

「この位置にくると、明るい。格子の影もかからず、きみの顔がよく見える」

「ああ、本当に今夜の月は明るいね。でも、どうしてわたしの顔を見るの？」

「春秋院に入ったら、もう御簾《みす》越しにしか顔をあわせられなくなる」

たしかに、その場所では、こんなふうに遮《さえぎ》るものもなく、おたがいの顔を見る機会はなくなるはずだった。

「わたしの顔がどんなだったかを忘れた時には、映の宮を見ればいいよ。同じ顔だから」

翔は微笑《ほほえ》み、首をふった。

「彼はたしかにきみとよく似ているけれど、きみとはまるでちがう」

「そう？　みなは瓜《うり》二つだというけどな」

「でも、きみじゃない」

大きな手が、火の宮のおもてにかかる髪をかきやった。

「彼を見ても、こんなきもちにはならないよ」

火の宮に触れる彼の手は熱でもあるかのように熱かった。酒宴のほてりが残っているのだろうか、と火の宮は思ったが、狩衣《かりぎぬ》から匂うのは香だけで、酒の匂いはしなかった。

冴《さ》え冴《ざ》えと注ぐ月光のもと、犬舎の中に沈黙が満ちる。

それを破ったのは、普賢だった。

ふいに身体を起こしたかと思うと、素早く立ちあがり、出入り口へと近づいていく。

「普賢？　どうしたの？」

「――シッ」

火の宮の肩をつかみ、翔が鋭くささやいた。

月光に照らされた白い横顔には、それまでにない緊張と警戒の色が見えた。

（少将……？）

「誰かくる」

耳を澄ませると、土を踏み、近づいてくる足音がかすかに聞こえた。

ほんのわずかばかり扉が開かれた。

と、澄んだ音とともに、何かが土間に放りこまれる。

普賢が小さくうなると同時、扉は素早く閉められ、次に、重いものが扉をこするような音がした。チリリン、という音が響いた数拍後、逃げるように足音が遠ざかっていった。

何が起きたのか理解ができず、火の宮はぽかんとした。

（今のは何？）

翔が立ちあがった。

普賢の隣に並び、扉に手をかけ、ガタガタと何度か押したのち、眉をひそめる。

「閉じこめられた」

「え？」

「閂《かんぬき》をかけられたようだ。たしか、扉のそばに大きな横木が置かれていた。誰かがあれをさしたな……これは、中から動かせない」

夜の散歩を好む普賢が自由に動き回れるように、犬舎の扉はいつでも自由に開け閉めができるようになっている。普賢の世話役の下男もそれを承知しており、夜間はまったく犬舎に近づかないので、閂をかけたのはその者ではないだろう。

普賢がさかんに何かの匂いを嗅いでいる。チリリン、という可愛らしい音に気づいて見ると、それは小さな鈴のついた骨付き肉だった。

不可解な状況に、火の宮はすっかり混乱した。

いったい、誰が扉を閉ざし、こんなものを夜中の犬舎に放りこんだのだろう？

「──もしかして、これも、東宮候補がらみの何かなの？」

思いついて、はっとする。

清らかな処女《おとめ》であるべき女東宮。

その候補者が、夜中、男の姿に身をやつして部屋を抜け出し、男と「密会」していた、となれば、おおいなる醜聞《しゅうぶん》となる。

宣旨の耳に入れば、火の宮の名前は、即刻、候補者の名簿から消されるかもしれない。

誰かが火の宮に「淫奔《いんぽん》な内親王」の汚名を着せようと企んだのだろうか？

だが、翔は同意できないように首をかしげた。

「それが目的なら、閉じこめるより、さっさと大勢の目撃者と一緒に踏みこんでくるはずだ。だが、外は静かで、誰かがくるようすもない。普賢に肉を与えた意味もわからない。なにより、私はここへくるとき、かなり念入りに確認したが、周囲に人の気配はなかった。きみは、今夜ここで私と会うことを誰かに話した？」

「貴の宮にしか話していない。あの子は誰にもいわないよ」

目敏《めざと》い五百重でさえ、今夜、ここに火の宮がいることは知らないはずだった。

「だとしたら、扉を閉めた者の目的は、私ときみではないのかもしれない」

骨付き肉を前に、だらだらとよだれを垂らしている普賢を見おろし、翔はいった。

「ここは普賢の寝床だ。普通に考えて、普賢を閉じこめるつもりだったのでは？」

「普賢を？」

「知らない匂いの、不審な人間が入ってくれば、敏感な普賢はすぐに気づき、騒ぎ立てるだろう。それを封じるため、肉を与えた。好物の肉に普賢がかぶりつけば、肉についている鈴が鳴って、普賢が中にいることが確認できるし、食事に集中して警戒心も薄れると考えた。それから閂をかけて、普賢を朝まで閉じこめる。その者は、私たちふたりがここにいることは知らなかった。つまり、私ときみが閉じこめられたのは偶然なんだ」

「でも、誰がなんの目的で普賢を閉じこめたりするの？」

翔はしばらく沈黙した。

「――天狼は、主の危機を敏感に察して行動する、と聞くが、それは本当か？」

「天狼はどうだか知らないけれど、普賢はそうよ。人でも、動物でも、わたしや映の宮に害をなそうとするものがあると、たいてい気づいて、飛んでくる。でも……そうね、狩りや食事に夢中になっていたら、気づくのが遅れるかもしれないけれど」

「あの足音の主《ぬし》が、その〝害なす者〟だったら？　きみを狙う者にとって、守護する天狼は一番の脅威《きょうい》だろう。ことに及ぶ前に、そやつはまず普賢を引き離そうと考えた」

「ことに及ぶ前に、って……」

「女東宮候補の中で、まだ春秋院に入っていないのはきみだけだ。宇治《ここ》は京から遠く、八雲の院の目も届かない。狙うには絶好の場所だ」

「狙う？　狙うって、何を？」

　思いもよらない指摘に、火の宮は衝撃を受けた。

「まさか、わたしの命を？」

「ひとりでも多く候補者を減らしたい、そのためには手段を選ばない、と、過激な考えを抱く者が他の候補者やその後見人の中にいたとしても、私は驚かないよ。蹴落とさなければ、自分が蹴落とされる。宮廷というのは、そういう場所だ」

　火の宮は言葉をうしなった。

　東宮の座を競いあうという実態が、まさかそれほどに殺伐《さつばつ》としたものだとは想像もしていなかった。

「油断していたよ。春秋院内ならばともかく、まさか、宇治《ここ》でまでそんなことが起こるとは思っていなかった。何も知らずに眠っているきみに刺客《しかく》が忍び寄っていたかもしれない光景を想像すると、ぞっとする。とりあえず、ここを出たら、侵入者の存在を紀伊の守に報《しら》せ、警備の強化を進言しよう。朝まで私と部下が寝ずの警備につくから、きみはもう、あまり心配しなくていい。目当てのきみが寝殿のどこを探してもいない、となれば、相手も退散するしかないだろうから」

翔のおもてから、徐々に緊張の色が薄らいでいく。

火の宮のそばにはこうして自分と普賢がいる。外に出たら部下も呼び寄せ、警備を固められる。不審な輩《やから》が再度現れても、退けられる。そう安堵《あんど》しているのだろう。

だが、火の宮は安堵を覚えるどころではなかった。血の気《け》が引き、足が震えた。

寝殿を探し、彼女がいないと気づけば、たしかに刺客も立ち去るだろう。

だが、今、火の宮の寝所《しんじょ》は空《から》っぽではないのだ。

そこには、自分の身代わりをつとめる彼女がいる――

「貴の宮！」

四　決別の夜

突如、扉に体当たりする火《ひ》の宮《みや》を見て、驚いた翔《かける》が駆け寄ってきた。

「何をしている？　どうしたんだ」

「あの子がいる。いかなくちゃ！　あの子のところに、早くいかなくちゃ」

「あの子？」

「妹よ。ああ、どうしよう。お願い、扉を開けて。あの子のところへつれていって」

火の宮は翔の腕にすがりついた。

「いま、わたしの寝所には貴《あて》の宮がいるの。わたしの不在を気づかれないよう、身代わりをしてくれているの。刺客がいるなら、狙われるのはあの子よ。助けにいかなきゃ！」

翔が目をみひらいた。

再び扉にぶつかろうとする火の宮をすばやく抱きとめる。

「破るのはムリだ。肩を傷《いた》めるだけだ」

「でも！」

「落ち着いて。他の場所から出ればいいんだ。……窓がある。あそこからどうにかしよう」

細い格子《こうし》のあいだから満月ののぞく高窓を見あげ、翔は小屋の隅にある棚へ駆け寄ると、乱雑にその中を探り始めた。

清掃道具や水桶《みずおけ》、エサ用の器《うつわ》などの道具類を入れた棚である。

やがて彼は一巻きの麻縄《あさなわ》を見つけると、それを火の宮の首にゆるく巻きつけた。

「いいか。私が肩車できみをもちあげるから、この縄を、窓の格子に結びつけて」

「どうするの？」

「格子を引っ張って壊す。解けないよう、しっかり縄を結ぶんだよ」

高窓の下でしゃがみこみ、火の宮を見あげた翔は、自分の肩をパンパンと叩いた。たくましいその肩にまたがり、腰をおろすと、翔が勢いよく立ちあがる。反動で後ろにひっくり返りそうになり、火の宮は思わず彼の顔に抱きついた。

「前が見えない」

「ごめん」

体勢を立て直し、中央の格子に縄を結び終えると、合図をして、下におろしてもらう。だらりと垂れ下がった縄の先を翔がつかみ、全体重をかけて抱えこむように引っ張ると、細い格子は小さな音をたててあっけなく折れた。

それを三回くり返したあと、人ひとりがくぐり抜けられるほどの空間ができる。

「――窓を乗り越えるときは、折れた格子の先で顔や指をケガしないよう、気をつけて。おりるときも、高さがあるから、慎重に。足首を傷めないように」

再度、肩車をしながら注意する翔の言葉を、しかし、気の急《せ》いている火の宮はほとんど聞き流していた。破った窓から猫のように抜け出し、地面におり立つ。それから犬舎の正面に回り、横木を外して、扉を開けた。すぐに翔が、その後ろから普賢《ふげん》が出てくる。

「普賢《かれ》も連れていくか？　連れて歩くにはずいぶんと目立つが……」

火の宮は少し迷ったあと、うなずいた。

犬舎を離れ、しばらく走ると、にぎやかな声が聞こえてきた。庭の篝火《かがりび》はだいぶ勢いをなくしていたが、対《たい》の屋の格子越しに漏《も》れた灯《あか》りが庭を照らしている。酒宴はまだ続いており、時おり、地鳴りのようにどっと沸き立つ声が聞こえた。それと反対に、渡り廊下でつながれた寝殿《しんでん》はしんとして、人影も見えない。酌《しゃく》やら給仕やらの用で、女房たちも宴《うたげ》に駆り出されたままなのだ。

（なんてこと。悪いやつが入りこんでいるのに、誰も気づいていないんだ）

「――火の宮？」

ふいに背後から声をかけられる。

映《はゆる》の宮が立っていた。背後には那智《なち》の姿がある。

「映の宮！」

「きみはこんな時間に、そんな恰好《かっこう》で、いったい、何を……」

映の宮はあきれたようにいった。

「夜遊びの冒険ごっこか？　普賢まで連れて。相変わらず、おてんばをしているのか」

「映の宮こそ、どうしてここにいるの」

「酒飲み連中がうるさくて眠れないから、あたりを散歩してきたんだ」

映の宮は近づいてきた翔を見て、

「……源氏の少将《しょうしょう》？」

目をみひらいた。

「なんだ、大きいのがいるから、てっきり五百重《いおえ》かと思ったら。どういうことだ、源氏の少将。どうしてきみがこんな所に火の宮といる」

「映の宮どの。いま、寝殿に危険な侵入者がいる」

唐突《とうとつ》な言葉に、映の宮は目をみひらいた。

「何？」

「不逞《ふてい》の輩《やから》が夜陰に乗じて侵入しているんだ。はっきり姿を見てはいないが、不審な行動を目撃した。今夜は邸《やしき》の人間の多くが酒宴に集まっている。そちらのにぎわいに紛《まぎ》れ、多少の騒ぎが起こっても気づかれづらいと踏んだのだろう。そやつは、すでに寝殿内に入りこんでいるかもしれない。おそらく、女東宮《おんなとうぐう》候補の争いに起因するものだと思われる」

「貴の宮が危ないのよ」

火の宮は早口に説明した。

誰かが普賢を犬舎に閉じこめようとしたこと、それはおそらく女東宮候補の自分を狙う者による犯行だろうこと、いま、自分の寝所《しんじょ》には身代わり役の貴の宮がいること、彼女が自分と間違われて、刺客に襲われるかもしれないこと……。

言葉足らずな気もしたが、せっぱつまった姉のようすから映の宮はだいたいの状況を理解したようだった。それ以上の説明を求めず、「貴の宮のところへ」といって走りだす。

寝殿の東の廊下が見えてきたところで、「あれは」と翔がいった。

目を凝《こ》らすと、寝殿の廊下の端から、欄干《らんかん》を飛び越える小柄な人物が見えた。身軽な所作《しょさ》で地面へおりると、庭を駆け、たちまちその姿が闇の中へ溶けていく。

「普賢！　あいつを追って！」

命令に従い、普賢が風のように駆けだした。

後を追おうとした火の宮の肩を翔がつかんで引き戻す。

「あちらは私が引き受けるから、きみは早く妹の所へ。いいか、くれぐれも気をつけて」

火の宮を階《きざはし》のほうへ押しやると、走りだした。

寝殿の廊下へあがると、あらかじめ施錠《せじょう》せずにおいた妻戸《つまど》の一つから中へと入った。

深更《しんこう》、あたりは森閑《しんかん》としている。足音荒く母屋《もや》に踏みこむ映の宮と那智を咎《とが》める者もなかった。酒宴に駆り出されなかった女たちも、三日後に迫った出立《しゅったつ》に衣装作りを間に合わせようと、北側の局《つぼね》に集まり、交代の夜なべ作業で裁縫《さいほう》にいそしんでいるのだ。

今夜は抜け出すのが易《やさ》しい、とほんの少し前の火の宮はよろこんだ。いま、同じそのことを深く悔いている。妹に声色《こわいろ》を使わせ、五百重を欺《あざむ》くことなどさせなければよかった。

「──貴の宮！」

寝所に駆けこむと、油の切れかけた灯台の火が頼りなくあたりを照らしていた。

畳の上には上掛けの着物が乱れた形で置かれている。手にとると、かすかなぬくもりが伝わってきた。が、それに包まれていたはずの貴の宮の姿はどこにもない。

「──宮」

後方から那智がいった。

屈みこんで何かを掬《すく》うような仕草をする。

「どうした」

「これを」

映の宮が息をのむ気配がした。

火の宮は那智が何を手にしているのか、すぐにはわからなかった。

それは黒く、薄闇に溶けて、那智の指の間からすべるように床へ落ちた。

髪だった。

女の長い髪が床に大量にわだかまっている。

(貴の宮……)

火の宮が震える手でつかむと、しっとりと冷たい黒髪は生きもののように彼女の手の中でうねり、たわんだ。その長さは、火の宮の手から膝へ落ち、床へ流れ、周囲に川のように広がるほどだった。

「どうして——どうして、こんなことを」

「……源氏の少将のいう通りに」

　映の宮が絞り出すような声でいった。

「本当に、女東宮候補の争いが原因なら、きみを候補から外したい人間は、直接命を狙うような、あからさまなまねはしないだろう。上洛《じょうらく》直前に、きみが不審な死を遂《と》げれば、当然、八雲《やくも》の院《いん》は残りの候補者を疑い、追及するはずだから」

「代わりに、火の宮さま自らが、候補を辞退されるように仕向けるでしょう」

　那智がいった。

「火の宮さまととり違えた貴の宮さまの髪を切り、『東宮候補を辞退しなければ、これ以上の辱《はずかし》めを受けることになる』と脅《おど》したのかもしれません。うら若き内親王《ないしんのう》が、寝所に踏みこまれ、女のいのちの髪を切られた、などという屈辱《くつじょく》的な事実を吹聴《ふいちょう》できるはずもない。恐怖に震える相手が口をつぐみ、泣き寝入りすることを犯人は知っているのです」

　かすかな物音がした。

　三人は闇の中で耳を澄ませた。どこかで、何かがぶつかるような音がする。

「塗籠《ぬりごめ》よ」

　火の宮は立ちあがった。

「奥よ。塗籠から音がする。貴の宮……！」

火の宮は母屋の中心部分にある塗籠へ急いだ。

壁に囲まれた塗籠は、建物内で唯一、扉を閉めて逃げこめる場所である。刺客が立ち去った今も、貴の宮は恐怖のあまり、塗籠の中に閉じこもっているのかもしれない。

「――開けて、貴の宮」

中から施錠されている扉を叩き、火の宮は懸命に呼びかけた。

「貴の宮、わたしよ！　姉さまよ！　そこにいるんでしょう？　もう大丈夫よ、ここには映の宮もいるわ。もう安全よ。悪いやつは去ったわ。だから、ここを開けて！」

応《こた》える声はない。

「貴の宮！」

「火の宮さま。さがってください」

那智が扉に体当たりをすると、頼りない金属音とともに、観音開《かんのんびら》きの扉は開いた。

窓のない塗籠内はいっそう暗く、細長い空間の奥には濃い闇が凝《こご》っている。

かすかなうめき声。人の気配。奥へ踏みこもうとした火の宮をふいに映の宮が横の壁へと突き飛ばした。したたか肩を打ち、その痛みに思わず声をあげた次の瞬間、何かが映の宮めがけて勢いよくぶつかってきた。

倒れ、転がり、揉《も》み合う音がした。ふたりの人間の激しい息遣《いきづか》い。拳が肉に叩きつけられる鈍い音。それらに混じり、聞き慣れない、しゃがれた男の罵声《ばせい》を耳にし、火の宮は息をのんだ。刺客はまだ残っていたのだ。

「那智！　逃がすな！」

映の宮が叫んだ。扉の外に立っていた那智が逃げようとする男の領頸《えりくび》をつかんで引き戻し、顔を殴《なぐ》りつけると、相手は大きく吹っ飛んで、塗籠の扉にぶつかった。

粗末な直垂《ひたたれ》に痩身《そうしん》を包み、まばらなあご髭《ひげ》を生やした三十ほどの男だった。身体を起こした男は、追いつめられたネズミのように、血走った目をキョロキョロと周囲にめぐらせた。視線がぶつかった。身をかわす間もなく、男が火の宮に飛びかかってくる。

「あッ!?」

「動くな！」

直垂の懐《ふところ》から小刀をとり出し、男は鞘《さや》を払った切っ先を火の宮の喉元《のどもと》に突きつけた。

「誰も動くな！　動けば、こいつを殺すぞ!!」

興奮した男が火の宮の首に片腕を巻きつけ、しめあげる。

饐《す》えたような体臭と息の臭《くさ》さに火の宮は思わず顔をそむけた。苦しさにあえぎながらも、火の宮は男の握る小刀の柄《つか》に数本の長い髪の毛が絡《から》まっているのを見た。

この男が、この小刀で、貴の宮の髪を切り落としたのだ。

「──あ、あ……」

塗籠の奥からか細い声が響いた。頼りない、幼子のようなすすり泣き。衣擦《きぬず》れの音。

貴の宮だった。火の宮が妹の名を呼ぼうとした瞬間、

「動くなといっているだろう‼」

喉に鋭い痛みが走った。とろりと温かいものが肌を伝う感触。

「火の宮……！」と映の宮が固まったように動きをとめた。

必死に首をひねり、火の宮は塗籠の奥を凝視《ぎょうし》した。紙のように白い妹の横顔、その震える睫毛《まつげ》のあいだから、幾筋もの涙が頬を伝っていくのが見える。横たわる貴の宮の頭のまわりには、ザクザクと無残に切られた髪が要《かなめ》の外れた扇《おうぎ》のように広がっていた。

「姉さま……」

火の宮の視線をとらえ、貴の宮が身じろぎした。闇の中、妹の細い、真っ白な脚が、膝上までもあらわに浮かびあがるのを見て、火の宮は目をみひらいた。

──脚？

なぜ脚が見えるのか？　なぜ袴《はかま》を脱いでいる？　寝所で見送ってくれた時の貴の宮は、就寝用の柔らかな切り袴をはいていた。今夜は涼しく、風邪《かぜ》をひきやすい妹は夏でも薄着を好まない。それに、そう、たしか、月のものがくるのが近いはずだった。身体を冷やさぬためにも、寝具を汚さぬ用心のためにも、貴の宮が袴を脱ぐはずがないというのに。

それなら、なぜ。

刹那《せつな》、火の宮は喉に突きつけられた刃《やいば》への恐れも、血のあふれる痛みも忘れた。

全身から血の気《け》がひいていくのがわかった。

恐怖に震える相手が口をつぐみ、泣き寝入りすることを犯人は知っている、と那智はいった。直接命を狙うような、あからさまなまねはしないだろう、と映の宮がいった。その推測は正しいだろう。だから、この男は貴の宮の髪を切り落としたのだ。その上、男はさらに確実で、残酷な、標的を確実に候補から引きずり落とすための方法をとったのでは？

女東宮候補となる条件の一つ、それは――

（清らかな処女《おとめ》であること）

「立て！　そこから一歩も動くなよ‼」

火の宮をむりやりに立ちあがらせ、男は小刀をふり回しながら、映の宮と那智に道を開けるよう恫喝《どうかつ》する。

震える足に力をこめ、火の宮はよろよろと歩いた。あまりに多くの感情が胸に沸き起こり、吐き気をこらえるのに必死だった。この男。下卑《げび》た顔つきのこの男。垢《あか》じみた体臭を発するこの男が、誰よりも大事な妹から、みどりの黒髪だけではなく、二度ととり返せないものを奪ったのか。

「姉さま……姉さま……」

その弱々しい泣き声は火の宮の胸に鋭い爪を立て、引き裂くようだった。きっと、恐怖の時間のあいだ、ずっと、そんなふうに姉を呼んでいたにちがいない。助けを求めていたにちがいない。そのあいだ、自分はいったい何をしていたのか。

（わたしのせいだ。わたしのせいだ。わたしがあんな軽率なまねをしなかったら）

耳元で怒鳴る男の声がだんだんと遠ざかっていく。かなしみ。悔い。恐怖。胸に渦巻くさまざまな感情が、野火のように燃え、自分の胸を焼き、焦《こ》がし、やがて、それらよりもっと大きな一つの炎の中へと呑みこまれていくのを火の宮は感じた。

怒りだった。その炎は赤ではなく、青かった。彼女を燃え立たせるのではなく、流れる涙さえ凍らせた。思考も、感情も、しだいにさえざえとしていき、見知らぬ何かが自分を乗っとり、その肉体を動かすように火の宮は感じた。

『尖《とが》った刃を鞘に入れるように、怒りをあるべき場所へとおさめるようになさいまし』

五百重の言葉が耳によみがえる。

『野生の馬を馴《な》らすように、猛《たけ》るそれをなだめ、理性という鞍《くら》を載《の》せるのです。知恵という轡《くつわ》を食《は》ませ、手綱《たづな》をとって、操るのです。怒りに主導権を奪われぬよう、あなたさまが制し、支配するのです』

（怒りを制し、支配する）

この衝動に自分を明け渡してはいけないのだ、と火の宮は思った。

冷静に、なすべきことをなすのだ。そう、なすべきこと――この男に、悪行の報いを受けさせなければ。

そして、火の宮はそうした。

水干《すいかん》の懐《ふところ》に手を入れ、携《たずさ》えていた小刀を鞘から静かに引き抜くと、ふりむくことなく、男の腹に深々と突き刺した。

男が低くうめき、固まった。

何が起こったのか、すぐには理解できなかったのだろう。男は戸惑うように声を漏らし、自分の腹部を見おろした。火の宮は手首にひねるような動きと力を加えて、さらに深部にまで突き刺したあと、小刀を思いきりよく引き抜いた。

もしも刺されたときには、あせって刃を抜いてはいけない、栓《せん》となっていた刃が抜けると、一気に出血するから、と五百重が映の宮に喧嘩の指南《しなん》をするのを以前に聞いていた。だから、いま、その反対をやった。

男の腹から、大量の血が噴き出した。

苦痛の叫びが男の口からほとばしり、火の宮をとらえる腕から力が抜けた。その瞬間をまって、映の宮が素早く火の宮を自分の腕へ引き寄せた。床に転がり、腹を抱えて叫び、のたうち回る男を那智が確保する。男の小刀は部屋の隅へと蹴り飛ばされていた。

「貴の宮……！」

よろけるよう映の宮の腕から離れると、火の宮はもつれる足で妹に駆け寄った。

「姉さま……姉さま……」

「もう大丈夫よ。怖いことはもうないわ。貴の宮。ああ、かわいそうに！　なんてこと。全部、わたしのせいだわ。ごめんね、貴の宮。ごめんなさい」

火の宮は震える妹の身体を力いっぱい抱きしめた。

「那智」

映の宮がいった。

かすれたその声は、これまでに聞いたことがないほど冷たかった。

「灯りを運べ。そして、これ以上騒ぎが漏れぬよう扉を閉めろ」

——那智が運んできた灯台の光が貴の宮の痛々しい姿を照らし出した。

髪は元の長さのまま残っている箇所《かしょ》もあれば、ざっくりと肩下あたりで切られているところもあった。その際に刃が滑ったのか、首や肩から血が出ている。抵抗する際に殴られたらしい、右の瞼《まぶた》も、頬もひどく腫《は》れて、唇の端が切れていた。袴は片脚だけ引き抜かれ、むき出しになった白い左の腿《もも》に青黒いあざがまだらに散っている。

「……悪いやつは、ふたり、いたの」

口に真綿を含んだような、聞きとりにくい小声で貴の宮がいう。

「突然、現れて、命が惜しければ、東宮候補を、辞退しろ、といったの。他にも、たくさん、怖い言葉をいったわ。ふたりでわたしを押さえつけて、か、髪を切った。それから、ひとりは立ち去ろうとして、もうひとりは、拒《こば》んだ。いい争いを始めて……ひとりはいなくなったけれど、その男は、残った。残って、わたしを殴って、ぬ、塗籠に引きずっていって、それで、わ、わたしを」

「もういわなくていい。いいのよ、貴の宮」

「首を絞められて、死ぬんだと思ったの。何も見えなくなった。それから、姉さまの声が聞こえたわ。わたしを呼ぶ、姉さまの声が……姉さま、わたし、汚されていないわ。それくらいは、わかる。でも、とても、怖かった。とても、とても怖かった……」

貴の宮は堰《せき》を切ったように泣きだした。

激しく震えるその身体を抱きしめながら、火の宮はとても慎重に、震える手を妹の単衣《ひとえ》の裾《すそ》に差し入れた。肌は汗ばんではいたが、血に汚れた痕はなく、その箇所に貴の宮が痛みを覚えているようすもない。最悪な事態は免《まぬか》れたのだろうか？　いや、異性と直接声を交わした経験もほぼない妹にとって、髪を切られ、袴を剝《は》ぎとられ、身体じゅうにむごたらしい暴行の痕を残されたのは、凌辱《りようじよく》を受けたに等しいではないか。

「──誰の命令でこんなことをした」

姉妹から離れ、映の宮が男を詰問《きつもん》する。

男は腹を抱えて虫のように丸まり、大量の血だまりの中で青ざめ、震えていた。叫び声が漏れないよう、口には那智によって猿轡《さるぐつわ》が嚙まされてあった。映の宮はそれを外し、

「いえ！　次は腹ではなくその口に刃を食わせるぞ」

だが、男の頭はすでに正常に働くのをやめているようだった。身体が瘧《おこり》のように激しく震えている。口から漏れるのは血の筋と、ヒューヒューという笛のような音だけだった。

「宮。これはもう」

那智が眉をひそめる。

主従は素早く視線を交わした。

「あちらへ。あとは私がお引き受けします」

「いや」

男の口に猿轡を戻し、映の宮は佩《は》いていた刀をすらりと抜いた。

「ぼくがする」

「しかし」

「いう通りにしろ。これはぼくの復讐だ。……火の宮たちの視界から、こちらを隠せ」

那智は従った。映の宮の背後に回り、両手を広げて火の宮たちの視界を遮《さえぎ》った。

刃が閃《ひらめ》くのが見え、獣のようなうめき声が聞こえると、火の宮は急ぎ妹の耳をふさいだ。

ぴちゃ、と水の雫《しずく》が落ちるような音がした。室内に満ちる静寂。むせかえるような血の臭《にお》い。

「死んだのね」

火の宮はいった。

「わたしが殺したんだ」

「ちがう」

映の宮がいった。

「きみじゃない、殺したのはぼくだ。ぼくがこの刀で、この男の忌々《いまいま》しい玉の緒を断ち切った。下賤《げせん》な手で内親王に触れた罪ゆえに。こやつが地獄の炎で炙《あぶ》られながら思い出すのはぼくの顔だし、殺生《せっしょう》の罪で等活《とうかつ》地獄へ引きずり落とされるのもぼくだろう」

映の宮は死んだ男を一瞥《いちべつ》し、刀の血を袂《たもと》で拭いた。

「そして、そのことにぼくは一片の悔いももたない」

「早急に始末をつけねばなりません、宮」

那智がいった。

「この男の死体。血の海の部屋。貴の宮さまのお髪《ぐし》とおケガ。死体はともかく、他の二つ、特に、貴の宮さまのご異状を女房たちにごまかすのは難しい。といって、このありさまをそのまま公表しては、たいへんな騒ぎを引き起こすのは目に見えています。また、狼藉《ろうぜき》を受けられた貴の宮さまに関して、不名誉な噂《うわさ》が立てられることも懸念《けねん》されます」

先ほどまでの興奮が冷めつつある火の宮の頭に、那智の言葉が流れこんでくる。

彼の懸念は正しいと思えた。こちらに非がないとはいえ、血まみれのこの部屋はあまりにも衝撃的だ。これを目にした宣旨《せんじ》はすぐに事態を八雲の院へ報《しら》せるだろう。死の穢《けが》れに触れた女東宮候補が春秋院にあがることを、果たして八雲の院がよしとするだろうか。

（いいえ、この際、東宮の座なんてどうでもいい。候補から外されたってかまわない。でも、貴の宮がひどい噂を立てられるのは耐えられない。この子は何もしていないのに！）

映の宮が疲れたように頭をふる。

「おまえのいう通り、女房たちをごまかすのは不可能だ。つまり、始末をつけようにも、つけようがない。どうしろと？　ぼくにはこの状況を打開する手立てがない」

「私にはあります。燃やしましょう」

映の宮は顔をあげた。

「何を？」

「寝所とこの部屋に火をつけるのです、宮。切り落とされて、あちこち散らばった髪も、血だらけの部屋も、火はすべてを隠してくれます。貴の宮さまのおケガも、髪も、火事の騒ぎでごまかせます。逃げる混乱の中でひどいケガを負い、火のついた髪を切り落としたといえばいい。東宮候補の座を狙い、刺客に襲われた事実はそのまま明かせば、火の宮さまには同情が、他の候補者へは悪評が集まり、東宮候補の選定においても有利に働く可能性があります。火事は刺客の手によるものとするのです。暗殺を企《くわだ》てて火を放ち、失敗した。焼け跡から見つかる身元不明の死体が、その揺るぎない証拠となるでしょう」

那智の目は、見えない炎を映したようにギラギラとしていた。

「火事になれば、大勢の人間が犠牲になるんだぞ」

「大丈夫です。さいわい、今夜、女たちの多くは対《たい》の屋の酒宴に駆り出されていますし、人の他の人間たちも別の場所で休んでいるはずです。先ほどからの騒ぎにもかかわらず、人のくる気配が感じられませんから。この部屋を中心に火を放ち、すぐに火事の声をあげて避難を促《うなが》せば、犠牲者を出さずにすみます。上洛《じょうらく》のための荷も、すでに多くが対の屋へ運ばれていますし、今夜は風もありませんから、飛び火の心配もない」

那智の手が映の宮をつかむ。

「宮、実行しなければ、火の宮さまは東宮候補の座からひきずりおろされ、貴の宮さまは下賤な男に身を汚されたという噂を立てられる。宮の将来への希望も絶たれましょう。東宮候補の話がなくなったことに失望した兄が、以後、従来通りの援助を続けてくれるかもわかりません。みなさまがたは卑怯《ひきょう》な策略と理不尽な暴力により、多くのものを奪われるのですよ。それを甘んじて受け入れるのですか？　それこそが、刺客を放った者の目論見《もくろみ》通りでは？」

映の宮は那智の顔をじっとみつめ、しばらく沈黙していたが、やがて、目を伏せた。

「その通りだ。卑怯者の企みに誰が屈するか。おまえのいう計画を実行するしかない」

「まずは、火の宮さまと貴の宮さまに安全な場所へご避難いただかなくては。庭先にでも隠れていただき、ある程度火が回ったころに出てきていただきます。その際には、煤《すす》で汚れたお顔、焦げた着物の裾や髪など、細工を施《ほどこ》すことをお忘れずに」

「火をつける前に五百重を呼ぼう。ふたりのことは、すべて五百重にまかせればいい」

「私が火を放ちますので、宮は火事をみなに知らせ、避難を呼びかけてください。この灯台の火一つではこの部屋をきれいに焼くのに時間がかかりすぎるので、急ぎ下屋《しもや》へいって油を調達してまいります。そののちに合図をいたしますので、避難の誘導を――」

そのとき、扉のあたりで大きな物音がした。

女の細い悲鳴があがる。全員がいっせいに扉を見た。

「誰だ！」

那智が鍵の壊れた扉を開けた。

普賢がひとりの女を組みしき、着物の衿《えり》もとに喰らいついていた。

女の長い髪が蜘蛛《くも》の糸のように乱れ、普賢の銀色の毛皮に絡《から》みついている。

「普賢……！　どうしておまえがここに？」

火の宮の声に普賢が顔をあげるが、女の領頸《えりくび》に喰らいつくことはやめなかった。

（侵入者を追っていったはずの普賢がどうして……？　ああ、そうだ、きっと途中で追跡をやめて戻ってきたんだ。わたしと映の宮に危険があることを察して、駆けつけたんだ）

「おまえ、話を聞いていたな」

那智が女の身体を部屋へ引きずりこんだ。

普賢も入るのをまって、扉を閉める。

「いつからここにいた？　我々の話を盗み聞き、中をのぞいていたのか？」

「いいえ！　何も聞いていません、わ、わたしは、何も知りません、那智どの。本当です。何も見てもいません、聞いてもいません。お、お許しを……！」

火の宮は涙に濡れた女を見た。知っている顔だった。

春秋院からの使者である「宣旨」を選ぶ試みの際、黒の女房装束を纏《まと》って火の宮の前に立った女房のひとり。普賢の出現にひどく怯《おび》えていた、あの時の若い女房だった。

「おまえは兄づきの女房だろう。なぜここにいる？」

「こ、声が聞こえたので……何かと思い、よ、ようすを見に。ひ、火の宮さまの身辺に何かあっては、と心配になり……夜回りにまいったのです。本当に、それだけなのです」

不自然な答えだった。これまでにこの女房がそんな役目を果たしているのを火の宮は見たことがなかった。初日のあの時以来、彼女は一度も火の宮に接していない。

「もしかして、おまえが手引きをしたのか？」

映の宮の言葉に、女はビクンと肩を震わせた。

「考えてみれば、この家の者でもない、見るからに下賤な男が、人気《ひとけ》の少ない時間を正確に見計らって、寝殿の奥にある寝所まですみやかに侵入できるものではない。女、おまえも仲間か？　おまえがこの男を火の宮たちの寝所へ引きこんだのか！」

　映の宮が女にむかって男の死体を蹴り飛ばすと、相手は悲鳴をあげて飛びすさった。

「ちがいます！　知りません！　こんな男は知らない！　男を火の宮さまの寝所へ手引きするなど、そんなことをしたら紀伊の守《きのかみ》さまにどれほどのお叱《しか》りをこうむることか。男ではありません。わ、わたしが話したのは、女です！」

「女？」

「身なりのいい、見目良い、若い女でした！　じ、自分は源氏の少将さまが都から連れてきた侍女《じじょ》だといっていたのです。少将さまが、ひそかに垣間見《かいまみ》られた火の宮さまに恋煩《こいわずら》いをなさっているので、お文《ふみ》をお渡ししたいと。東宮候補となられた方への切ない恋心を、主人の少将に代わってお伝えしたいのだと。そのために、今夜、自分を寝所へ案内してくれないかと……わたしが頼まれたのは、それだけです！　それだけだったのに……！」

　那智と映の宮が火の宮を見る。火の宮は首をふった。翔《かける》とのやりとりはよく知った男の童《わらわ》を遣《や》っていたし、翔が連れてきた少数の部下は全員男のはずだった。

「普賢が追いかけていった侵入者がその女だったのでしょう」

　那智が眉をひそめる。

「刺客は男女ふたりだった。この女は少将さまの侍女を名乗る刺客に、愚かにも騙《だま》され、きゃつらを手引きするよう利用されただけのようです。金品につられて小さな悪事を働いたものの、その後のようすが気になって、見にきたのでしょう」

「そして、ぼくたちの話を聞き、この部屋のすべてを見たんだな」

泣き続ける女を見おろし、映の宮は懐からとり出した手巾《たのごい》を那智に渡した。

「これ以上、声をあげさせるな。口をふさげ」

火の宮の腕の中で、貴の宮はいつの間にか失神していた。凄《すさ》まじい恐怖と疲労のあとで気が緩《ゆる》んだのだろう。手足にいくつも残る生々しい傷を普賢が丹念に舐《な》め始める。

火の宮もまた、疲れ果てていた。頭の中がぼんやりする。貴の宮とともに、今すぐ安全で、柔らかな寝床に身を横たえ、すべてを忘れて眠ってしまいたかった。

シュリ、と冷たい金属音が聞こえ、火の宮は重い瞼《まぶた》をあげた。

映の宮が太刀《たち》を手に、女を見おろしていた。もがく女を那智が押さえつけている。

背筋を冷たいものが走った。

「何をする気なの――映の宮」

映の宮は答えなかった。

「やめて――だめよ、映の宮！　やめて！　その者はちがうわ、あやつらの仲間じゃない。悪党の口車に乗せられて、愚かなまねをしただけよ。殺されるほどの罪はないわ！」

「だが、多くを知ってしまった」

姉を見ずに映の宮は答える。

「一度、愚かなまねをした女はまた愚かなまねをするだろう。今夜見たもの、聞いたこと、いっさい漏らすなと命じて、それを守れると思うか？　なぜこの女を信じられる？」

「宮のおっしゃる通りです」と那智がいった。

「私の知る限り、この女房には兄の手がついています。兄の愛人のひとりなのです。一連のできごとに加え、兄の山荘を燃やしたのが我々と知った今、その事実を兄に閨語《ねやがた》りに漏らさないとは思えません」

映の宮はうなずき、血と排泄物《はいせつぶつ》にまみれた男の死体に目をやった。

「――見たくなければ、また、目をそらしていればいい」

「映の宮！」

「ぼくも、貴の宮も、もう巻きこまれているんだ。火の宮、きみの運命に。始めたなら、進むしかない。後ずされば、そこには破滅がまっている。手を汚すなら、ひとりもふたりも同じことだ」

だが、非情なその言葉とは裏腹に、弟の内面が大きく揺れ動いているのを火の宮は感じていた。波と波が激しくぶつかるように、彼の良心と冷徹な判断が葛藤《かっとう》している。

火の宮が男に殺意を抱いたとき、胸に沸き起こったあの青い炎のような怒りを、彼も感じたはずだった。同じ感情を共有したはずだった。男を刺すのを映の宮はとめなかった。どちらにとっても正しかったからだ。だが、いま、彼のとろうとしている行動は――

「普賢！　映の宮を押さえて!!」

　刀を振りかぶろうとする映の宮に普賢が躍りかかった。元より、傷を負わせるような攻撃ではない。映の宮にのしかかり、巨体に任せて押し倒しても、普賢はそれ以上の行動には移らなかった。首にむしゃぶりついてくる普賢を映の宮が懸命に押しのけようとする。

「よせ、普賢！　どけ！」

　普賢が迷うようにぴょんぴょんと飛び跳ねる。火の宮と映の宮、どちらの命令を聞くべきか判断しかねているのだ。

　普賢の体を傷つけまいと握り直した刀が映の宮の手からこぼれ、倒れた彼の頭の横をかすめて床に突き刺さった。はっ、と立ちあがりかけた那智の腕から女が逃げ出し、転がるように扉へ走った。床に刺さった刀を那智が抜く。

　刀を手に女のあとを追うその背中へ、火の宮は必死に手を伸ばして叫んだ。

「やめて!!」

　斜めに走った太刀筋が薄闇の中に閃《ひらめ》いた。布を裂く音とともに、女の身体が大きくのけぞると、波打つ白い腰裳《こしも》の上、波模様を描くように血しぶきが散った。

　飛び散った女の血が、まるで温かな雨のように火の宮の顔を濡らした。

　猿轡を噛まされたままの女は声を立てず、床に倒れた。仰向《あおむ》けに転がしたその胸に那智が刃《やいば》を突き立てる。女の身体は弓なりに大きく跳ね、二度とそのまま動かなくなった。

静寂がその場を支配した。映の宮の上から普賢が静かにおり、火の宮に近づいてくると、血に汚れたその顔を厚い舌でいたわるように舐めた。

那智は女の脈を確かめ、胸から刀を引き抜いた。じしんの狩衣《かりぎぬ》の袂で刀の血を丁寧《ていねい》に拭《ぬぐ》い、映の宮に手を貸して立ちあがらせる。映の宮の腰に刀を戻すと、

「宮、地獄までもお供します」

耳に口を寄せ、ささやいた。

那智は、この場を疾《と》く去るよう火の宮たちへいった。あとのことはすべて引き受けるから心配はいらない、早く五百重のところへおいきなさい、と。その声はやさしく、表情にはみじんも動揺の色が見えなかった。気を失った妹の身体を映の宮が抱きあげ、火の宮は普賢に支えられながら、震える足で立ちあがった。

塗籠《ぬりごめ》を出る。廊下へ近づく。血の臭《にお》いが遠ざかり、かすかな夜風が初夏の匂いを運んでくる。湿った緑の匂い。平凡な夜の匂い。重い足が、しぜん早まった。このまま逃げてしまいたい、と火の宮は思った。遠くへ。血も争いも苦悩もない場所へ。だが、できなかった。この夜の惨劇を引き起こした原因は、すべて自分にあったのだから。

階《きざはし》をおり、見ると、那智が廊下の釣《つ》り灯籠《どうろう》から油皿をとり出しているところだった。

火をみつめ、欄干《らんかん》に手をかけたまま、しばらく動かずにいる。

さすがに火をつけることに臆したのか、大胆な提案を後悔し始めたのか、と思ったが、

そうではなかった。

「これが最初です」

那智はいった。唇の端にほのかな笑みを浮かべて。

「これから燃やすこの建物が、私が兄から奪う最初の財産になるのです」

その手の中で小さな炎が笑うように赤い体をくねらせた。

※

「火事だ！　火事だ！　寝殿から火が出ている！」

「池の水を使え！　消火しろ！」

「渡り廊下を打ち壊すんだ！　対《たい》の屋に火が移るぞ！」

「人は残っていないのか⁉　女たちは？　とにかく、逃げろ、逃げろ……！」

大勢の声と影が夜の中に交錯《こうさく》する。

燃えあがる寝殿の火を目にしてすっかり酔いの醒《さ》めたらしい侍たちが、消火のための道具を手に手に走り回っている。女たちは庭の隅でひとかたまりになって震えていた。

そのようすを、火の宮たちは茂みの奥からみつめていた。

「そろそろまいりましょう。紀伊《きい》の守《かみ》どのが死に物ぐるいで宮たちを探しているはずです」

五百重《いおえ》がいった。

その肩にはいまだ失神したままの貴の宮を背負っている。

「とにかく、宮と貴《あて》の宮さまのぶじなお姿を目にすれば、今夜の不審火に関するさまざまな疑問も、いったん、紀伊の守どのの胸から吹き飛ぶでしょう」

五百重の顔も着物も、煤《すす》でまだらに汚れ、焦《こ》げていた。

むろん、それらは火事の中から逃げてきたという演出のための細工にすぎない。

映《はゆる》の宮から呼び出され、いっさいの事情を聞いた五百重は、よけいな詮索《せんさく》はせず、主人のためになすべきことをした。化粧を施すように火の宮の顔に煤を塗り、血で汚れた着物を脱がせ、ざんばらになった貴の宮の髪の先を火であぶると、自分の髪にも火をつけた。

今も、一連の作り話のために、那智と映の宮は火の中を走り回っているはずだった。

「先にいっていて、五百重」

火の宮はいった。

「ほんの少しだけ、遅れていくわ。わたしはひとりで現れる。そのほうが、いかにも、刺《し》客《かく》の手から、命からがら逃げてきた、という感じがするでしょう」

「ですが」

「普賢《ふげん》がいるから、わたしは大丈夫。ね、もう少し、この大きな火を見ていたいの」

巨大な炎をその目に映す火の宮の横顔をみつめ、五百重はうなずいた。

五百重が去ってからもしばらく、火の宮はその場を動かなかった。逆巻く火を魅入《みい》られたようにみつめていた。これが自分の呪いなのだろうか、と疲れきった頭でぼんやり考える。弟とともに母の子宮から引き出されたその日も、内裏《だいり》を燃やす火が都の空をおおいに焦がしたという。今また、自分はこの宇治の地を炎とともに離れようとしている。

普賢が小さく吠えた。

「――火の宮！」

声にふり返ると、翔《かける》が駆け寄ってくるところだった。

「少将……」

「ぶじだったんだな！　こんな所にいたのか。ずっと、きみを探していたんだ」

彼の端整な顔は水をかぶったように汗で濡れていた。

「誰もきみの姿を見ていないというから、死ぬほど心配した。もしや、火に巻きこまれたのではないかと。ケガはないのか？　そうか、ああ、南無三宝《なむさんぼう》。神仏に感謝しなければ！

……きみの妹はどうした？　貴の宮は大丈夫だったか？　弟宮は⁉」

「大丈夫よ」

翔の勢いに圧《お》されながら、火の宮は答えた。

「わたしにも、貴の宮にも、映の宮にも、大きなケガはないわ。みな、ぶじよ」

「そうか、よかった。いまのところ、家の者たちからもケガ人は出ていないようだ。……しかし、戻ってきて、寝殿から火が出ていると聞いたときには、息がとまるかと思った。いったい、別れてから何があったんだ？」

額《ひたい》の汗を拭い、翔が燃える建物をふり返る。

彼が普賢とともに追いかけた刺客は、那智の予想通り、女だったという。

庭の隅にあらかじめ馬がつながれており、刺客の女はそれに乗って逃げた。馬はもう一頭、用意があったため、翔もそれに乗って追いかけたそうだ。ふもとの里まで追いかけたところで、普賢が急に追跡をやめ、逆走してきた。迷ったが、彼はそのまま追跡を続けたが、結局、川の向こうあたりで女を見失ってしまったという。

「刺客《しかく》が、建物に火をつけたの」

火の宮はいった。

「刺客が？」

「馬は、二頭いたといったでしょ。刺客は二人組だったの。もうひとりは男で、わたしと間違えた貴の宮を襲うところだった。すんでのところで、映の宮と那智が防いだわ。争いになって、やけになった刺客が灯台の油をまいて、火をつけた。わたしたちは逃げたけれど、刺客はたぶん、死んだわ。その男は、自分で自分に火をつけたの……」

すらすらと作り話が口をつく。

自分のことを心から案じる翔に嘘をつかねばならないことがかなしかった。だが、あの惨劇の真実を彼に話すことはできなかった。彼は外部の人間で、身内ではないのだ。あれは、血と絆《きずな》でつながれた一家の者だけが分かちあわねばならない秘密だった。

ふいに話をやめた火の宮をみつめ、翔は彼女の肩に手を置いた。

「恐ろしい目に遭《あ》ったんだな。そばにいてやれなくて、すまなかった」

「たぶん、死人はまだ出るわ。刺客だけじゃない、火に巻きこまれた犠牲者が出るのよ」

「だとしても、きみのせいじゃない」

そうだろうか？

何もかも自分のせいではないだろうか？

（わたしが東宮候補の話をとうに断っていたら。今夜、寝所を抜け出したりしなかったら）

那智に殺された女房の顔が瞼《まぶた》の裏によみがえる。恐怖に歪んだ表情。血の記憶。あれはまちがっていた、と火の宮は思う。あの女房は殺されるべきではなかった。若々しい、甘い香りをまとっていたあの女房。自分はあの者を救えたはずだったのに。

火の宮は震え、泣きだした。不安とかなしみ。恐怖。衝撃のあまりに凍りついていた感情が翔の温かなまなざしの前で溶けだしていくようだった。

子どものように声をあげて泣き、しゃくりあげた。翔が手を伸ばし、広い胸の中に彼女を抱き寄せる。火の宮はその腕にわけもなく反発し、彼の胸を打って、暴れた。翔は抗《あらが》わなかった。打たれるままになって、やがて静かになったその身体を抱きしめた。

「もう大丈夫だよ」

（――少将。あなたはわたしが、花咲く道を歩いていけるように、と寿《ことほ》いでくれた）

痛いほどの抱擁《ほうよう》と涙の中で、火の宮は思う。

（だけど、わたしの前に伸びているのは、たぶん、花の道じゃない。炎の道だ。その火はわたしじしんじゃなく、周囲の人々を焼き、その運命までもを歪めてしまうだろう）

火の宮。火に呪われた皇女《ひめみこ》。

後ずさればそこには破滅がまっている、と映の宮はいった。始めたならば、進むしかないと。だが、この道が、この運命が、どこへ自分を運ぼうとしているのか、黒々とした煙の中へ目をやるようで、火の宮にもまるでわからなかった。

轟音《ごうおん》を立てて、寝殿の屋根の一部が焼け落ちた。火の粉とともに、悲鳴があがる。

普賢が吠えた。

それは、めったに聞くことのない、長い、長い遠吠えだった。翠緑色《すいりょく》の目は京の方角をひたと見据えている。あるいは、主人《じぶん》の未来にまつものが、天狼《てんろう》のその目にだけは見えているのかもしれない、と火の宮は思った。

満月の夜を焦がし、紅蓮《ぐれん》の炎があかあかと燃える。猛火の奏《かな》でる音楽が真夜中の静寂《しじま》を破る。抱きあう火の宮と翔の頭上に、千もの火の粉が赤い雪のように舞い踊った。

三章　五人の皇女

「五人目の候補者が春秋院《しゅんじゅういん》へ入ったそうです」

女房がいった。

蜻蛉《あきつ》の宮《みや》は鏡の中でわずかばかり視線を動かした。

「五人目の皇女《ひめみこ》——というと、火《ひ》の宮《みや》か。故後桃園院《ごごももぞのいん》の……」

「はい。先ほど、源氏《げんじ》の少将《しょうしょう》さまより主上《うえ》へご報告がございました。火の宮さまは妹宮の貴《あて》の宮《みや》さまとともに、ぶじ、春秋院へ入られたそうでございます」

「そうか」

蜻蛉の宮はうなずいた。

「これで、五人の候補者が全員そろったわけだな」

「いっときは火の宮さまのご参加が危ぶまれておりましたが……なにせ、ご上洛《じょうらく》の三日前に火事に遭《あ》われるという思いがけないご不運がありましたゆえ。さすがに『火の宮』の名を冠するだけある、などと揶揄《やゆ》する声も聞こえ、主上もご心配あそばされておりました」

「〝思いがけないご不運〟……か」

蜻蛉の宮は微笑んだ。

整えたばかりの青々しい、弓なりの眉がかすかにあがる。

「さて、春秋院へ入ってのちも、〝思いがけないご不運〟が続かねばよいものだが……」

——宇治《うじ》の火の宮を襲った災難が、何者かによる明確な意図をもった企《たくら》みであることを蜻蛉の宮はすでに把握《はあく》していた。

彼が情報収集のために手なずけ、宮中や、院御所など、あちこちに潜《ひそ》ませているネズミたちは耳ざとい。宇治に派遣されていた源翔《みなもとのかける》から帝《みかど》への報告を、素早く横滑りさせて彼のもとへ届けるなど造作《ぞうさ》もないことなのである。

宇治の山荘の火事は、火の宮を狙い、何者かが遣《よこ》した刺客《しかく》によるものらしい……。

火の宮を排そうと考えたのは、残りの候補者の四人か、あるいは彼女たちの後見《こうけん》の者にちがいなかった。わざわざ宇治にまで刺客を遣《や》るほどの人物であれば、足がつくような証拠を残してはいないだろうし、今後もやすやすと正体を明かすことはないだろう。

春秋院に入った火の宮と残る三人の候補者には、戦々恐々とした日々が続くはずだ――いや、あるいは、と蜻蛉の宮は思い返す。

他の候補者たちが必ずしも無垢《むく》であるとは限らない。

火の宮を狙った人物が他より先手を打ったというだけで、ひょっとしたら、他の候補者たちも、同じような企みを胸に秘めているのでは？

くだんの火の宮とて、邸《やしき》に火をかけられ、命を狙われるという並々ならぬ恐怖を経験しながらも、結局、予定通りに宇治を発《た》ち、春秋院へ入っているのである。

彼女が脅迫《きょうはく》行為に怯《おび》えて東宮《とうぐう》候補を辞退するような弱気な姫宮でないとすれば、今後、敵対者に復讐心《ふくしゅうしん》を燃やし、逆襲することさえ考えているかもしれない……。

「春秋院が、しばし、にぎやかになりそうなことよ」

蜻蛉の宮はつぶやき、目を細めた。

乳を舐《な》めた猫のごときその表情は、鏡に映る自分の美貌《びぼう》に満足しているようでも、これから起こるであろう騒動を心から楽しんでいるようでもあった。

一　五悦同舟《ごえつどうしゅう》

またあの夢を見ている、と火《ひ》の宮《みや》は思った。

夢の中の夢。

自分は普賢《ふげん》になって夜の春秋院《しゅんじゅういん》を歩いている。

(夢にしては、色も匂《にお》いも、何もかもが鮮やかすぎる気もするけれど。足の裏にこんなにはっきり床の冷たさを感じるし、風の匂いも嗅《か》ぎとれる……ひょっとして、これって現実？　わたしの魂《こころ》が普賢の体に入りこんでいる……？)

天狼《てんろう》の目に映る夜の景色は、人間のそれとはまるでちがっていた。

重く凝《こご》るはずの闇は軽やかでやさしく、しんとして人気《ひとけ》のない院御所の庭は生きものや植物の匂いでうるさいほどである。人間の身体を離れてみれば、普賢の巨体は意外なほどに軽く、飛ぶのも走るのも思うがまま、心と体の間に少しも齟齬《そご》がなく、快適だった。

火の宮はひらりと庭へおり立った。

（春秋院の庭は好き。広いし、生きものも多いし、すてきな茂みや岩がいっぱいある）

人間の火の宮は、春秋院に到着以来、与えられた殿舎の一画に閉じこめられたきりで、せいぜいが庭の前栽《せんざい》をながめる程度にしかなじんでいない。

だが、普賢になれば話は別だった。神の使いの天狼となれば、誰に咎《とが》められることもなく、庭でも軒下でも自由に歩き回れるし、塀《へい》の破れを潜って、どこへでも好きな場所へいける。昼間はいかめしい顔で八雲《やくも》の院《いん》の御前に参上しているらしい男たちが、夜にはコソコソと人目を忍び、女の局《つぼね》を出入りするさまを観察することもたやすいし、そこらじゅうで交わされている女官や女房たちの噂話に聞き耳を立てることもできる。

湿って柔らかな腐葉土を踏み歩き、よい匂いのする樹皮に体をこすりつけ、厩《うまや》住まいのネズミたちを追いかけ回して遊び、火の宮はご機嫌で尾を振った。

そろそろ建物へ戻ろうか、と考えたとき、ふと、物音に気がついた。

（なんだろう、これ。妙に気になる気配がする……激しい息遣《いきづか》いも聞こえるし、普通じゃない感じ。どこかに具合の悪い人でもいるのかな？）

その気配は渡り廊下《ろうか》の先にある建物から伝わってくるようだった。

後宮《こうきゅう》の中でも、まだ火の宮が足を踏み入れたことのない殿舎である。

先に春秋院に入った四人の候補者たちが住まわっていると聞いているが、到着して日の浅い火の宮は、そのうちの誰ともまだ顔をあわせたことがない。

(――ここだ)

好奇心に誘われるまま、聴覚と嗅覚《きゅうかく》を総動員して匂いをたどる。廊下へあがると、鍵《かぎ》のかかっていない戸を鼻で押して中へ入った。夜はすっかり更《ふ》け、灯《あか》りを落とした室内に人の姿はないものの、空気には幾種もの香と白粉《おしろい》の匂いが濃厚に漂っている。

「あ……あ、あ……」

すすり泣くような女の声。

誰かが病気で苦しんでいるのだろうか? 火の宮は器用に前脚で障子《しょうじ》を開くと、立て巡らせた几帳《きちょう》の陰から、普賢の長い鼻先をそっと中へさしこんだ。

畳の上で、ふたりの女が絡《から》みあっていた。

色の白い、口元に小さな黒子《ほくろ》のある若い女が背の高い女に組み敷かれて喘《あえ》いでいる。

上に乗り、こちらに背をむけている女の顔はわからなかった。かがんだり、左右に揺れたり、猫のようにしなやかに身体を動かし、くすくすと低い笑い声を漏《も》らしている。

下になっている若い女の形のいい乳房が、闇の中で夕顔《ゆうがお》の花のように白く浮かびあがっていた。長身の女の指が、ぷっくりとした胸の突起をこねると、若い女のむき出しの腿《もも》がなまめかしく蠢《うごめ》いた。足のあいだに長身の女の手が差し入れられると、何かをかきまぜるようなその動きにあわせ、女の身体が網《あみ》にかかった氷魚《ひお》のごとく、びくびくと弾《はず》む。

「ああ……やめないで、もっと……もっと……」

火の宮はすっかり困惑し、首をかしげて鼻を鳴らした。

※

「姉さま、ひどい顔よ」

貴《あて》の宮がいった。

「その隈《くま》はいったいどうなさったの。目も赤いわ」

「ゆうべの夢見がすごく悪かったの」

「怖い夢を見たの？　どんな夢？」

「えーと、それは……」

──白い大蛇のように柔らかく絡みあう女たちの身体。

火の宮は自分の頬《ほお》が赤らむのを感じた。

「……忘れちゃった。とにかく、悪い夢だったことしか覚えていないわ」

鏡の中の自分を見ると、たしかに顔色が悪かった。

身体も重く、頭の中がすっきりしない。

普賢になった夢を見た翌朝は、たいていこうなることに、今さらながら気がついた。

(わたし、眠っているあいだに魂だけ身体を離れて、普賢の中に入っているんだろうか。そのせいで、身体は休んでいるはずなのに、ちっとも眠った気がしなくて疲れてしまうのかも……。なんだか生き霊《いきりよう》を飛ばしているみたいで、怖くなるけど)

春秋院に入って以来、あの手の夢を見るのは三度目だった。

夢の中、普賢の視点ではあれほど鮮明に感じられていた風景は、人間の感覚に落としこもうとすると、妙にぼやけてはっきりしない。

夢の中で散策した場所について、覚えている限りを火の宮が口にすると、

『まあ、火の宮さまはいらしたばかりで、この殿舎の外においであそばしたこともございませんのに、どうしてそのようにお庭や遠くの殿舎の細部までをご存じなのですか？』

と女官や女房たちに驚かれた。

つまり、あれは、やはり夢ではなく、普賢の目を通して見た現実なのだろう。

(ということは、あの女たちも実在しているということよね……どこかの女房たちなんだろうけど、今後、顔をあわせることがあったら、気まずいきもちになりそう。いやいや、そんな、寝間をのぞき見するつもりなんてなかったのよ。ちがうの。なぜだか普賢の本能が、あの気配というか、興奮というか、むんむん発する熱気というか、ムラムラした妙な

波動みたいなものに引きつけられてしまって……）

「ぼんやりさんの姉さま。今日は、いよいよ、八雲の院にお会いする日なのだから、さ、もっとしゃきっとなさって、きれいにお顔を作られなくては」

化粧の手をとめてぼんやりしている火の宮を、貴の宮がやさしく叱咤《しった》する。

「白粉《おしろい》も、紅も、いつもより、少し濃いめに塗られたほうがいいのではなくて？」

「化粧はもう十分よ。あちこちふさがれて、埋められて、息ができない感じがするもの。白くしたり、黒くしたり、赤くしたり、自分の顔じゃないみたいだわ」

朝の洗顔と着替えの後、すぐに化粧を施《ほどこ》すのが春秋院流の習わしである……と女房たちから教えられたが、火の宮にとってはいまだなじめぬ習慣だった。

ひやりとした白粉を塗っていると、白い壁の中に塗りこめられていくような気がする。

「それじゃ、頰と唇だけ、もう少しだけ紅を濃くしましょう。ね？　今日のお衣装は青色だから、そのままだと、顔色が沈んでしまうもの」

貴の宮はわがままな子どもをなだめるような口調でいった。

火の宮はうなずき、紅筆をとった妹の手に化粧を任せた。

——今日は八雲の院が五人の東宮候補者を一堂に集め、初の目通りを許す日である。

「長らくおまたせいたしました。院が雷光殿《らいこうでん》にておまちになります。候補者のみなさまがたは、揃っておいでくださいますように」

という通達が届いたのは二日前。

火の宮が春秋院に入って五日目のことだった。

髪洗いには吉日だったのをさいわいに、昨日は一日かけて洗髪し、今朝は念入りに衣装を調《ととの》え、香を焚《た》きしめ……と、女房たちもせわしなく動き続けている。

八雲の院との初対面への緊張もあるが、他の四人の候補者に見劣りしないよう主人を装わせねば、という気負いがあるのだろう。今朝はどの殿舎も早くからにぎやかである。

「ねえ、姉さま」

「え？」

「宇治で火事に遭って、わたしたち、一つだけ良いことがあったと思わない？」

火の宮は化粧のために閉じていた目を思わずひらいた。

事件《あれ》以来、火の宮は「火事」という言葉に過敏になっている。

「良いことって」

「ふふ……本来の貧乏暮らしをごまかせる、ということよ。衣装にしても、道具類にしても、女房たちの数や質にしても『火事のせいで本来の準備が間に合わなかった』と言い訳が立つでしょう。この先、何か失敗をしでかしても、『火事の衝撃からまだ抜けきれないため』とでもいえば、なんとかなるし……つまり、何がいいたいかというと、わたしたち、萎縮《いしゅく》するのではなくて、あの事件を逆手にとって、今よりもっとしたたかにふるまうべきではないか、ということ。だって、事件の首謀者《しゅぼうしゃ》は、これから会う四人の候補者か、その背後にいる者たちにちがいないのだもの。怯えたり、意気消沈《いきしょうちん》していたら、その卑怯者《ひきょうもの》たちの思うつぼだわ。二度とあんな目に遭わないためにも、わたしたち、弱気な姿は見せるべきではないのよ、姉さま」

開きかけた火の宮の口に、貴の宮は懐紙《かいし》を食《は》ませた。

そっと抜きとると、白紙の上に、あざやかな唇の赤がくっきりと写っている。

「きれいにお化粧をして、とびきりの衣装を着て、八雲の院にも、他の候補者たちにも、その美しい姿を見せつけて、姉さま。火の宮の名、炎を冠する姫の名にふさわしい、鮮烈な美しさを。春秋院《ここ》は闘いの場で、わたしたちはそのためにきたのだもの。弱った姿を露呈したら、わたしたち、たちまち、卑劣な悪党どもに食われてしまうわよ」

火の宮はまじまじと妹をみつめた。

肩先で揺れる黒髪。

事件でざんばらになった髪を、一番短い箇所《かしょ》にあわせて切りそろえたため、いまの貴の宮の髪は〝尼削《あまそ》ぎ〟と呼ばれる出家《しゅっけ》した女性のような髪型になっている。

十三という年齢に似合わぬ尼削ぎの異様さを際立《きわだ》たせぬよう、事件以来、貴の宮は地味な青鈍《あおにび》色の袿《うちぎ》を身につけるようになっていた。尼僧《にそう》のための袈裟《けさ》さえつけていないものの、若さを排したその装いが、ますます妹を出家者のように見せている。

「火事に遭って良かったなんて、わたし、どうやってもいえないわ」

火の宮は痛々しい短さの髪にそっと触れた。

「だって、わたしのせいで、貴の宮、あなたを本当に辛《つら》い、恐ろしい目に遭わせてしまったんだもの。心にも、身体にも、大きな傷を負わせて」

「わたしの身体の傷は順調に癒《い》えているし、心の傷も同様よ。そして、髪はまた伸びるもので、傷ではないわ。何より、あのことは姉さまのせいではないでしょ」

「いいえ、わたしのせいよ。だってわたしが、あの時、寝所《しんじょ》を抜け出さなかったら！」

「そうしたら、姉さまこそが恐ろしい目に遭っていたのよ。普賢は犬舎に閉じこめられて助けにこられなかったし、わたしも兄さまもことに気づかないままだったでしょう。姉さまが髪を切られ、処女を奪われ、東宮候補の資格をうしない、絶望の朝を迎えていた未来が正しかったというの？　絶対にそんなはずはないわ」

貴の宮はきっぱりといった。

「――もう自分を責めないで、姉さま。あれでよかったのよ。姉さまと兄さまに助けられて、わたしは最悪の難を逃れられたのだし、襲った男は因果応報《いんがおうほう》で命を落とした。姉さまを東宮《とうぐう》候補から蹴落とそうとした黒幕の思惑は外れ、わたしたちはこうして、予定通り、春秋院にいる。わたしたち、何も失っていないのよ。だから、もう二度と『わたしのせい』なんていわないで。あれはもう、終わったことなのよ」

——事件以来、貴の宮は変わった。

あの夜、那智《なち》の放った火は、寝殿の四分の三ほどを焼いて鎮火した。寝殿の南側の被害は甚大《じんだい》だったが、さいわい、他の建物に飛び火することもなく、避難の呼びかけが早かったこともあり、那智の計画通り、四、五人の使用人が軽い火傷《やけど》を負った他には、大きなケガ人も出なかった。——斬殺された、あのふたりをのぞいては。

（貴の宮は、あの女の本当の死因を知らない）

那智が殺したあの若い女房は、逃げ遅れて焼死した不運な女として処理されている。

火事の収まった翌日の昼、みなとともに対《たい》の屋《や》に避難していた貴の宮は、疲労の末の長い眠りからようやく目覚め、火の宮たちをほっとさせた。

その時点で、紀伊《き》の守《かみ》へは、すでに映《はゆる》の宮《みや》の口から刺客《しかく》による襲撃と放火の件が報告されていた。抜け目ない紀伊の守に真相を見破られはしないか……と火の宮は内心はらはらしていたが、証言を裏付ける身元不明の男の死体も焼け跡から出ており、何も知らない紀伊の守からすれば、映の宮たちが嘘をつく理由も見つからないのだった。

『なんという恐ろしい目に遭われたことか。とはいえ、火の宮さまには、予定通り、ご出《しゅっ》立《たっ》いただきとうございます。再度、同じことが起きないとも限りませんし、この田舎《いなか》では使える者の数も限られておりますゆえ。さいわい、必要な荷の多くはぶじでしたし、貴の宮さまのおケガも、山越えができる程度には回復なさっているようですので』

火事場の臭《にお》いも生々しいこの場所に残るより、紀伊の守の京の邸《やしき》で静養したほうが貴の宮のきもちも落ち着くだろう、ということで、火の宮たち一行は厳重な警戒のもと、予定通りに宇治《うじ》を離れ、都へ入ったのだった。

四条《しじょう》の端にかまえられた紀伊の守の本宅は立派なもので、火の宮たちは下へも置かぬもてなしを受けた。一連の報告を受けた八雲の院からは、宣旨《せんじ》を通し、心身の安らぎをとり戻すまで、そちらに逗留《とうりゅう》することを許す、という言葉を受けとっていた。

それに従い、紀伊の守の邸で十余日の日々を静かに過ごしたのち、火の宮は貴の宮と普賢を伴い、春秋院へ入ったのである。

季節はすでに五月の終わりとなっていた。

春秋院に入る三日前、火の宮は貴の宮に、このまま映の宮とともに紀伊の守の邸に残ってはどうか、と提案した。

短い髪で人前に出るのも苦痛だろうし、何より、紀伊の守の邸にいれば安全である。それにひきかえ、春秋院では何が起こるかわからない。

『普賢も、五百重《いおえ》もついてきてくれるから、わたしのことは心配しなくても大丈夫よ。ね、あなたはもう少しここで、ゆっくり身体を休めていて』

が、貴の宮は頑として反対した。

その場で床《とこ》を払うよう、女房に命じると、自分の健康にはもう問題はない、と宣言した。

間に合わせで切りそろえていた髪を、

「中途半端な長さで残すより、尼削ぎにしたほうが見た目にも潔《いさぎよ》い」

とあらためて短く落とすと、地味な青鈍色の袿をまとった。

翌日からは、火の宮が春秋院につれていく女房を自ら選んだり、衣装や道具類の準備を指示したり、と、にわかに精力的に動き始めたのである。

心配をかけぬよう、ムリをして元気を装っているのではないか、と火の宮は案じていたが、そうではなかった。

貴の宮はとうに事件の衝撃から立ち直っていたのだった。

「わたしも、覚悟ができたのよ、姉さま」

貴の宮は紅筆を置いた。

「姉さまが女東宮候補に選ばれたと知らされたときも、宣旨に身体を検《あらた》められる屈辱を受けたときも、驚いたり、悔《くや》しかったり、感情を揺さぶられはしたけれど、やっぱり、まだ、どこか他人事《ひとごと》だったわ。でも、あのことがあって、自分事になった。東宮候補に選ばれ、その座を競うのがどれほど過酷なことなのか、いやでも思い知らされたの」

貴の宮は小さなひんやりした手で姉のそれをぎゅっと握った。

「姉さま。わたしは姉さまをこの世で一番愛している。姉さまの、大胆さや、自由さや、誰の心も解きほぐしてしまう朗《ほが》らかさが大好きなの。わたしにはない、姉さまのしなやかな強さに憧《あこが》れているわ。愛しているから、わたしは、東宮候補の重荷を姉さまだけに負わせたくない。姉さまはまだわたしを小さな臆病な妹のままだと思っているのでしょう？　でも、わたしももう、裳着《もぎ》を終えた大人よ。姉さまや兄さまと負担を分かちあえるわ」

「貴の宮……」

「人生から酸《す》いや苦みをとり去り、甘い幸福だけを与えてもらえるのは子どもの特権だけれど、わたしはもう、保護されるだけの子どもじゃないわ。幸福や喜びだけでなく、苦しみもかなしみも共有したいの。わたしを大人として認めて、そのことを許してほしいの」

妹の言葉と、真摯《しんし》なまなざしが火の宮の胸を打った。

混じりけのない、まっさらな真心をためらいなくさし出されて、鼻の奥が熱くなる。

「ありがとう、貴の宮。わたしもこの世で一番あなたを愛している。……わかったわ。もう、『自分のせいだ』といって、あなたを困らせたりはしないから」

「ありがとう」

火の宮は華奢《きゃしゃ》な妹の身体を抱きしめた。

「ねえ、わたしたちが臆する必要なんて何もないのよ、姉さま。ビクビク、おどおどしなければいけないのは、刺客を送った犯人のほうよ。敵は、わたしたちが何か証拠を握っていないか、正体を知られているんじゃないか、八雲の院に何かバラされるのではないか、と怯えているかもしれないのだから」

「そうね、その通りかも。こちらが強気でいればいるほど、敵はあせってうかつな行動に走って、自分から尻尾を出すかもしれない。わたしたちは落ち着いて、悠々として、敵が罠《わな》にかかるのをまっていればいいのよね」

「ええ。姉さまは、天狼の主《あるじ》らしく、堂々と、誇り高く、力強くいらして」

火の宮はうなずいた。姉妹は抱きあい、たがいの温《ぬく》もりと香りに包まれながら、約束までの時をしばし過ごした。

「――火の宮さま。お支度《したく》はおすみになりましたか」

チリン……と涼やかな鈴の音《ね》を響かせ、宣旨がやってきた。

表着《うわぎ》に細かな水晶を散らせた、青墨《あおずみ》色の女房装束《しょうぞく》をまとっている。

院御所内を歩く、陰影《シルエット》の大きな黒衣の女たちは初めこそ奇異に映ったが、今では火の宮にもずいぶん見慣れたものとなっていた。

後ろに長く引きずる裳の引き腰《ごし》についた鈴の立てる、チリン、チリン……という音も、朝に夕に聞いているうちに、ほとんど気にならなくなっている。

「雷光殿へは、宣旨が案内してくれるの？」

「はい。院の仰《おお》せでございますゆえ。他の四人のみなさまがたにも、それぞれ、院よりご指名をいただいた女房がつき添っております。東宮候補に選ばれたことをお伝えしたその日から、五人の候補者に一名ずつ、院の女房が従うことになっておりますので」

（そうなんだ。他の候補者たちにも、宣旨みたいな女房がそれぞれついているのね）

宇治にやってきたその日以来、宣旨は、紀伊の守の山荘、京の本邸、春秋院……と一緒に居場所を移しながら、火の宮のもとを今日まで一日も離れずにいる。

「宣旨は、わたしではなく、他の候補者の受けもちになればラクだったわね。外れクジを引いちゃって、気の毒だわ」

都住まいの他の四人の候補者と違い、わざわざ山を越えて宇治へむかわねばならないだけでも手間だったろうに、宣旨は火事に遭う災難にまで見舞われたのだ。

「いいえ、恐れながら申しあげれば、わたくしは当たりクジと思っております。むしろ、火の宮さまこそ、残念ながら、外れクジをお引きになったかと」

「宣旨が外れクジ？　どうして？　そなたは有能で完璧《かんぺき》な女房なのに」

「わたくしには賄賂《まいない》がききません。不都合な事実を知られて口をふさごうにも買収ができませぬゆえ。火の宮さまのご都合にかかわらず、報告が必要だと判断した事柄については、わたくしは、包み隠さず院に報告させていただいております。思うように操れず、よけいな詮索《せんさく》をする女房は、おおいなる外れクジにございましょう」

火の宮は目をぱちくりさせた。

そういえば、翔《かける》が「みな、使者に賄賂をつかませて、美辞麗句《びじれいく》で飾り立てた内容を報告させている」といっていたことを思い出す。

「なるほど、じゃあ、わたしたちは最適な組み合わせだったのね。わたしたちは賄賂を渡さないし、そなたは賄賂を受けとらないのだもの。まあ、実際は賄賂を渡したくても貧乏すぎて、おカネがないのが本当のところだけれど……あ、貧乏なことも『不都合な事実』なのだった。でも、そなたのことだもの。紀伊の守は必死に隠していたけれど、とっくにわたしたちの実情なんて把握《はあく》していたのでしょう？　たぶん、わたしの過去のおてんばな言動や、映《はゆる》の宮の数々の放蕩《ほうとう》も」

否《いな》とも肯《ぜ》とも答えず、宣旨は優雅に微笑《ほほえ》むだけだった。

（火事のこと、刺客のこと、死んだ女房のこと。宣旨は、わたしたちの秘密を何かつかんで院に報告しているかもしれない。でも、それならそれで仕方がないわ……人には、それぞれ割り振られた役目があり、義務がある。宣旨は自分の役目に忠実というだけなんだ）

宣旨の態度に当初から大きな変化はないが、一月《ひとつき》近く一緒にいるうちに、火の宮のほうはこの優雅でスキのない女房にどことなく親近感を覚えるようになっていた。

（でも、親しみすぎてはいけないんだわ。信頼しすぎても。だって、わたしが信じていいのは、貴の宮と、映の宮と、五百重だけなんだもの。信じられるのも、裏切らないのも、愛と信頼と秘密でつながった、この三人だけ）

近づいてくる者たちは、みな、自分から何かをかすめとり、奪おうとしているのかもしれないとお疑いなさい――那智の警告を火の宮は忘れていなかった。

「それではまいりましょう、火の宮さま。院へのお目見得《めみえ》は候補者の五名さまのみに限られておりますゆえ、貴の宮さまは、このまま、こちらでおまちくださいますように」

「姉さま、院とのご対面がつつがなくすみますよう、お祈りしています」

両手をそろえて頭を下げる貴の宮に微笑みを返し、火の宮は立ちあがった。

かけたままの鏡に映った自分をふと見る。

その顔は、化粧という名の美しい鎧《よろい》をまとい、颯爽《さっそう》として、凛々《りり》しかった。

※

春秋院。

もとは「春秋の池」と呼ばれる大池を有する古い離宮《りきゅう》であり、内裏《だいり》の火事などの際には仮御所としても使用される場所だったという。

それが、いつからか池での溺死者《できししゃ》、変死者、自殺者などが増え、さまざまな怪異が頻発《ひんぱつ》したことから忌避《きひ》され、だんだんと廃《すた》れ、世の人々から忘れさられていったらしい。

この春秋院の復興と発展に大きく寄与《きよ》したのが八雲《やくも》の院である。

皇太后《こうたいごう》であった八雲の院の母が出家をする際、女院《にょいん》として新たな住まいを造営するか、元ある宮殿を利用するべきかを検討していたところ、大斎院《だいさいいん》より、

「春秋院に新たな観音堂《かんのんどう》を建立《こんりゅう》し、女院はそこを住まいとされるのが良いだろう。ただしその前に障《さわ》りとなる池の穢《けが》れを除くべし」

という助言が八雲の院のもとへと届けられた。

その三日後、激しい雷雨が都を襲い、春秋院の庭に落雷があったとの報告がなされた。調べてみると、春秋の池の中島に建てられていた祠《ほこら》の一部が壊れており、その下から、女のものらしき古い白骨死体が発見されたという。

「障りとなる池の穢れ」とはこれであり、過去の怪異もこの死体による呪詛《じゅそ》が原因だったのか、と大斎院の慧眼《けいがん》にいたく感心した八雲の院は、壊れた祠を撤去させたのち、この場所に新たな宮を建てさせた。この宮はその由来《ゆらい》より「雷光殿」と名づけられた。

その後、観世音菩薩《かんぜおんぼさつ》を本尊とする寺院と、それに付随《ふずい》する寝殿《しんでん》を建てて女院の住まいとすると、以後、春秋院における怪異は止《や》んだ。

東に山をのぞみ、鴨川《かもがわ》の流れも近く、勾配《こうばい》が多く、雅趣《がしゅ》に富んだ春秋院の景色を気に入った八雲の院は、在位中から、譲位《じょうい》後の住まいをここにすると宣言し、御所などの増築を進めていった。それを聞いた受領《ずりょう》や寺社が周辺の土地をこぞって寄進《きしん》し、豪華な御所や堂塔《どう とう》を次々と寄進建立して、世の人々の耳目《じもく》を集めることとなった。

すでに出家していた前《さき》の太皇太后《たいこうたいごう》も、春秋院で行われた春の宴《うたげ》に八雲の院より招かれ、壮麗《そうれい》な寺院群と池の絶景にすっかり魅了されると、隣接していた所有の土地を八雲の院へ譲り、春秋院内に住まいを移した。

これにより「今三院《いまさんいん》」がここに集まり、元の敷地の倍近くも拡張された春秋院は、第二の宮廷として世にときめくこととなったのである。

(――わたしが知っていた春秋院って、ほんの一部にすぎなかったんだわ)

牛車《ぎっしゃ》に揺られながら、火の宮は思った。

夢の中、普賢《ふげん》になって散策した敷地内は、今、人間として日の光のもとで見るそれとは、ずいぶんようすがちがっていた。

嗅覚と聴覚に頼ることの大きい犬の感覚は色彩に乏《とぼ》しく、朱色の色鮮やかな御堂《みどう》や美しく磨かれた白木の御所の回廊《かいろう》を人間の目に映るようには認識していなかったし、長距離を楽々と走り回る普賢の感覚から、敷地の広大さを実感できてもいなかった。

今、牛車に乗って敷地内を移動して初めて、火の宮はこの院御所の全貌《ぜんぼう》を目《ま》の当たりにすることになったのである。

「宣旨、あそこに見える細長い建物は何?」

「あちらは女院の建立あそばされた寺院、二荒院《にこういん》の本堂にございます。中には百体の千手《せんじゅ》観音像《かんのんぞう》がおさめられております」

「百体も?」

「はい。東側には女院の住まわれる寝殿と対《たい》の屋《や》がございます」

「五重塔《ごじゅうのとう》！　あれも敷地内にあったの？　てっきり隣の土地に建っているのかと……」

「あちらも二荒院に付属する搭にございます。脇に見える建物は僧房にございます」

「侍たちがいっぱいいるわ……」

「常勤の武士どもにございます。馬場がございますので、訓練の最中にございましょう」

「楼門《ろうもん》を抜けたのに、また寺院がある」

「前《さき》の太皇太后さまのおわす孔雀院《くじゃくいん》にございます。南の奥に見えますのが南殿《なでん》に続く楼門で、その向こうに春秋の池があり、釣殿《つりどの》、池殿《いけどの》、魚殿《うおどの》、南の御所、寺院などがございます。雷光殿は池の中島に建つ三階建ての御殿にございますゆえ、じきに目に入られるかと」

物見の窓から外をのぞいていた火の宮はぺたんと座りこんだ。

「いったい、どこまで続くの？　本当に、これ全部が春秋院の敷地内なの？」

「森羅殿《しんらでん》は春秋院の北端に位置しておりますゆえ、火の宮さまは、今、敷地内をおよそ端から端まで縦断なさっておられます。春秋院の敷地は全体で八町《はっちょう》あまり、南北に長く伸びておりますゆえ、南端の池へ辿りつくまでにはかなりの時間を要します」

森羅殿は院の後宮《こうきゅう》の正式名称である。

譲位後、中宮《ちゅうぐう》をはじめとした院の妃《きさき》たちの何人かは、実家や所有の邸に戻ったが、残りは院に従い、春秋院に入ったため、ここが院の後宮と呼ばれている。

八雲の院のつねの住まいもこの森羅殿にあるが、ここしばらくは南殿にある寝殿で起居《ききょ》していらしく、女官や女房の多くもそちらに移っている。

南殿は、春秋院の中の正殿にあたる建物で、公的な儀式などに使われる他、院の政務に関わる機関である院庁《いんのちょう》もここに置かれていた。

「あっちを見てもお寺。こっちを見てもお寺。……わたし、院御所って内裏の縮小版みたいなものなのだと思っていたけれど、実際のところは全然ちがうのね」

「院には、み仏のご威光をこの春秋の地にお集めになられることで、民《たみ》の安寧《あんねい》と都の平安の長く続くことを望んでおられます」

しとやかに答える宣旨を、けれど、火の宮はちょっぴり意地悪なきもちでみつめた。

（建前《たてまえ》は、ね。だけど八雲の院が本当に望んでいるのは、その『み仏のご威光』とやらで、院の蔵の中をあまねく満たすことなんでしょ？）

天皇、上皇《じょうこう》、女院などの私的な発願《ほつがん》によって建立された寺院は御願寺《ごがんじ》と呼ばれる。

寺の設立に必要な費用は、願主《がんしゅ》じしんが私財を投じたり、臣下に希望の官職を与える約束と引き換えに負担させることもあるが、新たな荘園《しょうえん》の設立によって賄《まかな》われる例も多い。

免税の特権をもつ上皇や女院に土地を寄進したがる領主は多いため、御願寺が建立されるたび、新たな荘園がどんどん寄進、開発され、寺社領とされる。

そして、そこから生まれる莫大《ばくだい》な利益の一部が所有者である八雲の院のもとへと流れこむ仕組みになっているのだ。

故院《こいん》が所有していた数少ない荘園などから、何かと滞《とどこお》りがちになる地子《じし》を納めさせるための苦労を幼いころから見聞きしていたので、火の宮もこうした事情には通じていた。

青い空に甍《いらか》の美しい朱色が映《は》える華麗な御堂や鐘楼《しょうろう》、五重塔は、み仏の威光というよりも、欲と煩悩《ぼんのう》にまみれた俗界の象徴そのもののように思える。

最後の楼門を抜けた牛車は、南殿の敷地内をしばらく進んでから止まった。

先に降車した宣旨に手をとられ、牛車をおりる。

壮麗な南殿とそれに連なる殿舎が左手に、右手に春秋の池があった。

見慣れた「池」の概念《がいねん》をはるかに超える大きさが、火の宮の目を釘付けにした。

（なんていう大きな池……！　まるで湖だわ……向こう岸があんなに遠い）

池の中島には三階建ての黒々とした搭が立っていた。

これが雷光殿なのだろう。黒木で組まれたその搭は、目にもまぶしい朱色の建築群とは対照的な、陰鬱《いんうつ》としたたたずまいだった。

かすんで見える池の対岸には、鬱蒼《うっそう》とした森が見えた。日輪王《にちりんおう》の住まう小櫛《おぐし》の森《もり》だと宣旨がいう。滝や岩窟《がんくつ》なども有する、自然豊かな場所だそうである。

何もかもが珍しく、美しく、景色に目をとられながら、延々と敷かれた長筵《ながむしろ》を歩いていくと、やがて、池の汀《みぎわ》に到着した。池に突き出す釣殿のような建物があり、唐破風《からはふ》の屋根を備えた船がとまっていた。船首には色あざやかな竜の彫刻が飾られている。

「……もしかして、あれに乗るの？」

「はい。雷光殿へは船でしか渡れませぬゆえ。他の四人のみなさまがたは、すでに乗船されていらっしゃいます」

火の宮はびっくりした。

──まさか、他の候補者たちとの初めての顔あわせが船の上になるとは思わなかった。

屋根の左右には幕が垂らされているため、中のようすはうかがえない。色とりどりの着物の袖口《そでぐち》や裾《すそ》がこぼれているのが見えるばかりである。

「女房の付き添いは、ここまでとなっております」

水手《かこ》役らしいみづら髪の童《わらわ》に手をとられ、火の宮が船に乗りこむと、宣旨はいった。

「どうぞ、ごぶじで戻られますよう。火の宮さまのご幸運をお祈りしております」

（宇治川で舟遊びをしたことはあるけど、こんな豪華な船に乗るのは初めてだ……）

舞人《まいびと》や楽人《がくじん》などを乗せ、季節の宴に使われる船なのだろう、ゆうに十五、六人は乗船できそうな大きさだった。

屋根の下へと入ると、四季とりどりの花のようなあざやかな襲《かさね》の色が目に入った。それぞれの着物に焚《た》き染《し》められた馥郁《ふくいく》たる香りに加え、柱に吊り下げられた鞠香炉《まりこうろ》からも細い煙があがっているため、船内には複雑な匂いが満ちている。

──初めて会う、自分以外の候補者たち。

八雲の院の選んだ四人の姫宮。

顔隠しの檜扇《ひおうぎ》に遮《さえぎ》られ、そのおもてはわからなかった。が、扇の陰から、彼女らの目が自分をひたと注視しているのが痛いほどに感じられ、火の宮は一瞬、気圧《けお》された。

「ご、ごきげんよう」

同じように広げた檜扇の陰から、ぎこちなく挨拶《あいさつ》を述べると、四人がおのおのの角度でかすかに頭をさげる動きをした。が、言葉を発する者はいない。

牛車のように上座《かみざ》、下座《しもざ》というものがあるものなのか、ないものなのか、よくわからず、とりあえず、火の宮は空いている端近《はしぢか》の席に腰をおろした。

火の宮が席に落ち着いたのを見て、ゆっくりと船が動きだす。

棹《さお》をさす童たちの澄んだかけ声が水面《みなも》をすべる。竜頭の船はなめらかに進んでいく。

いっぽう、四人の姫宮の向かいあう船内はしんとして、ちゃぷ、ちゃぷ……と時おり水音が響くばかり。口をひらく者はなく、かといって幕がおりているため、船上からの景色を楽しむこともできず、なんとも気づまりな雰囲気である。

一番舳先《へさき》に近い場所に座っている火の宮には、いくらか外の景色が見えた。

まっすぐ中島へむかうものと思っていたが、そうではなく、船は池の外周に沿うように進んでいるようである。どういう目的からかはわからなかった。名高い春秋の池の景勝を見せてやろうと八雲の院が配慮《はいりよ》してくれたのだろうか？

しかし、幕がおりていては、それもほとんど不可能なのだが……。

小櫛の森が近づいてくる。対岸から見ていた時より数倍大きな森だった。

（普賢が好きそうな場所だわ）

春秋院の敷地内は区域ごとに塀《へい》で区切られているため、普賢が今のところ散策できているのは、森羅殿のある北の区域と、その周辺の一部だけである。この大きな森での散策を許されたら、彼はとてもよろこぶだろう。

（だけど、あそこは日輪王の縄張りなのよね。いきなり普賢を放ったら、二匹で喧嘩《けんか》になったりしないかな？　犬も、狼も、群れでの生活を好むけど、天狼は基本的に一匹で行動するから、普賢を日輪王に会わせたらどうなるのか、想像もつかないわ……）

ぼんやり森を見ていた火の宮は、目をみはった。

池から少し離れた茂みの陰に、まさに今考えていた生きものの姿をとらえたからである。

「日輪王!!」

思わず身を乗り出し、火の宮が叫ぶと、

「えっ!?」

ぎょっとしたような声が背後からあがった。

「日輪王ですって?」

「八雲の院の天狼の?」

「ええっ、嘘でしょう、どこ、どこ⁉」

「本当！　ほら、あそこ！」

火の宮が扇を放り出して森の一画を指さすと、一定の間隔をあけて座っていた姫たちが素早く袴《はかま》をさばき、火の宮の周りへと一気に距離を詰めてきた。

「本当だわ……‼」

深い緑を背景にした金色の狼の姿は誰の目にもはっきりととらえられた。大きい。

これだけ離れた場所からもそう感じられるほどの巨体だった。

同じ天狼である普賢から漠然《ばくぜん》と想像していた姿より、ゆうに二倍は大きさがある。燃える双眸《そうぼう》。輝く被毛《ひもう》。日輪王の名にふさわしく、豊かな毛皮はきらきらと日の光を弾《はじ》いて、まるで彼じしんが光を放っているかのような神々《こうごう》しさである。欠けたるもののない姿。美しくもあり、恐ろしくもあった。威厳に満ちたその姿に、火の宮も、他の姫たちも、畏敬《いけい》の念に打たれて息を呑《の》んだ。

(金狼《きんろう》……火眼金睛《かがんきんせい》の神使《つかわしめ》)

普賢の目を翡翠《ひすい》の宝石にたとえるなら、日輪王のそれは紅玉だった。きらめく雷と炎を一つところに閉じこめたような凄《すさ》まじい眼をしている。その目が射貫《いぬ》くように自分たちをみつめていることに気づき、火の宮は小さく身震いをした。

日輪王はたまたま森から出てきたわけではないのだ、と気づく。

八雲の院が選んだ五人の皇女《ひめみこ》を、あの天狼は正邪と善悪のすべてを見抜く眼力で見定めているのだ……。

日輪王はゆっくりと森の奥へと消えていった。

緊張と興奮から解き放たれた船内に、ほう……とため息が響く。

「すごいものを見たわ。あれこそが、まさしく神使《つかわしめ》だわ。あの神秘的な姿ったら……！日輪王は人嫌いで、めったに人前に姿を見せないと聞いていたのに、八雲の院にお会いする前にこんなことがあるなんて、わたしたち、なんだか幸先《さいさき》がよいみたいね？」

うきうきした口調でいって桃色の頬《ほお》をおさえる相手を見れば、火の宮と同年代と見える小柄な姫だった。可愛らしい小花紋の散った淡い紅色の小袿《こうちぎ》の下に、若々しい緑の表着《うわぎ》、同系色の五つ衣《いつつぎぬ》を重ねている。

「わたしは、むしろ不安になったわ」

その隣の姫が檜扇で半分顔を隠しながらつぶやいた。

「稀《まれ》にしか姿を見せない天狼が、わざわざわたしたちを見るために住処《すみか》の森から出てくるなんて。これから、雷光殿で、ただならぬことが起こりそうな気がする」

この姫は、火の宮と同じく、日輪王が自分たちを見定めるために現れたことに気づいているようだった。細かな唐草を織り出した深みのある若葉色の小袿に、濃き色の表着《うわぎ》、海《かい》賦《ふ》模様の裳をつけた小袿姿。扇に隠れて顔はあまり見えないが、すっきりとした額《ひたい》の形が美しく、落ち着いたものいいが聡明そうな印象である。

「火の宮さまは」

ふいに三人目の姫からやさしく名前を呼ばれ、

「えっ？」

火の宮はふり返った。

「天狼の主でいらっしゃるとお聞きしていますわ……普賢……という天狼をそばに置かれているとか」

「はい」

「火の宮さまの天狼も、日輪王のような姿をしておりますの？」

「うーん、普賢は日輪王に比べると、だいぶ小さいかな。それでも普通の犬よりはずっと大きいですけれど。毛皮も、日輪王の金色に対して、普賢のものは銀色ですし……」

それにしても、と火の宮は首をかしげた。

「なぜ、わたしが火の宮だとおわかりになったんです？」

「先ほど、まっているあいだに、水手《かこ》の童から『最後の火の宮さまがご到着しだい、船を出発させますので、今しばらくおまちくださいませ』といわれたのですわ」

なるほど。わかってみればなんということもない話である。

ささやくように低い、やさしい声の主《ぬし》は……と見れば、年も、上背も、自分よりもだいぶ上と見られる、しっとりと上品な面長《おもなが》の美人だった。

生絹《すずし》の白の小袿《こうちぎ》の下に、貴《あて》やかな紫の表着《うわぎ》を重ね、鳥の刺繍《ししゅう》の裳をつけている。

唐衣《からぎぬ》に表着、五つ衣《ぎぬ》、裳――といういわゆる裳唐衣《もからぎぬ》の正装ではなく、準正装の小袿姿であるのは、ここにいる全員が同じで、これは、

「院との目通りの際の衣装に、各自、唐衣の着用は不要」

というふしぎな通告が事前にあったためだった。

気がつくと、ぽつぽつと会話が始まっていた。思いがけない日輪王の出現だったが、そのおかげで、場の雰囲気はだいぶ和《やわ》らいだようである。

もしかして、このために池をぐるりと回っているのか、と火の宮は気づいた。

八雲の院は自分との対面の前に、五人の候補者たちが、おたがいを知りあう時間を与えようとしたのかもしれない。

「あの、みなさま」

いい機会だととらえた火の宮は、居ずまいを正して呼びかけた。

「遅ればせながら、ご挨拶とお詫《わ》びを申しあげさせていただきたいのです。火の宮と申します。みなさまには、長くおまたせして申し訳ありませんでした。いえ、今日のこの時の話だけではなく、わたしの春秋院入りが遅れた件についてもです。そのせいで、みなさん

がこうして八雲の院とお会いするのが、ずいぶん遅くなってしまったでしょうから」

火の宮が頭をさげると、

「あら、そんな。謝られる必要なんてありはしないわ」

パチン！　と元気よく檜扇を閉じ、桃色の頬をした姫がいった。

「火の宮さまは世にも恐ろしい目に遭《あ》われたんですもの。春秋院に入るのが遅れたのも、仕方のないことよ。火事に遭われるなんて本当にお気の毒！　妹君の髪が燃えてしまったと聞きましたわ。その後、お加減はいかがですの？」

「元気でいます。さいわい、大きなケガはなかったので」

「よかったですね。もしもわたしの髪に火がついて、チリチリになった部分を切って尼《あま》のような姿になっていたら……ああ、そんなこと、考えただけで、ぞっとしますわ」

大げさに身を震わせる。

「ただの火事ならまだしも、放火なのでしょう？　火の宮さまが東宮候補に選ばれたゆえに狙われたのだと聞いていますわ。お話を聞いて、わたし、恐ろしくなって、本気で家へ帰ろうかと思いましたのよ。だって、東宮候補の件が原因だというのなら、次に狙われるのは、このわたしでもおかしくないのですものね！　そんなことをしては院への無礼に当たる、と両親から説得されて、渋々、春秋院《ここ》に残りましたの。でも、以来、ずいぶん周囲に用心はしていますのよ。誰が犯人で、誰が黒幕なのやらわからないのですもの……あっ、そうですわ！　ですから、わたし、みなさんと仲良くする気はないのですわ。この中に、野心にあふれた、冷酷な、外面似菩薩内心如夜叉《げめんじぼさつないしんにょやしゃ》のひとでなしがいるのかもしれませんものね！　そういうわけですからおしゃべりもここまでにいたしますわ。以後、わたしのことは、どうぞ、おかまいにならないで。ごきげんよう」

ぴたりと口を閉じ、荒々しく扇を開いて顔を隠すと、彼女はつんと横をむいた。

一方的にまくしたてられ、あっけにとられる火の宮である。

（──そうか……でも、なんとなく、わかったわ。さっき、わたしが到着したときの船内のよそよそしかった雰囲気。てっきり、あれは、新参者のわたしが四人の輪の中に入ってきたのが原因なのかと思っていたけど）

早くに春秋院入りしていた他の四人は、すでにある程度交流ができているものかと思っていたが、ピリピリしたあの空気からして、火の宮の事件の影響から、おたがいを警戒しあっている状態らしい。

警戒しているといえば、すでに被害に遭っている火の宮こそがそうなのだが、こうして実際、他の候補者たちと会い、言葉を交わす状況になってみると、

「誰が敵なのか。東宮の座を虎視眈々《こしたんたん》と狙っているのはどの姫か」

などとにらみあうのも居心地が悪く、現実的な対処法ではない気がしてきてしまう。

生来の人なつこさ、社交的な性格がどうしても顔を出してしまう火の宮だった。

「あのう、お名前を教えていただくこともむずかしい？」

つんと横をむいたままの相手へ、火の宮はいった。

「こうしてお話しさせていただくことができたのですし、お名前も知らないままでこの先を過ごすのも、味気《あじき》なく思われて。どうしてもお嫌でしたらよいのですけれど、そのかわり、心の中で、こっそりあなたを『薄紅《うすべに》の君《きみ》』とお呼びするのを許していただける？　その薄紅色のお衣装がとても可愛らしくて、似合っていらっしゃるから」

「まあ、薄紅の君なんてすてきな呼び名だわ。紅色はわたしの大好きな色よ。そのう、もちろん、名前をお教えするのはかまいませんわ。少なくとも、火の宮さまはわたしの警戒対象ではありませんもの。火事の被害者ですし……天狼の主でもいらっしゃるし……」

さすがに、先ほどのつっけんどんな態度は少々幼稚で無礼だったと気づいたのか、相手は恥ずかしそうにいった。

「わたし、和歌《わか》の宮《みや》というのです。およろしくね、火の宮さま」

「和歌の宮さま。きれいなお名前」

「ありがとう。火の宮さまのお名前は、なんだか、ちょっぴり恐ろしげね。でも、お似合いでいらっしゃると思うわ。大きな目がとっても印象的な美少女でいらっしゃるから」

にっこりする。よくも悪くも素直な性格の姫のようだ。

「わたくしは、四季《しき》の宮《みや》と呼ばれております」

長身白皙《ちょうしんはくせき》の美女がいった。

「火事のこと、本当にお気の毒でした。おケガがなくてよかったですわ」

「ありがとうございます、四季の宮さま」

「宇治は風光明媚《ふうこうめいび》な所ですね。わたくし、昔、紅葉のころ、あのあたりの山寺に、叔母《おば》の付き添いでお籠《こも》りにいったことがありますの」

「わあ、そうなんですか」

宇治にきたことがある、というただそれだけのことで、急に親しみがわいてくる。

「わたしは犬《いぬ》の宮《みや》と呼んでください」

若葉色の小袿の姫がいった。

「名前の通り、犬好きなんです。なので、天狼にとても興味があるの。火の宮さまの普賢にも会えないものかと思って、ここ数日、実はひそかに殿舎のあたりをウロウロしていたのですけれど、残念ながら、まだ姿は拝ませていただけていないわ。なんでも、普賢は八雲の院のお声がかりで、後宮の端の雑舎《ぞうしゃ》に入っているのですってね？」

「犬の宮さま……！」

火の宮がいうと、相手はきょとんとした表情になった。

「あ、ごめんなさい。ええと、あのう、犬の宮さまのお名前をある人から聞いて知っていたので、ああ、この方なんだわ、と、思わず、声が」

「ある人からわたしの名前を……？　ああ、わかったわ。それ、わたしのいとこの少将《しょうしょう》、源《みなもとの》翔《かける》さまのことではありません？　少将は、帝の命《めい》で宇治の火の宮さまのもとへ派遣されていましたものね」

急に翔の名前を出されて、火の宮はどきりとした。

「そういえば、このあいだ、少将がわたしの殿舎に顔を見せた際、火の宮さまのことを話していたわ。火の宮さまは、宇治《うぢ》で少将と親しくなられましたの？」

「えーと、親しくなったというほどでもないんです。ただ、少将さまからご挨拶をいただいた際に、いとこの犬の宮さまのことをあれこれお聞きしていたので」

「あれこれ。ふふ、わたしの悪口でないといいのだけれど。……ああ、でも、少将なら悪口はいわないですものね。今どきの公達《きんだち》とは思えないほど、真面目《まじめ》で、正直な人だから。あんなにまっすぐな性格で、海千山千《うみせんやません》の宮廷の古狸《ふるだぬき》たちを相手に宮仕《みやづか》え生活をやっていけるものなのかしら、と、いとこながら、時々、心配になりますわ」

犬の宮は屈託なく笑った。

その口調から、同じ家で育ったという、犬の宮と翔の気安い、近しい関係が分かった。

彼女は火の宮の知らない翔の顔をずいぶん知っているのだろう。他人の口から彼の話を聞くのは新鮮で、嬉しかった。同時に、火の宮は、春秋院の殿舎に訪ねてきた翔と気楽な歓談の時を過ごした犬の宮をうらやましくも思うのだった。

京に入って以来、ある事情から、火の宮は翔と一度も言葉を交わしていないのである。

――と、水面《みなも》を渡ってきた冷たい風が左右の幕を大きく揺らした。

鞠香炉からのぼる煙が風にたなびく領巾《ひれ》のように形を変える。

犬の宮の額髪《ひたいがみ》が乱れ、扇で隠れていた部分に赤い模様のようなものが見えて、火の宮は、はっとした。

和歌の宮も気づいたようで、「あらっ……！」と声をあげたあと、しまった、というように、あわてて自分の口をおさえた。

「……ああ」

ふたりの反応に気づいた犬の宮は、

「これのことね」

顔の右側を覆《おお》っていた髪をさらりとかきあげた。

眉尻《まゆじり》のあたりから目尻にかけて、ブドウの蔓《つる》にも似た赤い皮膚の変色があった。

「葡萄病《えびや》みの痕《あと》です。三年前に罹《かか》って、さいわい、命に別状はなかったのだけれど、こんなあざが残ってしまったの」

「まあ……」

火の宮も、和歌の宮も、なんと返事をしていいのかわからず、顔を見あわせた。

（葡萄病みのあざ……そういえば、少将がそんなことをいっていた気がする）

「あばたになる場合が多いけれど、こうした皮膚の変色が起こることもあるのですって。どちらがいいともいえないわね。運がいいのやら、悪いのやら。ああ、どうぞ、和歌の宮さま、そんな顔をなさらないで。同情もご不要よ。三年もつきあっていれば、さすがに、もう慣れましたもの。他人の視線にも、鏡に映る、自分の顔にも」

いいながら、髪の端を頰にかけると、赤いあざはきれいに隠れて見えなくなった。

「うしなったものも多いですけれど、得たものも少なくないんですよ。そう、東宮候補の座もその一つかもしれない。だって、わたしは二度と葡萄病みに罹《かか》ることはないんですもの。葡萄病みの脅威《きょうい》を退けるために選んだ女東宮が、葡萄病みに罹って死んだりしては、元も子もないですものね。ご神託を受けられた大斎院や、八雲の院のご威光にも関わることですから、女東宮は決して葡萄病みに罹る恐れのない人物でなければいけない。選考を受けるにあたって、これは、わたしの大きな強みになると思いますわ」

理路整然とした犬の宮の言葉に、火の宮は目をひらかされる思いだった。

「わたくしも、葡萄病みに罹りましたわ」

四季の宮がいった。

「四季の宮さまも？」

「七年前に。そのころの葡萄病みは、今ほど、命を落とす者は多くなかったと記憶していますわ。わたくしも高熱に苦しめられましたけれど、重症というほどにはいたりませんでしたし、発疹《ほっしん》も、髪の抜ける症状も、さほど出ませんでしたから。当時、わたくしの身の回りで罹った者もだいたい同じ症状でしたし……葡萄病みも、その時々の流行で、特徴がちがうようですね。毒性の強いものと、弱いものがあるというか……」

「四季の宮さまは、お髪《ぐし》も、お肌も、とてもおきれいですものね」

四季の宮の雪白の肌とぬばたまの黒髪をながめ、和歌の宮が感心したようにいう。

「奇妙な話ですけれど、葡萄病みに罹ってから、かえって髪も、肌も、調子がよくなり、艶《つや》が増しましたの。特に肌は、一段、色を抜いたように白く、きめも細かくなって」

「まあ、葡萄病みに罹って、前より美しくなる？　そんなことがあるの？」

「あるわ」

答えたのは、犬の宮である。

「あばたやあざが残る例が大半だけれど、稀《まれ》に、蛇が古い皮を脱ぐように、美しい肉体を得る人もいるのだそうよ。蜻蛉《あきつ》の宮《みや》さまが、やはりそうだったと聞いたことがあるわ」

「蜻蛉の宮さま……というと、帝の叔父君《おじぎみ》で、法親王《ほうしんのう》であられる方でしたっけ」

「帝の一番の側近ね。蜻蛉の宮さまは、幼児期に重い葡萄病みに罹られて、危篤《きとく》状態にまでなられたのですって。全身にひどい発疹が出て、髪の毛が一本残らず抜け落ちて……。これはもう助からないだろう、と誰もがあきらめたのだけれど、その後、奇跡的に快復された上、成長するにつれ、恐ろしいほどの美貌《びぼう》の主《ぬし》となられたのですって。蜻蛉の宮さまは『自分が一命をとりとめられたのは夢に出てきた観世音《かんぜおん》菩薩のおかげである』とおっしゃって、若くして出家をされて、法親王となられたそうだけれど」

「美貌の法親王……」

四季の宮がつぶやいた。

「蜻蛉の宮さまをご存じなのですか？」

「いいえ、某寺へ参詣《さんけい》した際に、一度お見かけしたことがあるだけですの。そう、犬の宮さまのおっしゃる通り、たいそうな美貌の主でいらっしゃいましたけれど……」

四季の宮は美しい眉をひそめた。

「ですが、あれは、何やら、肝《きも》の冷える種類の美しさでしたわ。ほのかに紫がかった法衣《ほうえ》を召されて、白いお耳に曲がり真珠《しんじゅ》の耳璫宝珠《じとうほうじゅ》を垂らされて……まがまがしい、といいますか、妖気漂う、といいますか。失礼ながら、慈悲の観世音菩薩のお弟子というより、夜《や》叉《しゃ》や阿修羅《あしゅら》に仕える闇の貴人というほうがふさわしいようなたたずまいで……」

蜻蛉の宮。

火の宮には初めて聞く名前だったが、帝の片腕である美貌の法親王、ということで有名な人物のようである。さすがに京住まいの姫たちはこうした話に詳しかった。

「わたしは葡萄病みに罹ったことがないわ」

和歌の宮が不安そうにいった。

「家族に罹った者もいないし。そういう、病《やまい》をよせつけない健《すこ》やかさというか、心身の清浄さも、女東宮候補にふさわしい資質の一つとして評価されたのだと思っていたのだけれど、犬の宮さまのお話を聞いていると、なんだか、心細くなってきたわ……犬の宮さまも、四季の宮さまも、すでに葡萄病みに罹られていて、火の宮さまは天狼の主でいらっしゃるから、今後も罹る恐れはないということだもの。わたしひとりが劣っているみたい」

「あら、でも、葡萄病みに罹ったことがないのは、和歌の宮さまひとりだけとは限らないのでは？　だって、わたしたち候補者は、全部で五人いるのだから……」

いいながら、犬の宮がちらりと視線を動かした。

しぜん、みなの目もそちらへ移る。

（五人目の候補者）

日輪王の出現にみなが湧いたときも、火の宮たち四人が会話を交わしているあいだも、その人ひとりだけは、その場から動かず、無言を貫《つらぬ》き続けていた。

顔隠しの檜扇《ひおうぎ》を行儀よく開いたまま、ほとんど身じろぎもせず、まるで大きな美しい人形がそこにあるかのように座っている。

四人の視線に気づき、扇の陰でその人がわずかに首を動かした。

目尻のさがった、色素の薄い目がほんの少し見えた。

「わたくしも、葡萄病みには、罹ったことがございませんわ……」

少し舌足らずな、おっとりとした口調でいった。

完全にひとりの世界に入っているように見えたが、一応、こちらの会話は聞いていたらしい。彼女がこちらを無視したり、冷たく撥《は》ねつけるような態度を見せなかったことに、火の宮は、ほっとした。

「そうなんですね。教えてくださって、ありがとうございます。あの、お名前をおうかがいしてもよろしいですか？」

少しの沈黙のあと、

「はい」

と小さないらえがあった。

「わたくしは、恋《こい》の宮《みや》と申します。どうぞ、みなさま、およろしく……」

おぼろ月の描かれた美しい檜扇がゆっくりとおろされる。

火の宮は目をみはった。

――赤い唇のそばにある小さな黒子《ほくろ》。

普賢の夢で見た、あの白いおもて。

濃《こま》やかな女の愛撫《あいぶ》にすすり泣き、乱れ、あられもない悦楽《えつらく》の声をあげていた、あの若い女だった。

二　帝王の流儀《りゅうぎ》

雷光殿《らいこうでん》は世にも珍しい造りの建物だった。

小さな裳階《もこし》のついた多層構造。

仏塔ではないため、塔頂に宝輪《ほうりん》などはない。もともとあった祠《ほこら》は地主神《じぬしがみ》を祀《まつ》ったものだったので、撤去後は、ご神体の石を雷光殿の三階部分の屋根裏に移したそうである。

とはいえ、雷光殿はこの地主神を祀る目的で建てられた塔ではない。

あくまで八雲《やくも》の院《いん》の居住、遊興のために造営された私的空間であり、「普請道楽《ふしん》」とも呼ぶべき建築好きの院が、数寄《すき》の限りを凝《こ》らした趣味の住まいなのである。

なるほど、このような文字通りの「空中楼閣《ろうかく》」というべき豪奢《ごうしゃ》な建物を現実のものとし、広大な春秋の池と小櫛《おぐし》の森を高みからはろばろとながめられれば、天下を掌握《しょうあく》した恍惚《こうこつ》と満足を味わえ、さぞや心地よいことだろう。

火《ひ》の宮《みや》にもそれは想像がついたのだが……。

（だからといって、その趣味にこちらまでつきあわせないでほしいわ）

「疲れたわ。足も痛い。また転んで膝を打ってしまった。きっと、見るも醜いあざができているわ。もう、嫌！　三階はまだなの？　この階段はどこまで続くの！」

和歌《わか》の宮が何十回めかの泣き言をわめいている。

ふだんは膝で室内を動くのがせいぜい、立ち歩くことさえ稀《まれ》な姫宮に、長く急な階段を三階までのぼれといきなり命じたのだから、苦情が出るのもムリはない。

（おまけに、全員、この姿だもの）

長袴《ながばかま》だけでも苦労するというのに、小袿《こうちぎ》、表着《うわぎ》、打衣《うちぎぬ》の下に何枚も袿を重ね、後ろに長く裳《も》を引いた準正装である。

階段をのぼるのに、これほど適さぬ恰好《かっこう》もないだろう。

『院は三階でみなさまをおまちしております。どうぞ、私の後にお続きください』

そういった童《わらわ》――船が中島に到着後、水手《かこ》のひとりがそのまま雷光殿の案内役をつとめた――を先頭に、五人は一列になって急な階段をのぼり始めた。

足腰の強さと体力には自信のある火の宮も、衣装の裾《すそ》さばきにずいぶん苦戦させられた。案内役の童の動きやすそうな括《くく》り袴がつくづくうらやましい。

恐らく、八雲の院が雷光殿に滞在しているあいだ、身の回りの世話を担《にな》うのは男性なのだろう。長袴をはいた女房たちがこの階段を日に何度も昇降するはめになったとしたら、首の骨を折る者が続出してしまうはずだ。

意外にも、五人の中で一番危なげなく階段をのぼっていったのは、恋《こい》の宮だった。相変わらずほとんど口はきかないものの、しっかりした足どりで、袴のさばきかたも慣れた所作《しょさ》だった。その後に、犬《いぬ》の宮、四季《しき》の宮が続いていく。

一番体力のないのが和歌の宮で、たびたび段を踏みはずしては痛い目を見て、泣きべそをかいたため、見かねた火の宮が最後列に回り、補助することにしたのだった。別に助ける義理もないのだが、目の前で困っている相手を放っておくのも気が引ける。

「もうそろそろつくころじゃないかしら。もう少しだから、がんばって、和歌の宮さま。足元にお気をつけて」

「ありがとう、火の宮さま」

励まされ、和歌の宮が涙まじりに礼をいう。

「やさしくしてくださってありがとう。さすが、天狼《てんろう》に選ばれた特別な方だわ。さっきは、わたしたちの中に冷酷なひとでなしがいる、なんていってしまったけれど、火の宮さまだけはちがうわ。わたし、これからも、火の宮さまだけは信じることにするわ」

なんとも返事に困る言葉に、火の宮は苦笑した。

（……でも、そう、和歌の宮さまの考えが間違っているわけでもない。わたしを狙った人間がこの四人の中にいるか、少なくとも、つながりをもっているのは事実なんだもの。疑って、警戒するのが正解なんだ。なのに、わたしったら、つい、いつもみたいに人を信じたくなってしまって。甘いんだわ。那智《なち》のいうようには、冷酷になれない……)

ムリに他人を全員敵とみなして心を荒《すさ》ませるより、いっとき、別人の仮面をつけ、本当の自分はその下に大事に隠しておいたほうがいい――

ふと、翔《かける》の言葉が思い出された。

普賢《ふげん》の犬舎で会ったあの夜が、今では、なんだかとても昔のことのように思える。

(少将《しょうしょう》も、この階段をのぼったことがあるのかな)

紀伊《き》の守《かみ》の本宅に滞在していたあいだも、春秋院《しゅんじゅういん》へ移ってからも、翔は何度も火の宮へ文《ふみ》を遣《よこ》し、あるいは訪ねてきて、彼女のようすを案じてくれた。

が、火の宮は当たり障《さわ》りのない返事だけをし、理由をつけて彼と会おうとはしなかった。

自分が彼と会うために軽率な行動をしたことで、あの火事の夜のさまざまな悲劇を引き起こしたことを火の宮は忘れていなかった。

二度と同じ過《あやま》ちは犯せなかったし、女東宮《おんなとうぐう》候補として、好ましくない噂が立つのも避けるべきだと思ったのである。

さみしくはある。火の宮にとって、初めてといっていい、歳《とし》や身分の近い、心を許せると思えた友人だったから。男装姿で馬に乗る皇女《ひめみこ》を受け入れてくれる異性の友はそうそう見つからないだろう。

慣れない春秋院での落ち着かぬ日々。

翔に会って、普賢も交えて、とりとめのないおしゃべりをしながら、あの夜のように、心に抱えたさまざまな不安を吐露《とろ》できたらずいぶん楽になれるだろう、とは思う。

そのたび、貴《あて》の宮の短くなった髪を見て、自分を戒《いまし》めなくてはならない火の宮だった。

(そう……少なくとも、東宮候補の選定が終わるまで、少将との接触は絶つべきなんだ)

ようやく、三階についた。

さすがに少々息があがった。胸元に汗が流れるのを感じる。ぐったりへたりこんでいる和歌の宮に手を貸し、先に到着していた三人に合流した。

薄暗い板の間を通り、閉めきった障子《しょうじ》の前に立つと、案内役の童がいった。

「どうぞ中へ。院がおまちです」

障子が開かれ、五人は一列になって中へ入った。

がらんと広い部屋だった。一部をのぞいて御簾《みす》も壁代《かべしろ》も巻きあげられ、几帳《きちょう》や屏風《びょうぶ》などの仕切りも正面の奥に並べられているばかり。御簾のさげられた正面の一画からは香の煙がかすかに漂っていた。あのむこうに八雲の院がいるのだろう。

驚いたのは、室内一面に畳が敷かれていたことである。

通常、御座《おまし》や寝所《しんじょ》にだけ用いる畳をここでは部屋じゅうに敷きつめているのだ。

足裏に感じる柔らかな感触。い草の香りが鼻をつく。

(なんという贅沢《ぜいたく》な空間なの……)

これが今様《いまよう》の京しつらえなのか、と火の宮は戸惑ったが、他の四人も目を丸くしているので、雷光殿独自の室礼《しつらい》であるらしい。三階建ての搭といい、この畳の部屋といい、建築好きな八雲の院はこの雷光殿で趣味の限りをつくしているようだ。

もう一つ、室内で火の宮たちの目をとらえたものがあった。

櫃《ひつ》である。部屋の中央に五つの唐櫃《からびつ》が等間隔に置かれていた。

衣装や雑具を収納する唐櫃は生活用具であり、部屋の隅などに配置されるのが一般的で、このような場所に並べられているのは少々異様だった。

と、案内役の童が唐櫃に近づき、その蓋《ふた》を一つ一つ開け始める。

「こちらは、院からみなさまへの贈りものです」

(贈りもの……?)

「中をご覧になって、みなさま、お好みのお衣装をそれぞれお選びいただきましたら、選んだ櫃の後ろに、各自、お座りください」

五人はおずおずと唐櫃に近づいた。

「――まあ、きれい」

一つめの唐櫃には濃い紅梅《こうばい》の織物が入っていた。

梅の文様の織り出された色あざやかな衣装である。

二つめの唐櫃には葡萄《えび》色の衣装。

文字通りの葡萄色で、高価な紫根《しこん》をたっぷりと使った高貴な色合いに、華やかな蝶紋が躍《おど》っている。

三つめの衣装は目にもまぶしい若々しい山吹《やまぶき》色だった。

四つめは唐花《からはな》模様の白の衣装。

五つめは無紋の青の衣装……。

(この中から、自分たちで好きな衣装を選べ……？)

五人は顔を見あわせた。

八雲の院がいるらしい場所へちらりと視線をむけ、四季の宮がひそひそといった。

「……とにかく、指示に従いましょう。長く、院をおまたせしては、失礼ですもの」

とはいえ、先陣を切って「わたしはあの衣装がほしい」というのも欲深に見られるようで憚《はばか》られた。五つの衣装はどれも上質なもので、それぞれ個性がちがう。みな、それぞれ、すでに気に入りの品の一つ、二つは、目をつけているにちがいないのだろうが……。

「わたくしは、今着ている小袿が白なので、みなさまがよろしければ、白以外のお色を選ばせていただきたいのですけれど……」

一番年長らしい四季の宮が口火を切ると、ほっとした空気が四人のあいだに流れた。

「わたしはかまいませんわ。どうぞ、他の四つからお選びください。みなさんはいかが？」

「わたくしも、それでかまいません」

「あのう、わたしは逆に、同じ系統の紅梅色か、葡萄色を選ばせていただける？」

和歌の宮がいった。

「青みの強い色はわたしの肌に映《は》えないので、苦手なんです。普段から、ほとんど着ないのですもの。それと、この山吹色も、ちょっぴり華やかすぎるみたいだわ」

それではわたしはこれを、わたしはこちらを……と徐々に希望が口にされ始める。

「火の宮さまはどれを希望されますの？」

四季の宮が尋《たず》ねる。

「わたしは最後に選ばせていただければ。どれも、すばらしいお衣装ですし」

貧乏暮らしに慣れた目には、どの衣装も輝くばかりに美しく見える。

「わたくしたちに譲ってくださるの？　謙虚なおりこうさんでいらっしゃいますのね」

微笑んでいった四季の宮のその言葉に、柔らかな棘《とげ》のようなものをかすかに感じ、火の宮は目をみひらいた。

控えめな態度が八雲の院の目に好ましく映るよう、点数稼ぎをしたと思われたのだろうか。温厚そうな四季の宮が、意外に辛辣《しんらつ》な一面を見せたことが火の宮を驚かせた。

「それとも、謙虚の逆で、火の宮さまは、自分ならどの衣装でも着こなせるという絶大なる自信をおもちなのかもしれない」

犬の宮が笑った。

「火の宮さまは、窯変《ようへん》の膚《はだえ》の持ち主でいらっしゃるように見えるもの」

「窯変の膚？」

「どんな色にもなじむ肌のことをそういうと聞いたことがあるの。青が似合う、赤が似合う、春色が似合う、秋色が似合う……ふつう、そんなふうに肌や容姿もある程度分類されるものだけれど、それにあてはまらない人もいて……うらやましいことに、まとった色にあわせて肌色が変わるように、どんな色でも自分のものにできてしまうのですって」

「色にあわせて肌色を変える。なるほど、タコ、イカのようなものかしら」

火の宮のつぶやきに、犬の宮が噴き出した。

「タコ、イカだなんて！　嫌だ、せっかく美しい言い回しをしたのに。窯変というのは、火変《ひが》わりともいって、焼かれた器《うつわ》が窯《かま》の中で変化するさまをいうのよ」

窯焼きの火が火の宮の名前を連想させる……というところからの喩えだったようである。

「犬の宮さまは博識で、聡明でいらっしゃるのね」

「ふふ、ありがとう。火の宮さまと恋の宮さまがかまわなければ、わたしは白のお衣装を選ばせていただける？　この豪華な山吹色は、わたしむきではない気がするの」

「たしかに、そのしっとりと上品な若葉色に、この明るい山吹色はそぐわぬようですね」

四季の宮がいった。

和歌の宮が葡萄色、四季の宮が青色、犬の宮が白色を選んだので、残ったのは紅梅色と

山吹色である。恋の宮にどちらがいいか、尋ねてみると、

「どちらがわたくしに似合うと思われますか？」

と逆に質問され、火の宮は、うーんと悩んだ。

「恋の宮さまはお色が白くていらっしゃるので、どちらでもお似合いになるとは思いますけれど……この華やかな山吹色を着こなしていらっしゃるところを見たい気がしますわ。まばゆい、あでやかな黄色が、春の光を集めたように見えますすもの」

「では、そういたしますわ……ご親切にありがとうございます」

恋の宮は微笑み、火の宮の手を握った。

柔らかな手の感触に、どきりとする。

夢で見た彼女のなまめかしい姿態《したい》と嬌声《きょうせい》が思い出され、火の宮はひとりでうろたえた。

（恋の宮さまは何も気づいていないみたい……って、当たり前だわ。天狗に房事《ぼうじ》をのぞかれるなんて思いもよらぬことだもの。ああ、また、あの生々しい光景がよみがえる……だめ、だめ、思い出すのは！　忘れよう、あのことは。そうよ、女同士で、ああいうことをするぶんには、処女《おとめ》の条件に違反することにはならないだろうから、問題はないわけで。男女のこととちがって、妊娠の恐れもないわけだし……）

「火の宮さま？　早くも紅梅色のお衣装に肌色を変化させていらっしゃるの？」

赤くなった火の宮の顔をおもしろそうに犬の宮がのぞきこんだ。

衣選びが終わり、五人はそれぞれの唐櫃の後ろに座った。

それをまっていたかのように、正面の御簾がするすると巻きあげられる。

脇息《きょうそく》に寄りかかるその人の半身が見え、火の宮は、はっとした。

（――八雲の院が姿を見せる）

五人はいっせいに平伏した。

「顔をおあげなさい」

びん、と腹に響く低音。張りのある、若々しい声だった。

「かしこまる必要はないのだよ。退屈な、型通りの礼儀は不要だ。ここ、雷光殿は春秋院の中にあっても、地上の煩雑《はんざつ》な決まり事から離れた、いわば常識・慣例の枠外ともいうべき場所なのだから。先ほどは、気に入りの衣装をめぐる、可愛らしい、女らしいやりとりを見せていただいた。さて、今度は、あなたがたが好きなだけ私を見る番だ」

悪戯《いたずら》っぽい、きさくなその口調は、天下の権勢をほしいままにする治天《ちてん》の君《きみ》のものとは思われないほどだった。

「さあ」

再度うながされ、火の宮はゆっくり顔をあげた。

――宇治にいたころから、何度も想像したその人である。

日《ひ》の本《もと》一の権力者。気まぐれで、派手好きで、傲慢《ごうまん》な帝王。

想像の中の八雲の院は、この国の高貴な男性の多くがそうであるように、女のように色白く、中年らしいふくよかな肉体を豪奢な衣装にゆったりと包み、昼から脇息にもたれてくつろいでいる、優雅でやんごとない、怠惰《たいだ》な姿だった。

が、実際の八雲の院は、まるでちがった。

長身である。それも、背ばかりひょろりと高いのではなく、がっしりとした体格で、肌もどちらかというと浅黒い。まるで二十代の若者のように、血色のいい、健康的な顔色をしている。弓や馬などの武芸、あるいは蹴鞠《けまり》のたぐいを日常的にこなし、日を浴びているのだろう。ゆったりとした陰影《シルエット》の直衣《のうし》ではなく、甘《かん》の御衣《おんぞ》と呼ばれる、狩衣《かりぎぬ》に近い活動的な装束《しょうぞく》を身に着けていることからもそのようすがうかがえる。

眉が太く、目の大きな、派手やかな顔立ちである。四十路《よそじ》の今は目尻に刻まれた小さな皺《しわ》や、口元に浮かぶ柔らかな笑みなどが、ほどよくその美貌を緩和《かんわ》し、威圧的な印象を和らげているが、若い盛りのころは、ギラギラした抜き身の刀のごときその美しさが、さぞや人々を物怖《ものお》じさせたことだろう、と想像がされた。

この眼力と威厳に満ちた、威風堂々たる姿、満開の牡丹《ぼたん》の花のような圧倒的な美しさが、男女を問わず、貴賤《きせん》を問わず、誰の心をもやすやすと征服してきたにちがいない。

「贈りものは、気に入ったかな」

目の前に並んだ五人を順番にながめ、八雲の院は微笑んだ。

「緊張をお解きなさい。今日の目的は、あなたがた五人を引きあわせ、こうして初対面をすませることのみ。朝から支度で疲れたであろう。慣れない階段をのぼり、体力も消耗しただろうから、この後は、さがって、ゆっくり休まれるよう」

(今日はこれだけで解散……？)

どうせまた、わけのわからない試験めいたものをやらせられるのだろう、と覚悟していた火の宮だったが、どうやら、それは杞憂《きゆう》だったらしい。

肩透かしをくらった気分だったが、それよりも安堵《あんど》のきもちのほうが大きかった。

他の四人も同じ心境だったろう。張りつめた雰囲気がほっと緩《ゆる》んだ。

――が、

「二階に部屋を用意してあるので、窓から見える池と森の光景を存分にお楽しみなさい。あなたがたは今日から五日間、ここで過ごすことになるので、そのあいだ、交流を深めるのがよいだろう。人を招くぶんにはかまわぬが、あなたがたじしんが後宮、森羅殿《しんらでん》に戻ることはあいならぬ。五日間、この雷光殿から決して出ぬように」

院の言葉に、また空気が変わった。

――今日から五日間、ここで過ごす？

「恐れながら、申しあげます」

四季の宮が控えめに口をひらいた。

「四季の宮、だったかな」
「はい。お初にお目にかかります。本日は、お招きいただきましてありがとうございます。
八雲の院にはご機嫌うるわしく……」
「口上《こうじょう》はよい。いいたいことは？」
「はい、その……今から五日間、この雷光殿にとどまるように、との仰《おお》せでございました
が、身一つでまいりましたゆえ、なんの用意もしてきておりません。着替えや、必要な道
具類なども、何も、手元にないものですから……」
「それはこちらで何もかも用意してあるので安心なさい。五日を過ごすのに不自由のない
よう、必要なものは二階の居室にすべてとり揃えてある。二階には、あなたたちの世話を
する女の童《めわらわ》が控えているので、用のある際はその者らを使われるように」
「は……」
「通常、私が雷光殿《ここ》で過ごす際は、男ばかりを使うのだが、やんごとない姫宮たちのお世
話を男どもにさせるわけにもいかぬゆえ、今回は身軽に動ける女の童を用いた」
八雲の院は手にした蝙蝠扇《かわほりおうぎ》をパチン、と閉じた。
「とはいえ、勝手を知らぬ女の童だけでは、何かと世話のいき届かぬこともあるだろう。
各自、一名だけ、森羅殿より女房を呼び寄せることを許可するゆえ、この後、女の童頭《がしら》に
その者の名を申し出るように。……他に、質問のある方は？」

「恐れながら」

と、口を開いたのは犬の宮である。

「犬の宮と申します。わたくしも、院にお聞きしたいことがございます」

「何か」

「なぜ雷光殿から出てはいけないのでしょうか。今日からの五日間、後宮ではなく、ここで過ごさねばならない理由をおうかがいしたいのです。わたくしたちは、これからの五日間、この場所で、何をさせられるのでしょうか」

ハキハキした、歯切れのいい口調だった。

「何をさせられるのか、という問いには、何も、と答えよう。あなたがたは、ここで五日間、ただ自由に過ごしていればよろしい」

「自由に……？」

「なさねばならぬ課題も、仕事もない。そう、実際のところ、仕事をするのは私のほうなのだよ。あなたがたを観察し、見定め、東宮の座に据えるにふさわしいひとりを選び出すという、難しい、重要な、骨の折れる仕事をね」

言葉とは裏腹に、八雲の院の表情は楽しげだった。

「後宮から連れ出したのは、各自、殿舎の奥にそれぞれ隠れ、多くの女房たちに囲まれ、十重二十重《とえはたえ》に守られている状態では、あなたがたの素顔や人となりをつかめぬからだ。女東宮となるべき姫には、葡萄病《えびや》みの脅威がこれ以上皇族男子にふりかからぬよう、花鎮《はなしず》めの力をもってして、疫神《えきじん》の怒りをなだめてもらわねばならない。また、数百年ぶりに冊立《さくりつ》される女東宮への臣下たちの反発、風当たりに耐えうる精神力も必要だ。つまり、女東宮になるには、家格も、後見《こうけん》の力も問題ではなく、ただ、その人のもつ優れた資質と能力こそが重要だということだ。それを見定めるには、こうして隔離された状態で、ひとりひとりをじっくり観察する必要が、私にあったのだよ」

八雲の院は立ちあがり、火の宮たちに近づいてくる。

「とはいえ、一つ箇所に五人の候補者を集めて数日を過ごさせれば、嫌でも見えてくる人間性というものはあろうし、場合によっては諍《いさか》いも起こるだろう。それが選定や評定《ひょうじょう》に影響するだろうことは、否定しない。そう、この場におけるあなたがたの行動は、すべて見られていると覚悟しておいたほうがよいだろうね」

八雲の院は華やかに笑った。

「……さて、これ以上、質問がないようなら、それぞれが選んだ衣装をまとうところを見せていただこうか。種を明かせば、これは最初の運試しでね、誰がもっとも強運の持ち主であるかを測るために用意したものなのだよ。どの唐櫃にも衣装の下に優劣のついた贈りものが、もう一つずつ入っている。おのおの衣装をつけたのち、唐櫃の底に何が入っているのか、のぞいて、確かめてごらんなさい」

うながされ、五人の姫は、おのおの、唐櫃へと膝を進めた。

　選んだ衣装を手にとった。梅の文様が織り出されたあざやかな紅梅色の唐衣である。

「唐衣の着用は不要」とあらかじめ伝えられていたのはこのためだったのか、と火の宮にもようやく合点《がてん》がいった。唐衣は装束《しょうぞく》の一番上に羽織る丈《たけ》の短い上衣《うわぎ》なので、今着ている小袿の上からも羽織ることができる。

　唐衣の下には白絹《しらぎぬ》が敷かれており、こんもりした形からその下に何かが納められているのがわかった。もう一つの贈りものとやらがこれなのだろうが、とりあえずは唐衣を羽織らねばならない。火の宮が今着ている濃い青鈍《あおにび》の小袿は、どちらかといえば落ち着いた色調のものだったが、派手やかな紅梅の唐衣を重ねると、意外なほどしっくりとあった。

「立って、おたがい、衣装をよく見せあってごらんなさい」

　五人はその通りにした。

（みんな、よく似合っている）

　今、この場で身にまとうことを想定して選んだわけではないのに、どの色の唐衣も各自の衣装によく調和していた。――八雲の院は衣選びで自分たちが争うことを期待してこんな趣向を考えたのだろうか？　という考えがちらりと頭に浮かんだ。

　だとしたら、おあいにくさま、といってやりたかった。各自、希望や主張は口にしても、強引に自分の考えを通そうという人はいなかったし、結果、こうしてそれぞれにふさわしい衣装を身に着けているのだから、衣選びの過程は誰の不利ともならないはずだ。

「すばらしい衣装だわ。今まで見た葡萄色の中で、この唐衣がいっとう美しいものよ」

火の宮の隣に位置する和歌の宮が、自分の衣を見おろし、うっとりといった。

（そういえば、葡萄色が、今の都の流行色なのだっけ）

最近、知りえた知識を今さらながらに思い出す。

もともと、葡萄色は、その優美な美しさで誰をも魅了する色だったが、都で猛威をふるう葡萄病みの脅威から、昨今では、ちがう意味と目的をもって重用されるようになったらしい。葡萄色の着物を身にまとうことで、一種ニセの病《やまい》を身の内にとりこみ、すでに罹患《りかん》したふうを装《よそお》って疫神を遠ざける――という厄除《やくよ》けの風習が生まれたのである。

とはいえ、高価な紫根を大量に使う葡萄染めの着物は誰にでも手に入れられるものではない。代わりに、葡萄色に染めた手巾《たのごい》などを身に着ける方法が一般的なようだ。

この葡萄色の流行と同時に人気を集めているのが蝶の文様だそうである。

こちらの由来《ゆらい》はよくわからなかった。ただ、一説によれば、蝶は黄泉《よみ》からの遣《つか》いだとされているので、黄泉の国の生きものである蝶を身に着けることで、これもまた自ら死をとりこみ、生者を狙う疫神の目をそらせる効果があるのではないか、という話だった。

和歌の宮の選んだ葡萄染めに蝶の文様の唐衣は、つまり、誰もがうらやむ最新流行の衣装だということである。

(そういう観点から見れば、和歌の宮さまが一番の目利《めき》きということになるのかな)

「和歌の宮、だったか。衣装は気に入られたようだな」

はしゃぐ和歌の宮を見て、八雲の院が微笑んだ。

「はい、それはもう！　院よりじきじきに、このようなすばらしいお衣装を賜《たまわ》りまして、まこと、夢のようですわ」

「それはよかった。みな、よく似合っているようだ。では、次に、衣装の下のもう一つの贈りものがなんであるか、見てごらん」

(なんだろう……わりあい大きな物のようだけれど)

白絹の下の何かが唐櫃を底上げしたような状態になっている。

「――まあ……なんて美しい……」

恋の宮のつぶやきが聞こえた。

右手に紫苑《しおん》、左手に蘇芳《すおう》の布。どうやら、唐櫃の中には何色もの上等な布がびっしり入っているようだ。興奮とよろこびから、恋の宮の白い頬がうっすらと紅潮している。

「わたしのところにも、すばらしいものが入っておりますわ」

犬の宮が嬉しそうにいった。

とり出したものを見ると、両手に載《の》る大きさの器。漆《うるし》に美しい螺鈿《らでん》細工を施《ほどこ》したそれは碁石《ごいし》を入れる碁笥《ごけ》だった。犬の宮の唐櫃の中には碁盤と碁石が入っているようである。

ニャー、とふいに可愛らしい声が聞こえた。

犬の宮の隣の四季の宮が目を丸くしている。

白地に茶色のぶちがある唐猫《からねこ》だった。顔つき、体つきからしてまだ幼いようである。

可愛らしい子猫の登場に、「まあ……！」と思わず歓声があがる。

「子猫の贈りものだわ！　なんて可愛らしいこと」

「やんちゃな子みたい。あら、でも、大人しく四季の宮さまに抱かれているわ」

唐猫は四季の宮の胸の中でしきりに声をあげながら、やや興奮しているのか、小さな爪を出しガリガリしている。上品な青色の唐衣も、あれではすぐにほつれてしまいそうだ。

色とりどりの布に、豪華な碁の道具一式、子猫。

（八雲の院は、とにかく、人を驚かせるのがお好きな性格みたいだわ）

火の宮は唐櫃に敷かれた白絹を手にとった。少なくとも生きものの気配はないようだ。めくると、中央に置かれた小さなものがきらりと光った。

数珠《じゅず》だった。ほんのり青みがかった水晶の玉を連ね、赤色の房のついたものである。

美しいものであるにはちがいないが、他の三人の贈りものと比べると、やや見劣りする感は否《いな》めない。

（院は強運の持ち主を探すための運試しだといっていたわ。贈りものには優劣があるとも……つまり、これはハズレってこと？）

水晶の下には同じく白絹が敷かれ、その下はまだふくらんでいる。大きな唐櫃にぽつんと数珠一つを入れるのはさすがに見栄《みば》えが悪いので、下に布でもいれているのだろうか、と思い、めくると、さらに布で幾重《いくえ》にもくるまれた何かがある。

いったい何枚布をめくればいいのだろう、と思いながら、布をほどいていた火の宮は、中から現れたものを見て、固まった。

ぽっかりと空いた二つの眼窩《がんか》がうつろに自分を見あげている。

あまりの驚きに言葉をうしない、火の宮は手の中のそれをみつめた。

(髑髏《どくろ》!!)

作りものだろう、ととっさに考えたのは、そうであってほしい、こちらを驚かせるための悪戯であってほしい、本物であるはずがない、という希望だった。だが、震えだした火の宮の手の中にあるそれは、どれほど腕のある職人が技巧の限りを凝らしても作り出せまい、という精密さと質感を放っていた。

本物だった。本物の人骨、死体の頭部だった。

混乱の中で、ふいに火の宮はこの雷光殿が建てられるにいたった由縁《ゆえん》を思い出した。

(落雷で壊れた祠の下からは、古い女の白骨死体が出てきたという……もしかして、この髑髏は、まさしく、その死体の頭部なのでは……)

「ね、火の宮さまの贈りものはどんなものでしたの……」

笑顔でのぞきこんできた和歌の宮が、絹を裂くような悲鳴をあげた。

豪華な贈りものを手に談笑をしていた他の三人もその声に驚き、火の宮の手にしているものに気づいて、おのおの、声をあげる。

恐怖と驚きの声を発していないのは、火の宮と八雲の院のふたりだけだった。

「ああ、それが五つの中の、当たりの一つだ。もっとも、一等のものよりは少し劣るがね」

蝙蝠扇で髑髏を指し、八雲の院が平然といった。

立ちつくしている火の宮へと歩み寄る。

「声一つあげないとは気丈な姫だ。名前をまだ聞いていなかったな」

「……火の宮と申します」

「どうやら、その名にふさわしい気性の姫であるらしい」

院は微笑んだ。

（楽しんでいる。明らかに。何も知らないわたしが髑髏を手にした時から、この方はわたしが驚きや恐怖に打たれるさまをひそかにながめ、楽しんでいたんだ）

瞬間、沸きあがった怒りと反発心が、それまでの驚きと恐怖を押しのけた。この傲慢な上皇に抱いていた感情がどんなものだったかを久々に思い出す。

そうだ、自分は怒っていたのだ、と火の宮は思った。

この人のすました顔に蜘蛛《くも》と和布《ワカメ》をぶつけてやりたかったのだ。

誰が怖がるようすなど見せてやるものか、と意地を張れば、手の震えもしぜんと止まった。みつめる八雲の院の前で、火の宮はことさら丁寧《ていねい》に髑髏を布で包み直すと、唐櫃の中に置き、めくった布と数珠を元通りにした。

「なんと豪胆な姫であることよ。恐怖から髑髏を放り出すかと思っていたが……」

「かつて、この春秋院に数々の怪異を引き起こしたという呪われた髑髏であるなら、粗雑に扱って、またどんな災いをこの身に受けることになるか、わかりませんので」

火の宮の答えに、八雲の院が目を細める。

「この髑髏が、くだんの白骨死体だとよくわかったものだ。髑髏を入れたのはただの悪戯心であったが……そう、あなたのいう通り、この髑髏は、かつてこの中島に建っていた祠の下から見つかったものだよ。ただし、入念な祈禱《きとう》によってすでに呪《じゅ》は祓《はら》われている。ここにあるのはただの名もない女のしゃれこうべでしかない」

八雲の院は水晶の数珠を手にとった。

「さすがは天狼の主、頼もしい、強靭《きょうじん》な心の持ち主のようだ。髑髏は贈りものではないが、数珠はさしあげられる。とっておきなさい、火の宮。これはすべての玉の中央に虹の光彩の浮きあがる、珍しい唐渡りの数珠なのだよ」

差し出されたそれを火の宮はしばらくじっと見ていたが、黙って小さく頭をさげると、受けとった。

「さて、残りは和歌の宮のものだけとなったようだが」

髑髏の衝撃で座りこみ、小さく震えている和歌の宮を見おろし、八雲の院はいった。

「開けてみなさい。みなもあなたをまっている」

「は、はい……」

うながされ、和歌の宮はよろよろと立ちあがった。

立ったままでいる火の宮の位置からは、隣の唐櫃の中が見えた。

火の宮のそれと同じように白絹が敷かれ、その下がやはり、こんもりふくらんでいる。

先ほどの八雲の院の言葉が思い出された。――それが当りの一つだ、と髑髏を指して、その人はいった。一つ、というのならば他にもあるということである。そして、未見の贈りものはもう和歌の宮のそれしかない。ということはつまり……。

白絹をめくろうとしていた和歌の宮の手首を火の宮は強くつかんだ。

和歌の宮が驚いたように顔をあげる。

「火の宮さま……？」

「和歌の宮さま、その布、わたしにめくらせていただけませんか？」

「え？　ど、どうしてですの？」

「それは……。つまり、人には、向き、不向きというものがあるでしょうから」

和歌の宮の顔に戸惑いが広がる。

「わたしもそう思います」

そういったのは犬の宮だった。

いつの間にかそばに立ち、背後からそっと手を回すと、和歌の宮の両目をふさいだ。

「和歌の宮さまがご覧になる前に、わたくしたちが確かめたほうがよいようですもの」

(犬の宮さまも察している)

八雲の院の横槍《よこやり》が入らぬうちに、と和歌の宮の返事をまたず、火の宮は布をめくった。

先ほどと同じく、中央に数珠が置かれていた。紫水晶の玉に、濃き色の房のついたものである。数珠をかたわらに置くと、火の宮はさらにその下の布に手をかけた。

それは髑髏ほど丁寧に布にくるまれてはいなかった。布をめくると、すぐにそれとむき合う形になった。火の宮は大きな衝撃を受けたものの、ある程度の予想はしていたため、声を出すのはかろうじてこらえられた。とはいえ、長く直視はできず、目をそらした。

「……なぜ、このようなことを？　これも悪戯心によるものとおおせですか？」

「そうではない」

八雲の院はいった。

「私はこの春秋院に移ってのち、学者や医師たちを集め、葡萄病みに関する情報の収集、治療方法に関する研究、調査などを命じているのだ。なにせ、私はあの忌々《いまいま》しい病によって、愛《いと》しい我が子を三人も奪われているのでね……。祈禱や読経《どきよう》など、神仏にすがる他に、葡萄病みに有効だとされる方法は世にさまざま伝えられている。たとえば、栄養価の高い蜂蜜を朝晩に摂取すること……たとえば、蜂蜜と各種薬草を配合した丸薬を服用すること……たとえば、鶏卵《けいらん》と葡萄の酒を一日に一回食すること……他にも、野葡萄の蔓で編んだ紐を手首に巻く、蝶の飾りを身に着ける、葡萄染めの布を身に着ける、などがあるようだ。

そして、これも、そのうちの一つなのだよ」

「これのどこがですか？」

「突飛《とっぴ》もない方法に思えるだろうが、一部の庶民の間では強く信じられている予防法だ。そして、実際、彼らの肉体は葡萄病みに対して、貴族、皇族よりもはるかに強力な抵抗力を示している。調べた限りでも、我々と卑賤《ひせん》の者どもの葡萄病みに対する生き死にの数には、異なる生物のそれのように著《いちじる》しい差がある。高貴な者たちがなすすべもなく死にゆくかたわらで、卑賤の者どもは地べたを這《は》ってでも生き延びているのだ。彼らのしぶとさ、生命力の強さをとりこまねば、この国の貴種はみな、病《や》める葡萄に侵食されてしまう」

思いがけず、力のこもった反論を返され、火の宮は戸惑った。

ふたりの会話をかたわらでじっと聞いていた四季の宮が、好奇心に抗《あらが》えないというふうに立ちあがり、唐櫃の中をのぞきこんだ。

とたん、その白いおもてが、さっと青ざめる。

「！　これは……！」

唐櫃の中には膝を抱える恰好で横たわる全裸の女の死体があった。硬直した身体。水気のうせた肌。土色の顔。ふくよかな身体は布一枚さえまとっていないため、豊かな乳房がむき出しになっている。

四季の宮は口元を押さえ、くたくたと座りこんだ。

そのようすを見て、恋の宮が不安そうに後ずさりする。

ふたりのあいだで、子猫がウロウロと歩きながら無邪気な鳴き声をあげた。

「――過去、葡萄病みに罹ったことのある女の乳には、病を退ける効能があるといわれているそうだ」

八雲の院が淡々といった。

「母親がすでに葡萄病みに罹っていた場合、その後に生まれ、その乳を飲んで育つ子どもは、きわめて葡萄病みに罹りにくいといわれているらしい。そのため、そうした女の乳は薬になるとして、庶民のあいだで珍重されているそうだ。また、その種の女が出産直後に死亡した場合、その体内には葡萄病み防止に有効な、一種の薬効が蓄えられていると考えられるそうで、死の直前までその身体を包んでいた布は薬布として尊《とうと》ばれる。肌着などに、赤子のために分泌した新鮮な乳が染《し》みているからだ」

八雲の院は手にした扇の先で死体の髪をさらりとすくった。

「まだ遺体が腐らぬうちに、その髪を抜き、爪を切り、葡萄病み防止のお守りとして身に着け、あるいは食べることも勧《すす》められると聞いている。時には遺体の乳房を切り開いて、その肉のかけらを食する例さえあったらしい」

うっ、と犬の宮が横をむいた。彼女の位置から唐櫃の中の死体は見えないはずだが、話だけでも吐き気を催《もよう》させるには十分だっただろう。

その腕の中で和歌の宮もガタガタと震えていた。

両目はふさがれていたが、院の言葉がその耳に届くのを遮《さえぎ》るすべはない。

「つまり、この死体も、赤ん坊を産んだばかりの女のものなのですね」

「そうだ」

「それを、いったい、なんのために、ここに？」

「むろん、葡萄病み防止のためだ。女東宮には、万が一にも葡萄病みに罹ってもらっては困るのでね。罹患《りかん》を防ぐためには、あらゆる手段を試さねばならない。もっとも、調べた限りでは、犬の宮と四季の宮はすでに罹患ずみだそうだし、火の宮、あなたは私同様、天狼の守護があるゆえ、病にかかる心配はなさそうだ。不安があるのは、和歌の宮と恋の宮の二名のみ……そして、みごと、そのうちの一名にこの贈りものが届いたわけだ」

八雲の院は和歌の宮をみつめた。

「おめでとう、和歌の宮。五枚の衣からその葡萄色の唐衣を選び出すとは目が高い」

「あ……あ、あ……」

「大事になさい。強力な病避けの護符なのだから。いい忘れたが、あなたの着ているその唐衣の裏地には、遺体をくるんでいた肌着の一部と、この女の髪の毛が千本縫いつけられているのだよ」

笛にも似た細い声をあげて、和歌の宮は失神した。

三　相聞《そうもん》

すすり泣きの声がいつまでも止《や》まない。

静かな雷光殿《らいこうでん》の二階にその声だけが陰々と響いている。

「あの泣き声は……」

「和歌《わか》の宮《みや》さまよ」

火《ひ》の宮はいった。

「今すぐ候補を辞退して、家に帰りたいとおっしゃっているんですって。あんなひどいものを見せられたら、ムリもないわ。でも、五日間は誰もこの雷光殿から出られない決まりだから……みなで代わる代わるお慰《なぐさ》めしたけれど、まだ落ち着かれないみたい」

「たしかに、髑髏《どくろ》に続いて死体ときては、深窓《しんそう》の姫宮のお心には、衝撃が大きすぎたことでしょう。それにひきかえ、宮には、よくぞ、動じずにおられましたね」

話しながら、火の宮の髪を丁寧《ていねい》に梳《と》かしつけているのは五百重《いおえ》である。

森羅殿《しんらでん》から女房をひとりだけ呼び寄せてもよい、といわれたので、火の宮は侍女《じじょ》である五百重を選んだ。

料理から、裁縫から、火の宮の着替えや化粧の世話、警護の役目まで、五百重ほど何もかもをひとりでこなせる女はいない。唯一、女房の身分でないことが問題だったが、火の宮「五百重は「ここは常識・慣例の枠外」にあるといった八雲《やくも》の院《いん》の言葉をいいように解釈し、は「五百重は女房ではないが、それとほぼ同等格の侍女なのだ」

と強引にいいはり、要求を押し通したのだった。

「わたしが動じなかったのは、五百重、おまえのおかげよ」

火の宮は苦笑した。

宇治では、五百重に連れられて、何度も山に入ったことがある。

罠《わな》をかけて兎《うさぎ》を捕まえたこともあるし、馬を駆って鹿を追ったこともあった。

狩猟の名人である五百重が獲物を解体する作業——皮を剝《は》ぎ、血と骨を抜き、肉をさばくみごとな手技——も好奇心旺盛《おうせい》な火の宮は何度となく見てきた。また、山ではいきだおれたか、あるいは遺棄《いき》されたものかもわからぬ死体に遭遇することさえままあったので、唐櫃《からびつ》から出てきた髑髏や死体にも、そこまで動揺せずにすんだのである。

（宇治《うじ》の田舎《いなか》の里山育ちが、思いがけず役に立ったものだわ）

それにしても疲れる一日だった、と今日をふり返り、火の宮はため息をついた。

他の四人も同じ思いだろう。夕餉《ゆうげ》が配膳された後の二階は、和歌の宮の泣き声を除けばごくごく静かなもので、壁代《かべしろ》や几帳《きちょう》などで五つに仕切られた空間の中には、就寝の支度《したく》のために立ち働く女の童《めのわらわ》や女房の足音、物音が時おり聞こえてくるばかりである。

和歌の宮。犬《いぬ》の宮。四季《しき》の宮。恋《こい》の宮。

今日の八雲の院との顔合わせを、四人はどんなふうに思い返しているのだろうか？

朝早くから動いていたので、火の宮もすでに眠気を感じていた。やさしく髪を梳かれているうちに、こく、こく、こく、といつのまにか首が揺れる。死体を見たあとでの夕餉を残した姫は多かったようだが、火の宮はしっかり完食したため、満腹だった。

窓の外、すでに日はとっぷりと暮れ、月のない夜、八雲の院の自慢らしい高みからの眺《ちょう》望《ぼう》も、すっかり闇に塗りこめられている。

「ゆっくりお休みなさいませ、我が君」

うとうとしているあいだに、たくましい五百重の両腕に子どものように抱えあげられ、運ばれ、寝所《しんじょ》にそっと置かれる。

枕元の香炉からは、なじみの香りがただよっている。

(貴《あて》の宮の調合した香だわ……さわやかな蓮《はちす》の香……わたし、この香り、とても好き)

慣れない寝所に横たわる火の宮を、離れた場所にいる妹の香りが包んでくれる。

おやすみ、と五百重にいったつもりだったが、もう唇は動かなかった。

すべるように、火の宮は深い眠りに落ちた。

雷光殿での一日めが終わる。


翌朝の目覚めは爽快《そうかい》だった。

久々に夢も見ずにぐっすり眠ったおかげで、心身の疲れもない。

起きあがり、見渡すと、室内に五百重の姿はすでになかった。整容の支度や朝餉の配膳など、はや、朝の仕事にとりかかっているのだろう。

(——そうだ、窓からのながめを見てみよう)

顔洗いの水をまつあいだに、思いつく。

手早く袴をはき、火とり香炉にかけられていた袿《うちぎ》を羽織って、御簾《みす》の外に出た。

廊下に面した窓の一つを開けると、ひんやりと心地よい朝の空気が肌を刺した。晴天である。朝日を反射させ、眼下に広がる池の水面《みなも》が魚の鱗《うろこ》のようにキラキラしている。

「わあ、いいながめ……」

昨夜とちがい、明るい朝の光のもと、小櫛《おぐし》の森もはっきりと見えた。

また日輪王《にちりんおう》は現れないだろうか、と森をあちこちながめたり、眼下の池にゆらめく魚の影を面白く見たり、と火の宮は、しばし窓からの眺望を楽しんだ。

――と、何やらいい争う声が下から聞こえてきた。

見ると、一階の入り口あたりに七、八人の女たちが集まっている。

五百重の姿もあった。水桶《みずおけ》と、木桶のようなものを抱えている。他の女たちもおのおの膳《ぜん》や道具などを手にしていたが、困ったようすで立ちつくしている。叱《しか》りつけるような女の声がさかんに聞こえてくるので、何やら揉《も》め事が起こっているらしい。

声はしばらくして止《や》み、立ちつくしていた女たちがぞろぞろと塔の中へ入り始めた。

(どうやら、騒ぎはおさまったみたい)

部屋に戻って少ししてから、五百重と部屋づきの女の童が現れた。

「おはようございます、我が君。よくお休みになられましたか」

「おはよう、五百重。うん、とってもよく眠れたわ」

「それはよろしゅうございました。御手水《みちょうず》のお支度が遅くなって申し訳ありません」

「下が騒がしかったけれど、何かあったの?」

火の宮の問いに、五百重と女の童が顔を見あわせる。

「――順番争いで、女房たちが、揉めたのですわ」

女の童が声をひそめて答えた。十三、四ごろの大柄な少女である。

「順番争い？」

「御手水に使われるお水や朝の御膳の順番です。お水も、お膳も、南殿《なでん》の大炊所《おおいどころ》で用意したものを、朝と夕、係の者がまとめて船でこちらへ運んでくることになっているんです。一階の厨《くりや》に運んだものを、とりにきた順にお渡しすることになっているのですが、ある女房どのが、うちの主人のものを最初に用意しろ、といいはられて……」

女の童は顔をしかめた。

「今朝は、初日ということもあってか、一階の厨に、あるはずのお道具類が色々不足していたんです。それで、五百重さんとか、他の女房どのとか、早くに集まったわたしたち女の童も手伝って、南殿まで足りない道具をとりにいったんです。わざわざ、船で往復したんですよ。それなのに、そんな苦労もしていない、一番後からきた女房どのが、早く自分の主人の水と御膳を用意して渡せ、と傲慢《ごうまん》なことをおっしゃって！　それで、他の女房どのと揉めて、諍いになったんです」

「そうだったの。どこの女房かしら？」

「恋の宮さまの女房ですわ。若いのだか、年寄りなのだか、よくわからない、奇妙な感じの人なのですけど、とにかく、お高くとまっているんです。『同じ内親王《ないしんおう》といっても、位《くらい》のちがいがある、我が宮こそが女東宮《おんなとうぐう》となられるにふさわしいお方なのだから、相応の待遇を心がけよ』とか高飛車におっしゃって！　恋の宮さまは、おとなしやかで、鷹揚《おうよう》なお方と聞いておりますけれど、あの女房どのは、本当にもう最悪ですわ」

ぷんぷんしている。よほど腹に据えかねたらしい。

「犬の宮さまの女房が、その女房どののいいぶんに応戦して。なかなかに見ごたえのある口争いを繰り広げていました」

洗顔用の角盥《つのだらい》を運びながら、五百重が笑う。

五百重じしんは身分をわきまえ、争いから一歩引いていたようだ。

「若い、元気のある女房どので。膳を手に、ひょいひょいと身軽に階段をのぼっていました。反対に、恋の宮さまの女房どのは、なんとも危なっかしい手つき、足どりで。あれは、高級女房どので、普段、細々《こまごま》とした仕事には従事していない人でしょうね」

「そうなの。女房もさまざまね」

女房たちにしても、いきなりこんな場所に呼び出され、ひとりで主人の世話を任された上、慣れない階段の昇降までしなければいけないのだから、気が立っているのかもしれない。東宮候補の争いに加え、女房同士の角突き合いまで始まってはたいへんである。

(同じ内親王といっても、位のちがいがある——か……)

それは事実だった。臣下の者同様、親王、内親王にも品位《ほんい》の上下があるのだ。

最高位は一品《いっぽん》、一番下位は無品《むほん》。

火の宮も映《はゆる》の宮も無品であるから、序列でいえば最下位となる。

恋の宮の品位がいくつであるかは知らないが、女房が声高《こわだか》に自慢するほどであるのだから、それなりの位にあるのだろう。

他の四人がどのような身分であるのかもわからない。昨日、半日で名前と顔、人となりの一部をようやく知りえただけで、いまだ、おたがいの詳しい出自も系譜もわかっていないのである。皇女《ひめみこ》、内親王の身分にあるということは、父である人が帝《みかど》、あるいは帝位を踏まずに退いた東宮であることは間違いないが、いかんせん、その数は多い。

火の宮たちが生まれる以前に起きた朝廷の混乱により、本来であれば王、女王《にょおう》と呼ばれるべき身分の御子《みこ》たちが、一段格上げされ、名ばかりの親王宣旨《せんじ》、内親王宣旨を受ける事態になった。安易な宣旨の乱発はその後も悪《あ》しき慣例として続き、「捨て宮」「落ち宮」と呼ばれる、火の宮たちのような危うい立場の子女を大量に生み出すに至ったのだ。

（本来なら、わたしの身分は女王。内親王どころか、皇女と呼ばれる身分でもなかったんだもの。それが、無品のまま、女東宮候補に名をあげられることになるなんて……）

なぜ自分が東宮候補に選ばれたのか。八雲の院と対面を果たせば、その疑問も明かされるかと思ったが、今のところ、院の口からそれが語られることはなかった。

他の四人の候補者も、いったいどのような基準で選ばれたのだろうか。

選ばれたこの五人には秀《ひい》でた何かがあるのだろうか？

それとも、何か共通点が？

（わからない。八雲の院は何を考えているのだろう）

――整容をすませ、朝餉を終えてしばらくしたころ、犬の宮からの遣《つか》いだという女の童が訪ねてきた。

「よろしければ、こちらのお部屋で囲碁などなさいませんか、と犬の宮さまがおっしゃっているのですが」

昨日、犬の宮が贈られたのが碁の道具一式だったことを火の宮は思い出した。

三階にいる八雲の院からの指示は今のところない。自由に過ごしていい、といっていたのだから、お呼びがかかるまでは何をしていてもいいのだろう。

「ありがとう。おうかがいします、とお返事してくれる？」

（犬の宮さまは頭の回転の速そうな、それでいて気さくな感じの方だったな……）

顔のあざを悲観するようすも見せず、ハキハキと話すようすが印象的だった。

気どったところもなく、歳《とし》も近いことから、なんとなく、親しみやすい相手である。

昨日よりも薄めの化粧をごく簡単にほどこし、小袿《こうちぎ》を着た。気楽な遊びの誘いなのだから、と裳《も》をつけるのは省略する。

女の童の案内で、犬の宮の部屋に通される。

どの部屋も似たような室礼《しつらい》だった。違うのは香の香りぐらいだろうか。

碁盤の用意がされており、茵《しとね》が敷かれ、来客むきにきれいに整えられているが、犬の宮の姿は見えない。女の童も仕事があるのか、すぐに立ち去ってしまった。

（早く来すぎちゃったかな？　奥でまだお支度をしている最中なのかも）

とりあえず、茵の置かれた場所に腰をおろした。

――と、廊下に面した御簾の向こうで人影が動いた。

「犬の宮さまですか？　火の宮です。お言葉に甘えて、お邪魔していますわ」

「――いや」

相手はいった。

「犬の宮ではない」

御簾越しに見える、大柄な衣冠《いかん》姿の陰影《シルエット》。

火の宮は目をみひらいた。

（この声は……）

火の宮は驚きのあまり、手にした檜扇《ひおうぎ》をとり落とした。

「少将《しょうしょう》……！　どうしてここに……!?」

源《みなもとの》翔《かける》だった。

まさか、雷光殿《ここ》で会うとは思わない相手である。

雷光殿から出ていくことは許されないが、外から人を招くぶんにはかまわない――昨日、八雲の院がいっていたことを思い出した。

それに則《のっと》り、犬の宮がいとこである彼を招いたのだろうか？

「少将、どうしてあなたがここにいるの？　犬の宮さまにお呼ばれしたの？」

「私は主上《うえ》のお使いできたんだ」

廊下に立ったまま、翔はいった。

「帝の……？」

「主上は雷光殿に五人の候補者がようやく集まったことを聞かれて、みなのようすはどのようなものか、院にその旨《むね》をうかがうよう、私に命じられたんだよ」

火の宮の春秋院《しゅんじゅういん》入りが遅れたので、五人が揃うまでに時間がかかった。

院御所の内でどのように事が運んでいるのか、内裏《だいり》にいる帝にはわかりにくい。

そこで、側近の翔がようすうかがいの使者に立たされたということらしい。

「それじゃ、これから八雲の院に会いにいくの？」

「いや、もう院にはお目通りいただいた。私は、朝一番に帝の御前へ呼ばれたあと、宮中からまっすぐこちらへきたから。お目通りの後、いとこである犬の宮と、宇治で警護の役をつとめさせてもらった火の宮さまにご挨拶《あいさつ》したい旨、院にはお伝えして、許可を得てきた。ここに私がいることも院は承知されているから、咎《とが》めを受ける心配はいらないよ」

「そう……なの……」

火の宮は胸を押さえた。

「まさか、少将がいるとは思わないから、びっくりしたわ。あ、それじゃ、犬の宮さまはあなたがきたことをまだ知らないということ？　わたし、犬の宮さまから囲碁のお誘いを受けて、お邪魔したところだったの。でも、まだお化粧が終わっていないのか、お姿が見えなくて……。なんだか変な状況ね、肝心のお部屋の主《あるじ》がいなくて、お客とお客が会っているなんて。おかしなすれ違いになっているみたい」

犬の宮の姿を探し、火の宮はきょろきょろした。

「すれ違いじゃない。私が犬の宮に頼んで、きみをここへ招いてもらったんだよ」

「え？　どういうこと？」

「直接、訪ねていったとしても、きみは私に会ってはくれなかっただろう？」

御簾越しに見る翔の表情は固かった。

「紀伊《き》の守《かみ》の邸《やしき》でも、森羅殿でも、何度訪ねていっても、きみは理由をつけて私に会おうとはしなかった」

「それは……」

「どうしてきみが急に私を避け始めたのか、正直、私にはさっぱりわからなかった。はじめは、京に入ったばかりで落ち着かないせいだろう、春秋院にもまだ慣れていないからだろう、と思っていたが、どうやら、そうではないようだ、と気がついた。何か、きみの気分を害するようなことをしたか、ふり返って、ずいぶん考えてみたが、思い当たらなかったし、文《ふみ》を出して尋《たず》ねても、当たり障《さわ》りのない返事しかなく、状況の改善がはかれない。だから、犬の宮に頼んで、こうして会う機会を設けてもらったんだ。きみを騙《だま》すような形になるのは、卑怯《ひきょう》なやりかたで、悪いとは思ったが……」

それきり、黙ってしまう。

怒っているのか、と思ったが、そうではなく、不意打ちで訪ねてきたことを、火の宮が不快に思っていないか、案じているようすだった。

「——ごめんなさい」

火の宮は謝った。

「そうよね、何があったのか、と不審に思うわよね。一方的に避け続けてきて……失礼な態度だったわ。あなたにも、きちんと説明するべきだったね」

「もしも、私が、何かきみを怒らせるようなことをしたのなら……」

「ちがうの」と火の宮は首をふった。

「あなたは何も悪くないの、少将。わたしの問題だったの。その……宇治の、あの事件で、貴の宮がひどい目に遭《あ》ったでしょう。あれは、わたしの軽率な行動が原因だったから、わたし、そのことを後悔して、反省したの。わたしがあなたに会うために、部屋を抜け出さなかったら、身代わりになったあの子が刺客《しかく》に襲われることも、火事に巻きこまれて、髪を切るはめにもならなかったから……やさしい貴の宮は責めないけれど、わたし、自分が許せなくて。だから……もう二度とあんなことにならないよう、あなたと会うのは、当分、控えようと思ったの」

言葉を選び、真意を伝えた。

「それに……東宮候補として都に入った以上、今後は言動にも気をつけないといけないと思ったし、だとしたら、男性と親しく口をきくのもつつしむべきなのか、って考えて……わたし、おてんばで、内親王らしいふるまいをすぐに忘れちゃうし、少将、あなたはやさしいから、わたしのすることを、なんでも許してくれちゃうでしょ。会ったら、くつろいで、以前のように、砕けた態度で接してしまう。だから、けじめをつけて、東宮の選定が終わるまで、少将《あなた》には会わないようにしよう、って、そう決めたの」

「そう、か……」

翔は低くつぶやいた。

「それで、私を避けていたんだな」

今聞いた話をよく理解しようと噛みしめているのか、一方的に自分とは会わないと決断したことを聞かされ、怒っているのか、火の宮には判断がつかなかった。自分が彼の立場だったら、と想像すると、やっぱり、少し腹が立つのではないかと思う。

（自分の都合だけで、会う、会わないを決めたりして。こんなふうに、わざわざ会いにきてくれるほど、少将はわたしを心配してくれていたのに）

気づまりな沈黙がしばし続いた。

手の中の檜扇をいじりながら、火の宮はふと気がついた。

「座ったら？　少将」

翔はずっと立ち続けている。

「立ったままの相手とおしゃべりするのって、なんだか、おかしな感じがする」

「私はこのあと、また宮中へ戻らねばならないんだ」

「宮中へ……」

「きみと会う前に、犬の宮と会って、昨日、何があったかを聞いた。髑髏やら死体やら、とんでもない贈りものをされたそうだね。死の穢《けが》れに触れた身で、主上《うえ》の御前に参るのは憚《はばか》られるから、このまま、着座はしないでおこうと思う」

本来、死者に触れた者は穢れに触れたとされ、一定の期間、家に籠《こも》らねばならない決まりがある。

そのあいだ、人を招くこともつつしむべきなのだが、訪問者があった場合には、御簾の内に入れず、座らせなければ、相手を穢れに触れさせずにすむといわれているのである。

「院は、つねづね、この雷光殿は、春秋の池という神泉《しんせん》と、小櫛の森という結界に守られた、一種の異界で、触穢《しょくえ》の禁忌《きんき》からも解き放たれている、とおっしゃっている。ゆえに、ここで何が起ころうとも、外界には影響しないとおおせだが……万が一にも、穢れを主上のもとへお運びするわけにはいかないから、用心のため、立ったままでいるよ。見おろす形になって、きみにはすまないけれど」

真面目《まじめ》なその人らしい考えだった。

（見おろすといっても、あなたから、わたしは見えないのに）

もともと、体格のいい青年だが、ゆったりとした緋《ひ》色の袍《ほう》を美々《びび》しくまとった姿を床から見あげる形になると、いっそう大きく、たくましく映った。

小直衣《このうし》（甘《かん》の御衣《おんぞ》の異称）に烏帽子《えぼし》というごく軽装であった八雲の院に対して、こちらは臣下らしく、きちんと威儀《いかん》を正した衣冠姿である。

「少将は、いつも、こういう姿で参内《さんだい》しているのね」

「うん」

「狩衣《かりぎぬ》姿のあなたしか知らなかったから、なんだか、まぶしいみたい。すてきね。とても立派な姿だわ」

「きみは、今、どんな姿をしているの？」

「わたし？　わたしは、白の小袿を着ている。その下に、紅の、濃淡の袿を重ねてるわ」

「そうか。きみによく似合う色だろう。もう少し、こちらへ近づいてきてくれないか」

火の宮はいわれた通りにした。

「そこにいる？」

「いるわ」

「ああ、声が近くなった。……元気だったんだね」

「うん」

「食事は、ちゃんととっている？　睡眠は？」

「バクバク食べて、ぐうぐう寝ているわ」

「そうか……」

翔は小さく笑った。

「それなら、いいんだ。元気なら。会えないあいだ、きみが泣いていないか、心配していたから」

「わたしが泣いて……？　どうして、そんなふうに思ったの？」

「わからない。たぶん、最後に見たきみの顔が、泣いている顔だったからだろう」

泣いている顔——あの火事の夜のことだ、と火の宮は気づいた。

とり乱し、涙をとめられずにいた自分を、あの夜、彼は静かに抱きしめてくれた……。

「ここで、辛《つら》い思いをしていないようで、よかった。きみの声はとても元気そうだ」

「とても元気よ。五人の中で、一番元気かもしれない」

「昨日の件で、犬の宮が、きみに感心していたよ。さすがは天狼《てんろう》の主だけある、度胸のある方だと。髑髏を手に、不機嫌な顔で八雲の院をにらみつけられる内親王は、そうそう、いるものではないといっていた」

それはまあ、そうだろうと思う。

「恐るべき贈りものを見て、きみも、ずいぶん驚いただろう。院は奇抜で、大胆なお考えをおもちの方だから、今後も、色々と、驚かされることがあると思うが……」

「わたしにいわせれば、院は大胆というより、悪趣味よ。あんなおぞましいものをお見せになって、愉快そうに、その反応をうかがわれるなんて。中には失神した姫さえいたのよ。たとえ本当に葡萄《えび》病《や》みに罹《かか》った経産婦《けいさんぷ》の死体から病《やまい》防止の効果が得られるとしても、わざわざ、それそのものをあんな形でお見せになる必要はないはずだわ」

「しっ」と翔が声をひそめた。

「気をつけて。ここでは、どこに院の耳が隠れているかわからない。うかつな言動で足をすくわれることのないように、言葉には、じゅうぶん、用心したほうがいい」

火の宮は思わず周囲を見渡し、口を覆《おお》った。

「だが、安心したよ。そのようすなら、きみは手厳しい試練にもへこたれないようだ」

「あの程度のことで、へこたれたりしないわ。宇治の火の宮だもの。真綿でくるんだ卵みたいな深窓の姫宮とちがって、貧乏育ちの捨て宮は、強いのよ」

「そうだな……それでこそ、きみだ」

翔は微笑んだ。

それから、睫毛《まつげ》をふせる。

「こんなふうに、いきなり訪ねたりしてすまなかった。宇治にいたころのように、気軽に会えないのは、わかっていたんだが。東宮候補の選定を邪魔するわけにはいかないことも理解している。だが、このまま、曖昧《あいまい》に、理由もわからず、きみと離れていくことになるのかと思ったら……。どうしても腑《ふ》に落ちず、きみのきもちを知りたいと思った。それで、どうにか会える手段はないかと考えて、少々強引に、使者役を申し出てしまった」

「少将……」

「今後も、きみの迷惑になるようなことはしないし、訪ねるときには正当な手順を踏むと約束するよ。人に後ろ指をさされないように。だから——どうか、これ以上、私を避けないでくれないか。私は、女性の扱いにまるで慣れていない無粋《ぶすい》な人間だから、無自覚に、きみを傷つけたり、疎《うと》まれることをしてしまったかもしれないが……」

「ちがう」

火の宮は急いでいった。

「そんなこと、絶対にないわ。あなたを疎んじたり、嫌ったりするなんて。少将、あなたは、いつも親切で、やさしくて……見返りなしに、わたしを助けてくれたもの。そんなふうに思わせてしまったなんて、本当にごめんなさい。わたし、あなたを好きだと思うことはあっても、嫌いに思ったりしたことは一度もないのよ」

「火の宮」

「本当は……本当は、わたしだって、あなたに会えて、とても嬉しいんだもの」

少し、気負いすぎていたのかもしれない、と思う。

それほど、火の宮にとって、あの火事の夜に犯した過《あやま》ちへの罪悪感は大きかった。

だからといって、これほど自分を思いやってくれる友人を安直に遠ざけようとしたのは、不誠実なやりかただったかもしれない。

「嫌なきもちにさせて、ごめんなさい。もう、あなたを避けたりしないわ。身勝手なお願いだけど、少将、また、わたしと仲良くしてくれる……？」

「もちろん。それを願って、私はここにきたんだから」

「ありがとう」

翔は目を細めた。それから気づいたように、

「名残《なご》惜しいが、そろそろ、私はいかなくてはいけない。主上《うえ》が宮中でおまちになっておられるし、あまり長居をしては、院に不審がられるだろうから」

火の宮はうなずいた。

「今日は、訪ねてきてくれて、ありがとう、少将」

見送りのために立ちあがる。

「久しぶりに会えて、おしゃべりができて、嬉しかった」

「声が急にすごく近くなった。きみの声が耳元で聞こえる」

「立ちあがったからよ」

「そうか。立つと、きみの背は、だいたい、このあたりになるんだろう?」

御簾越しに、翔が手のひらで背をはかるような仕草をする。

「え。まさか、こっちが見えているの?」

「見えていないよ」

「だって、本当にぴったりよ。本当に、そこが、わたしの頭のてっぺんだもの」

「こう見えて、記憶力はいいんだ。それに、会わずにいたあいだ、記憶の中のきみを、何度も反芻《はんすう》して……仔細《しさい》に思い出していたから。もはや、絵にさえ描けそうな気がするよ。拗《す》ねて尖《とが》らせた、きみの赤い唇も。怒ったときの、猫みたいなあの目も。それから、花がひらくような、きみのあの笑顔。赤ん坊みたいに、あけっぴろげな、あの笑顔」

火の宮の頰の丸みをなぞるように、翔の指先が御簾の上に曲線を描いた。

まるで本当に彼の大きな手で頰をなでられたようで、火の宮は一瞬どきりとした。

「きみがここを出て、後宮《こうきゅう》に戻ったら、また訪ねていくよ。その時は、今度こそ、会ってくれるね?」

「うん……約束するわ」

「それまでは、おたがい、大人しく、自分の役目に励むとしよう」

「うん」

立ち去る翔の背中を見送る。

ふと、思い出していった。

「さっき、女性の扱いにまるで慣れていない、っていっていたでしょう？」

翔がふり返る。

「本当のことだよ」

「でも、後宮では、あなたは、女官や女房たちに、とっても人気があるのよ、少将。あなたがわたしや犬の宮さまを訪ねて、森羅殿にくるたび、女官や女房たちが、ひどく騒いでいたもの……」

公卿《くぎょう》から地下《じげ》の者、侍たちまで、多くが世にときめく春秋院への院参《いんざん》を欠かさずにいる中、自分の勤めに忠実な翔は、宮中に留まり、これまで、あまり春秋院へ姿を現すことがなかったという。

めったに見られないという珍しさもあるのだろうが、若竹のように凜《りん》とした翔の貴公子ぶりは、院御所の女たちの胸をあやしく騒がせているのである。

「あなたは、女たちの人気者よ。どの殿舎へ顔を出しても、歓迎されると思うわ」

「歓迎されても、されなくても、どちらでもいいよ。他のどこの殿舎にもいく気はないし、どこの殿舎の人にも、興味はないから」

「きれいな人がたくさん、あなたに夢中なのに」

「夢中――か。私のことを何も知らないのに？」

　翔は苦く笑った。

「彼女たちは娯楽みたいな恋を楽しんでいるだけだよ。手頃な条件が揃っていたら、私でなくても、誰でもいいんだ。誘惑をしかけて、駆け引きに興じて、はかない一夜を楽しんで。それが、御所でも、院御所でも、宮廷人たちの遊戯なんだ。本当に、誰かに夢中になるというのは、もっと切実で、危うくて、滑稽《こっけい》で、みっともないことだと、私は思うよ。その時に、猫のような相手のきまぐれに、思いきり振り回されて、途方に暮れたりして。その相手ときたら、無防備に近づいてきて、甘えて、懐いてくれたかと思ったら、いきなり遠ざかって、寄りつきもしなくなる。追いかけると、素早く逃げて、顔も見せてくれなくなる。驚いて、混乱して、腹が立って、落ちこんで、気がつくと、彼女のことばかり考えて、すっかり自分を見失っているんだ」

　つぶやくようにいって、こちらをみつめる。

　御簾の隔《へだ》てなどないように。そこにいる彼女が見えるように。

　火の宮は無言でいた。何と答えればいいかわからなかったから。非難されているようでもあり、何かを乞《こ》われているようでもあり、貴重なものを差し出されているようでもあった。熱をはらんだ彼のまなざしから、なぜだか、目がそらせなかった。

「私が会いにいくのはきみだけだ」

翔はいった。

「会いたいと思うのは、きみだけだから。きみのような人は、きみしかいないから。きみに似ている人なんて、他のどこにも見つからないから」

――気がつくと、翔の姿は廊下の向こうに消えていた。

しばらく立ちつくしていた火の宮は、御簾をくぐり、廊下へ出た。

窓を開け、眼下の池を見る。

ややあって、搭の一階から翔の姿が現れた。

船に乗りこむと、彼は屋根の下には入らず、棹《さお》を動かす童のそばに立った。舳先《へさき》が岸を離れると、こちらを見あげる。

火の宮にすぐに気づいて、翔はまぶしそうに目を細めて笑った。

自分の姿がよく見えるよう、火の宮は懐《ふところ》からとり出した手巾《たのごい》をひらひらとふった。古代の女が立ち去る恋人にむかって領巾《ひれ》をふるように。

手巾が手から離れたのは、偶然だったのか、わざとだったのか、自分でも判然としなかった。

風にさらわれ、揉《も》まれるようにして、手巾が池に落ちると、ゆっくりと中島から遠ざかっていた船が、大きく旋回して戻ってきた。

水面《みなも》に浮かぶ手巾を翔が拾いあげ、口づけるのを火の宮は胸を押さえてみつめていた。目があった。何かが、おたがいのあいだに流れるのを感じる。

(少将)

波紋を次々に広げながら、船は静かに遠ざかっていった。

※

「少将は帰りましたのね」

翔が去ってしばらくしてから、犬の宮が現れた。小柄な、若い女房をともなっている。

「犬の宮さま」

火の宮は急いで居住まいを正した。

「ありがとうございます。あの、わたしたちのために、わざわざ場を……」

「わざわざ? ふふ、なんのことかしら。こちらこそ、お誘いしておきながら、席を外してしまったこと、お詫びしなくては。和歌の宮さまのお見舞いにうかがっていたのだけれど、思いがけず、おしゃべりが長びいてしまって。そのあいだ、火の宮さまにはお客のお相手をしていただいたので、助かりました」

女房が茵《しとね》を直した碁盤の向かいに、犬の宮が腰をおろす。

「ま、いとこ殿とはいつでも会えますし、許してもらえるでしょう。……さて、では、一局楽しみながら、ゆるゆるとおしゃべりでもいたしましょうよ」

「はい。でも、わたし、囲碁はあまり強くないのですけれど」

「そう？　では、得意なわたしが有利かもしれない。でも、手加減はしませんからね」

わたし、負けず嫌いなの、とにっこりして、碁笥《ごけ》の蓋を開ける。

（犬の宮さま、少将こと、何も詮索《せんさく》しないでいてくださるんだ。別に聞かれて困ることがあるわけではないけれど……でも、さりげない気遣いがありがたいわ）

昨日も、犬の宮は何度か火の宮に助け船を出してくれた場面があった。

打てば響くような才気がありながらも、それをひけらかすふうでもない。周囲をよく見て、必要とあらば迷わず手をさしのべる。どこか、姉御肌《あねごはだ》な性格なのかもしれない。

「和歌の宮さまのごようすはいかがでしたか？」

碁を打ちながら、火の宮は尋ねた。

「そうね、さすがに、昨日よりは落ち着いていたけれど、顔色がすぐれなくて。朝餉《あさげ》もほとんど残されたみたい。夢に女の死体が出てきて、よく眠れなかったともいっていらしたから……正直なところをいえば、和歌の宮さまは、もうだめでしょうね」

「だめ？」

「実質的な棄権、ということ。すっかり気を挫《くじ》かれてしまっていたから。へたをしたら、残りの四日間、仮病をいいたてて、お部屋から出てこられないかもしれないわ」

パチン、と小気味よい音をたてて、犬の宮は碁石を置いた。

「ムリもないですわ。あんなものを見せられて、男性だって肝《きも》をつぶされますもの」

「同感だわ。他のおふたりも相当怯えていらしたし。……ね、火の宮さまは、誰が女東宮に選ばれると予想されている？」

「予想……ですか？　正直、予想なんて、したこともないです。みなさんについての知識もなければ、考える余裕もないですし」

「それなら、犯人はどう？」

「え？」

「宇治であなたの命を狙った犯人よ。そちらの予想もついていない？　わたしたち四人の中にいるはずでしょう？」

ズバリ、尋ねられて、火の宮は言葉につまった。

火の宮の反応を、犬の宮は興味深そうにみつめている。

「あなたは当事者だもの。自分以外の四人を誰よりも警戒して、犯人は誰なのかと探っているのでは？　――もっとも、わたしからすると、この四人の中に、邸に火をつけて競争相手を焼き殺そうとするほど、過激な人間がいるとは考えにくいのだけれど。気に逸《はや》った後見の誰かが勝手に行動した、と考えるほうが自然な気がするのよね」

「……そうですね」

表面的に相槌《あいづち》を打ちながら、火の宮は内心考える。

（犬の宮さまは詳しい事情までは知らないのだわ）

たしかに、東宮候補を蹴落とすために、放火、殺人をもくろむというのは相当に凶悪な人間で、仮にも内親王がそんな計画を立てるとは考えにくいだろう。

だが、実際のところ、あの火事は犯人の意図するところではなかったし、犯人が狙ったのも火の宮の命ではなかった。彼女の髪を切り、凌辱《りようじよく》し、それを脅《おど》しの材料にして候補を辞退させようという、陰湿で卑怯《ひきよう》な方法だったのだ。

「まあ、少なくとも、和歌の宮さまは犯人ではないでしょうね。死体を見て失神するような人が、火つけ殺人なんて大胆な悪事を計画するはずないもの。そうなると、残る容疑者は、三人になるわけだわ。四季の宮さま、恋の宮さま、そして、このわたし……」

「どうしてご丁寧にご自分まで容疑者の中に入れられるんです」

控えていた犬の宮の女房が、不満そうにいった。

「犬の宮さまはちがいますわ。人殺しを命じるようなこと、犬の宮さまがなさるものですか。命を狙うどころか、捨てられた犬や猫さえ見捨てておけない、情け深いご性格ですのに！　おかげで我がお邸は犬猫だらけ、エサ代だけでも家計の逼迫《ひつぱく》が甚《はなは》だしいですわ」

「わたしは褒められているの？　それとも、責められているの？」

犬の宮が苦笑する。

「千尋《ちひろ》、それは、おまえはわたしのことをよく知っているけれど、火の宮さまはそうではないもの。火の宮さまから見れば、残りの三人は、等しく怪しい、容疑者よ。──女房がさし出た口をきいてごめんなさいね、火の宮さま。この子、千尋は、わたしに忠義で賢い働き者なのだけれど、少々、短気というか、頭に血がのぼりやすい性質《たち》なの」

「もしかして、今朝、恋の宮さまのところの女房とやりあったというのは、そなた？」

火の宮は、五百重と女の童から聞いた話を思い出した。

「え、ご存じなんですか？　嫌だ、火の宮さまのお耳にまで届いているなんて」

千尋はふっくらした頰を赤く染めたが、それから、きりっとした顔になって、

「あの、犬の宮さま。容疑者というなら、わたし、怪しいのは恋の宮さまだと思います」

「千尋。根拠もなく、いい加減なことをいうものではないわ」

「だって、犬の宮さまが犯人でないなら、残るは四季の宮さまと恋の宮さまですよ。四季の宮さまのことは知りませんけれど、恋の宮さまについては、あの女房を知っていますわ。女房を見れば主人がわかるというじゃありませんか。あれほど高慢ちきな女房を侍《はべ》らせている方なら、人を人とも思わず、火つけだのなんだのを命じてもふしぎはありませんわ！　あの女房ときたら、人を見下した、本当にひどい態度だったんですから」

丸い頬が、今度は羞恥《しゅうち》ではなく、怒りのために紅潮していく。

女の童も相当に怒っていたことを思い出すと、恋の宮の女房は本当に傲慢《ごうまん》な、人もなげなふるまいを見せたようである。

「いったい、その女房に何をいわれたの？」

「え。それは……。ご容赦《ようしゃ》ください。とても、口にできません。失礼にあたりますもの」

千尋は急に勢いをなくし、もごもごと口の中でつぶやくように答えた。

「わたしは、この顔のあざのことをいわれたみたい。あざのある女東宮など不吉きわまりない、晴れがましい東宮の座には、とうていふさわしくない、と」

「まあ……本当ですか？　なんて無礼なことを。ひどいわ」

「それから、出自や品位《ほんい》についても色々いわれたのですって。もっとも、それは、火の宮さま、あなたも同じだったようよ。失礼だけれど、火の宮さまは無品《むほん》でいらっしゃるのでしょう？　いいえ、わたしが調べたわけじゃないのよ、その女房がわめいていたそうだから。恋の宮さまは、三品《さんぽん》でいらっしゃって、お生まれも先々帝の末の姫宮であられるのですって。つまり、由緒《ゆいしょ》正しい、正統な内親王というわけね」

口をつぐんでいる千尋に代わり、すでに諍《いさか》いの一部始終を聞いたという犬の宮は、恋の宮の女房が語ったところを教えてくれた。

なんでも、その女房は、

『いっとき、東宮位にこそあれ、帝位を踏まれぬままに位《くらい》を退き、あるいは世を去った方々のお子は、本来、王、女王《にょおう》と呼ばれるべき、一段格下のご身分なのだ。親王と王、内親王と女王とでは、身分の重さも、宮廷より与えられている権利も、まるでちがうのだ。同じ五人の東宮候補といっても、軽々《けいけい》に一括《ひとくく》りにすることなかれ』

といい放ち、正統な内親王である恋の宮へ、敬意を払え、と主張したという。

負けん気の強い千尋がそれに反論すると、

『黙らっしゃい。皇家《こうけ》のことなど何も知らぬ、浅はかな下臈《げろう》が！』

と一蹴《いっしゅう》されたらしい。

『よくお聞き。その昔、激烈な政争によって、朝廷が混乱を極めた時代があったのだよ。政争の勝者が、上皇として遇することを条件に、意に添わぬ東宮を引きおろし、本来であれば王と女王となるべきそのお子がたに、親王、内親王の身分を与えたのだ。その時、親《しん》王宣旨《のうせんじ》、内親王宣旨《ないしんのうせんじ》は、放埓《ほうらつ》に、大量に、考えなしに、下された。以来、その悪習は定着してしまい、以後も〝御位揚《みくらいあ》げ〟と呼ばれる、あやうい上皇の子女たちが大量に生まれたのだ。おまえの主人も、そうした悪習によって生まれた末裔《すえ》のひとりなのだよ』

と、女房は細い目を吊りあげてあざ笑ったという。

『そうして生まれた方々、その場しのぎの宣旨によって、親王、内親王とされたものの、ろくな御封《みふ》も与えられず、十数年かそこらのうちに忘れ去られ、落ちぶれ、困窮《こんきゅう》するはめに至った捨て宮、落ち宮を、人々がなんと呼んでいるか。似非親王《えせみこ》、似非内親王《えせひめみこ》と呼び、笑っているのだよ。このごろ、都に流行《はや》るもの、似非親王、似非宮《えせみや》、似非鬘《えせかずら》……と今様《いまよう》に寄せて歌っている。ははは、禿頭《はげあたま》を隠す鬘ならまだしも、似非親王、似非宮など、世の中で、なんの役にも立ちはしないものを！』

このいいざまに千尋は激高し、和歌の宮の女房や、他の女の童なども非難の声をあげ、その場は騒然たる雰囲気になったそうである。

「すごい女房だわ」

火の宮は思わずいった。

なるほど、それでは、千尋や女の童が腹を立てるのもムリはなかった。

「あのおっとりとした恋の宮さまからは想像もつかない女房よね。でも、逆に主人が主張のないお人だから、側仕《そばづか》えの者がはりきって、過激な言動になってしまうのかも？」

犬の宮はおかしそうに笑っている。

「笑っている場合じゃありませんよ、もう。犬の宮さまはおおらかすぎますわっ」

「でも、その女房のいっていることは事実よ、千尋。事実で、そして、ただそれだけの話だわ。品位の高さや出自の正統性で東宮が決められるのなら、わたしや火の宮さまは、初めから候補にはあがっていないわけで、つまり、〝由緒正しき内親王〟なんてものを声高《こわだか》に主張したところで、なんの意味もないということよ」

冷静にいって、犬の宮は肩をすくめる。

いつの間にか、おたがい、動くのは舌ばかりで、碁を打つ手は止まっていた。

「あるいは、その女房も、主人が劣勢だと悟っているからこそ、過敏に、攻撃的になっているのかもしれないわね。恋の宮さまは、どうにも東宮の器《うつわ》という感じではないし、今のところの最有力候補者は、皮肉なことに、無品でいらっしゃる火の宮さまなんだもの」

「え？」と火の宮はびっくりした。

「わたしが女東宮の最有力候補なんですか？」

犬の宮と千尋が顔を見あわせる。

「自覚がなくていらしたの？　一番の有力候補だからこそ、命を狙われたんでしょう？」

「それは……わたしだけ宇治の田舎《いなか》にいたので、無防備というか、警戒心が薄いというか、八雲の院の目も届かず、狙いやすいからだと思っていましたけれど」

「警戒なんて、他の候補者だって誰もしていなかったと思うわ。わたしだって、火の宮さまの事件を聞いて初めて、これは、人死にの出るような過酷な競争なんだ、と震えたくらいですもの。火の宮さまは、なんといっても天狼の主《あるじ》で、幸運と強運の主《ぬし》で、この先、葡萄病《えびや》みに罹《かか》る懸念《けねん》もない。八雲の院じしんが日輪王の主である点から考えても、最有力候補であることは間違いないと思うわ」

そう説明されると、なるほど、そうとも見えるのか、と思う。

火の宮じしんは、宇治育ち、貧乏育ちの無品の捨て宮である、という意識が拭《ぬぐ》いがたくあるので、いまだに自分が女東宮候補者に選ばれたことにさえ半信半疑なのだが……。

「火の宮さまは、あまり、女東宮になりたいとは思っていらっしゃらないみたいね」

火の宮は少し考えたあと、うなずいた。

「聞いてもいいかしら。もしかして、それって、少将の存在が関係しているの？」

「少将？……いいえ、そうではなく。女東宮なんて、わたしには不相応な立場だとしか思えないからですわ。それに、昨日の一件があって、ますますその意欲が失せましたし」

八雲の院によって選ばれる中継ぎの女東宮。玉座《ぎょくざ》に上ることのない皇太子。

つまりは、都合のいい、使い捨ての傀儡《かいらい》なのだ、と火の宮は思う。

加えて、女東宮となったら、あの気まぐれで型破りな八雲の院のふるまいにどれほど翻《ほん》弄《ろう》されることになるのか。想像するだけで、ため息が出る。

「犬の宮さまはどうなのですか？」

「わたし？　わたしは火の宮さまとちがって、ぜひともなりたいと思っているわ。この平安の都で初めて冊立《さくりつ》される、女東宮というものにね」

朗《ほが》らかに、きっぱりと犬の宮はいった。

「位こそ四品《しほん》を与えられているけれど、わたしも火の宮さまとさほど立場は変わらないの。父上は東宮位にあるうちに亡くなられてしまったし、母の実家もすでに祖父が亡くなっていて、頼るべき後ろ盾《だて》が少ないのよ。その上、わたしには、このあざがあるでしょう。平凡な結婚や女の幸福は望めないから、いっそ、その種の期待はきっぱり捨てて、皇女《ひめみこ》としての最高位をきわめてやろうか、と思っているわけ」

「そんな……犬の宮さまはおきれいだわ」

世辞や慰《なぐさ》めではなく、火の宮はいった。

形のいい額、涼しい目元、通った鼻梁《びりょう》。どことなく翔と似通う、彫りの深い犬の宮の容姿には、露《つゆ》を置いた朝顔の花のような清涼な美しさがあった。

「ありがとう。でも、わたしじしんが、夫となる人に引け目を感じることに耐えられないの。他の妻と比べられたり、不仲になったとき、原因はこのあざのせいか、なんて考えるのも、辛《つら》いもの。葡萄病みに罹って以来、母上はわたしのことをとても案じていらっしゃるから、不安定な結婚生活に賭けるより、しかるべき地位に就《つ》いて、安心させてさしあげたいと思っているのよ……そういう意味でも、わたし、少将には期待しているのよね」

「少将に期待……？」

犬の宮はにっこりとうなずいた。

「つまり、彼があなたを口説き落としてくれないかしら、と願っているの。少将と恋仲になったら、火の宮さまは女東宮の座を蹴るでしょう？　そうしたら、最有力候補が消えて、わたしが女東宮になる可能性が高くなる。ここだけの話、その下心があったからこそ、わたしは少将の頼みを聞いて、おふたりがここで会えるよう協力した、というわけ」

サバサバした口調だった。

なんとも正直な告白に、火の宮は目をぱちくりさせた。

「後宮へわたしを訪ねてきた少将が、何かと火の宮さまのお名前を口にするものだから、まあ、へたな僧侶よりもカタブツないとこ殿にも、とうとう初恋の訪れがあったのか、と驚いて、これはうまく誘導すれば、競争相手をひとり減らせるかもしれない、なんて悪いことを考えたのよ。ふふ、でも、火の宮さまが女東宮の座に意欲的ではないのなら、そんな小細工を画策《かくさく》するより、共闘を申し出たほうが手っとり早いわよね」

「共闘」

「そう。本当にあなたが東宮の座を望んでいらっしゃらないなら、わたしが東宮に選ばれるよう、協力していただけない？　協力していただけたら、晴れてわたしが女東宮になった暁《あかつき》には、火の宮さまを無品の内親王から、四品なり三品なりに昇格させてさしあげるとお約束するわ。品位があがれば、それに伴い、封戸《ふこ》も増え、所領も増え、頼れる家司《けいし》も配されるから、将来的にも安心でしょう？　もちろん、それには、帝なり、院なりのお許しをいただかなければいけないわけだけれど、火の宮さまは天狼の主だもの、品位をいただくのはさほど難しいことではないと思うのよ。わたし、帝をご説得申しあげる自信もあるの。約束を反故《ほご》にしないため、一つ、念書《ねんしょ》を書いてもよろしいわ。……」

ポンポンと仮定の話を進められて、火の宮はしばしあっけにとられた。

だが、自信に満ちた口調で、イキイキと「もしも自分が女東宮になったら」という未来を語る相手を見ているうちに、火の宮のおもてはほころび始めた。

（そうね。犬の宮さまのような方こそ、女東宮にふさわしいのかもしれないわ）

頭がよく、視野が広く、客観的に物事を見る冷静さも、その立場への意欲もある。

女東宮など、実質的にはなんの権限もない、ただの傀儡だ、と投げやりに考えていては、実際、そんな役割しか与えられないだろう。だが、仮にも皇太子、本人の器量とふるまいによっては、もっと豊かな可能性や希望もつかめるだけの立場ではあるのだ。

「……わかりました。今すぐお返事はできませんけれど、でも、犬の宮さまのおっしゃったこと、前向きに考えてみますわ」

一通りの話を聞いて、火の宮は答えた。

「ぜひお願いしたいわ。わたしだけでなく、我がいとこ殿の幸福のためにもね！」

犬の宮は微笑んだ。

「これは、打算的な理由からいうのだと思わないでね。身内のひいき目ではなく、少将は本当にいい人よ。真面目で、誠実で、温厚で。帝の覚えもめでたいし」

「ええ」

「何より、妻と決めたらそのひとりを守って、絶対に他の女によそ見をしない、いちずな人だから、おススメよ。結婚前に、浮気をしたら、普賢をけしかけて地の果てまで追い詰める、なんて宣言したら、たいていの男性は逃げ腰になるでしょうけど、少将は『あいわかった。不実を働いた時には咬《か》み殺されても文句はいわない』と受けて立つくらいの度量があるだろうから……え？　浮気のこらしめに普賢をけしかけるなんて、そんなことはしない？　そうなの？　おやさしいのね、わたしだったら、絶対にするわよ！」

犬の宮の巧《たく》みな話術に引きこまれ、笑わされ、火の宮は、しばし、彼女の部屋で楽しい時間を過ごした。

（こんなふうに、和《なご》やかに、残りの四日間も過ごせればいいのだけれど）

その願いがむなしく潰《つい》えることを火の宮が知るのに、さほど時間はかからなかった。

※

天気が急変したのは、昼を過ぎたころだった。

明るかった青空に、いつの間にやら灰色の雲が立ちこめ、湿気を含んだ風が吹きだした……と思ううち、巨大な鉄棒で天の底を打つような不穏な雷鳴が響き始めた。

空気が震える。

「嫌だわ。青天《せいてん》の霹靂《へきれき》、とは、このことねえ」

雷光殿の窓から空を見あげ、女の童たちは不安げに言葉を交わした。

ゴロゴロという雷鳴は徐々に大きくなっていき、やがて、池の水面《みなも》を激しく叩く大量の雨がふり始めた。

と、雷鳴が鳴り始めて間もなく、対岸より、中島にむかって船が出された。

南殿より駆けつけた武官と侍が搭の入り口にずらりと並び、激しい雨の中、弦打《つるう》ちの儀式を雄々《おお》しく執《と》り行い始める。雷鳴の際、内裏《だいり》の清涼殿《せいりょうでん》に近衛《このえ》の将官が伺候《しこう》し、臨時の警備を敷く「雷《かみなり》の陣《じん》」に倣《なら》った警護の陣である。

その名の由来《ゆらい》が由来であるため、雷光殿における雷への用心は深いのだった。

いっぽう、雷光殿の中でも、女の童と女房たちが、雷避けのために室礼《しつらい》をあわただしく整え直していた。

三階では、八雲の院の御前を守るように鏡が並べられ、雷神の注意をそらすために、鞘《さや》から抜いた太刀《たち》、鎌、香炉など、金気《かなけ》のあるものが置かれていった。抜刀《ばっとう》して院の御前に控える男の童は、避雷のための鈴をみづらの紐と水干《すいかん》の袖に括りつけており、それが身動きするたび、りんりんと清浄な音をあたりに響かせる。

その階下、五人の皇女が滞在する二階でも、同じく、鏡を飾り、香を焚くという雷避けのための用意が各部屋で施されていた。

そのうちのひとり、忙しく立ち働いていた女房が、ふとある異変に気づいていった。

「――ねえ、宮さまはどちらにおいでなの？」

てっきり、激しい雷鳴に怯え、几帳《きちょう》の陰で震えているかと思った主人の姿がいつの間にやら消えていたのである。

さほどの広さもない部屋であれば、探すのに手間もかからなかった。横になっているのかと思ったが、寝所にもいない。入ってきた女の童に聞いてみるが、雷雨以後、雑事をこなすのに忙しく、部屋を留守にしていたので、わからないという。

女房は首をかしげた。

――雷を怖がられ、四人いる内親王の誰かを頼って部屋を訪ねられたのだろうか？

そう思い、順番に各部屋を訪ねて回ったが、当ては外れた。四人の答えは全員、朝の挨拶を交わして以降、その人の姿は見ていない、というものだったのである。

「変ね、いったい、どちらにいらしたのかしら？　このひどい雨では、気晴らしにお池を見に、外へ出られたはずもないでしょうし……」

放っておくわけにもいかないので、女房は二階じゅうを隅から隅まで探し回った。長袴の裾をさばくのを億劫《おっくう》に思いながらも、仕方なく階段をおり、一階も探してみる。が、主人の姿は見つからなかった。念のため、入り口で弦打ちの儀式を続けている武官たちに尋ねてみたが、到着以来、雷光殿から出てきた女性はひとりもいなかったという。三階の男の童にも尋ねてみたが、やはり、見かけた覚えはないという答えである。

「わけがわからないわ。いったい、宮さまはどこにいらっしゃるのやら」

途方に暮れる思いで、女房はいったん部屋へ戻った。

がらんとした室内には、香の煙だけがさみしく漂っている。

窓の外、雷雨はますます激しくなり、その音を聞くほどに、女房の胸にもやもやした不安が募《つの》っていった。

ふと見ると、部屋の隅に置かれた唐櫃《からびつ》の蓋から、着物の端がはみ出ている。

女の童のしわざだろうか？　きちんと衣装をしまわずに蓋を閉めるとは、なんと杜撰《ずさん》な仕事ぶりだろう。貴重な着物が破れてしまうではないか。主人が見つからない苛立《いらだ》たしさも手伝い、八つ当たり気味な手荒さで蓋を開けた女房は、次の瞬間、悲鳴をあげた。

彼女の探していた主人がそこにいた。ただし、想像とはかけ離れた姿で。

青ざめた肌。うつろな目。苦悶の表情。

唐櫃の中、美しい葡萄色に蝶の飛び交う最新流行の唐衣をまとい、胎児のごとく身体を折り曲げた格好で、五人の女東宮候補のひとり、和歌の宮は死んでいた。

※この作品はフィクションです。実在の人物・団体・事件などにはいっさい関係ありません。

集英社オレンジ文庫をお買い上げいただき、ありがとうございます。
ご意見・ご感想をお待ちしております。

● あて先
〒101-8050　東京都千代田区一ツ橋2-5-10
集英社オレンジ文庫編集部 気付
松田志乃ぶ先生

仮面後宮

女東宮《おんなとうぐう》の誕生

集英社
オレンジ文庫

2023年1月25日　第1刷発行
2023年2月21日　第2刷発行

著　者　松田志乃ぶ
発行者　今井孝昭
発行所　株式会社集英社
〒101-8050東京都千代田区一ツ橋2-5-10
電話【編集部】03-3230-6352
【読者係】03-3230-6080
【販売部】03-3230-6393（書店専用）
印刷所　大日本印刷株式会社

ISBN 978-4-08-680488-2 C0193